U0927247

嘻嘻和哈哈是好朋友，有一天，哈哈死了，嘻嘻走到哈哈的墓前，悲伤地说：哈哈，你死了。

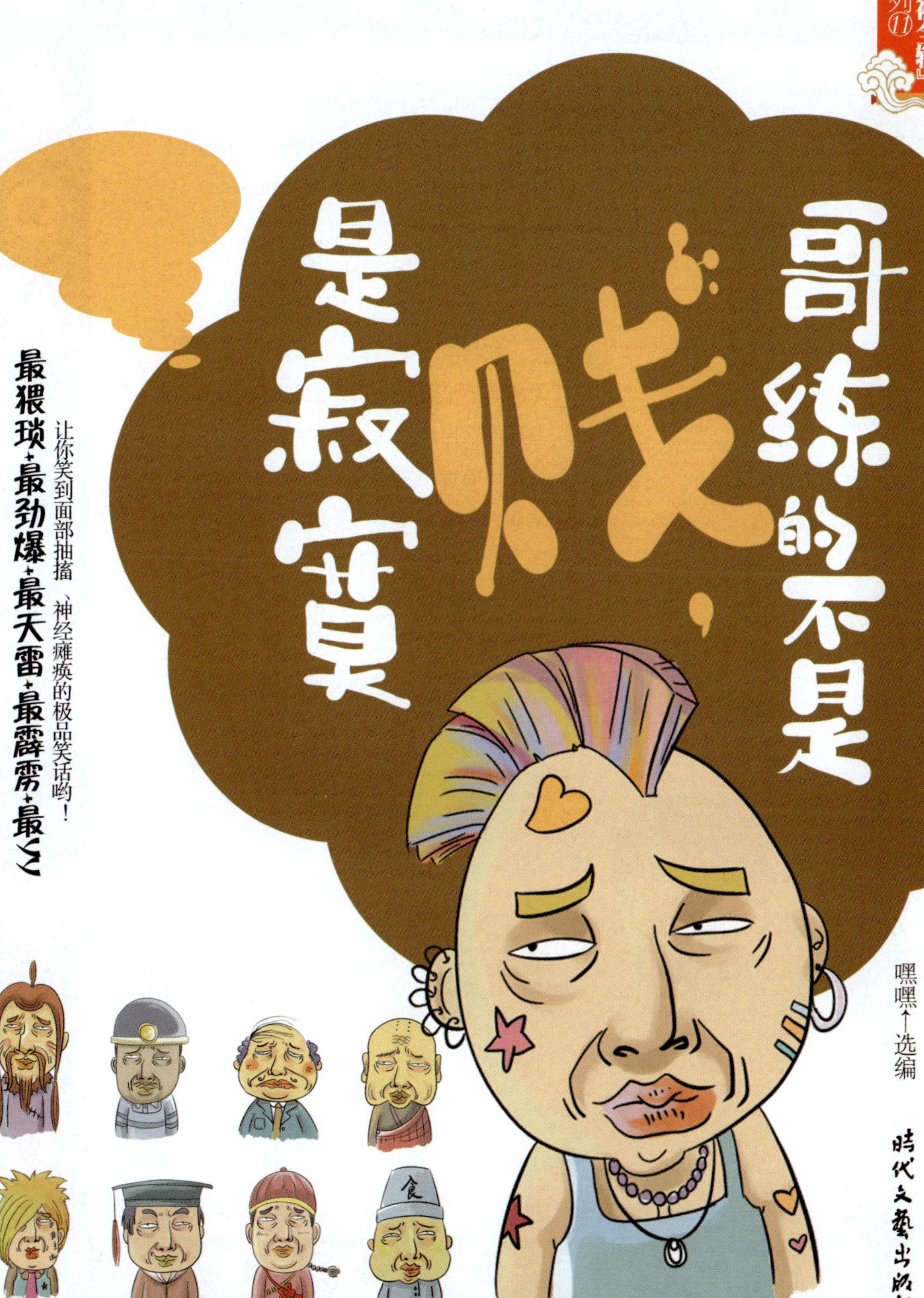

嘿嘿↑选编

时代文艺出版社

目录

CONTENTS

和同学约了去吃饭，等了很久她还没来，就给她打电话，脱口而出：“我×你妈，你怎么还不来？”结果一听，接电话的正是她妈。

大家都默默地对着电脑工作，办公室很安静。谁知老板突然来了句：哎呀，今天真是不舒服，我估计我是前列腺肿大了！

大家巨汗，全停下来看了一眼老板。2秒后他说：哦，不是，甲状腺肿大。。。

CONTENTS

我爸说过的最让我感动的一句话是：孩子，好好学习吧，爸以前玩麻将都玩儿10块的，现在为了供你念书，改玩儿1块的了……

有一次，我和老公吵架，他骂我：猪！

我骂他：你是猪的老公。骂完真觉得自己是猪。

俺碰到一个心仪已久的女孩从澡堂里出来，想套近乎，憋了半天憋出一句：你洗澡啊，里面男的多不多啊？

有一次我大叔见我小姑在搽大宝，突然大叫一声：你皮肤这么好，还用护舒宝啊？

1. 因为我的睡眠很好，每次在公司午睡时，我都睡得很死，然后我同事每次看我睡得跟猪一样，不是往我嘴里塞名片，就是往鼻孔里插香烟。

终于有一次，苍天有眼啊苍天有眼，我们去拍外景拍了一个早上，大家一到公司都累得不行，一个接一个地睡着了。正好那会儿，我不知道吃了什么，屁特别多，心想“你们死定了，我要让你们尝尝我的慢性毒屁”，接着我就把屁股贴在他们脸上准备挨个地让他们尝尝，俗话说“响屁不臭，臭屁不响”，我放的那些个屁啊，那个臭啊，连我自个都熏倒了。

可恶的是，我憋足了第三个屁，往我同事脸上一贴，鼓足了气，呼啸而出的一刹那，我感觉到不对劲了，感觉内裤湿湿的热热的，完了，我把便便给喷了出来，还是连汤带水的那种，我当时穿的还是浅色牛仔裤，假都没敢请，直接一溜烟地跑回家去了……

2. 刚转学，班主任说我头发长让我去理发，澡堂和理发部挨着，理发店新开张，走到澡堂看到充卡店角上挂着“理发店”的牌子，我就径直上楼了！！到门口刚要撩帘子，一大妈突然出现，大呼：下去，这是女澡堂！

当时那个汗呀 ~~~

3. 平常和女朋友睡觉在一起睡惯了，有一天，我把女朋友带回家！结果女友和我妈睡，我和我爸睡！到了晚上我愣要往老爸身上翻，老爸把我一掌给掴下来了，接着我又把老爸从上到下摸了个遍！老爸从床上跳起来，啪啪两巴掌把我给打醒了说：你个小王八羔子，要死啊！下手下到老子头上了！

4. 我是男滴，一次体育课上跑步5000米。吃不消啊。许多女生都不跑的，那时候是初中什么也不知道，看到女生不跑就问，女生说请假。我说什么假，女生含含糊糊说例假。我又问什么是例假，女生狠狠瞪我一眼，“流氓！”

其实我不过是想找一个请假的借口，我到老师面前：“老师我请假。例假。”老师立刻一口水喷出来，赏了我一巴掌！

5. 有一次我爸和我出去，在广场上碰到了一个大约五六岁的小女孩，对我们说：“哥哥，买一束花给姐姐吧”，我当场就石化掉。

6. 初中的时候，和同学约了去吃饭，等了很久她还没来，就给她打电话，脱口而出：“我×你妈你怎么还不来？”结果一听，接电话的正是她妈。

7. 我妈一次在菜市场买菜，被那种假推销员忽悠，买了好几瓶眼霜，回来特别兴奋，正好我和我姨都在，她就开始显摆：捡便宜了！雅诗兰黛的，才50块钱！送你一瓶，用不用？用不用？说着就打开抠了一把出来准备抹，我姨眼尖，发现刚才被我妈抠去一块儿的地方赫然耸立起一根卷卷的体毛，立马给我妈看，我妈惊，嘴角抽抽了一下，说：可能，这是营养成分吧，用了睫毛会变长……

8. 某天吃晚饭，有一盘烤鸡翅。我家一般一次烤6只，但我那天发现只有5只，于是我问：怎么今天只有5只鸡翅？我爸幽幽地说：还有1只是‘隐形的翅膀’～～囧囧囧

9. 小时候的我无比狡猾两面派，有一天爸妈吵架鸟，妈妈气跑鸟，我遂跑到老爸面前大讲老妈坏话，还耐心劝解我爸离婚。结果反而让老爸良心发现，把老妈找回来一起把我狠狠揍鸟一顿。

话说，那时我才8岁。

10. 算命师傅有一次在帮我算流年，说道：孩子，你要等到23岁后才可破处，不然对你以后不好。

我妈在一旁插了一句：我才不信他能憋到23岁，不信你问他。

苍天啊，我当场石化。

11. 有次跟我妈讨论动物性行为的目的，我妈说是为了性欲，我说是为了繁衍后代。争论 N 久后我想出了反例：单细胞生物分裂生殖，你说这和性欲有什么关系？

我妈想了想说：那他也觉得挺舒服的！

啊啊啊啊啊，好想死……

大哥，那您结婚可是挺晚的啊！

1.

高中时候，班上一哥们，81 年生，不大，就是特老相。

以下是他坐公交时候发生的点事情：

高二时候，这哥们坐公交去学校。因为路途长，百无聊赖的时候，邻座的一个 35 岁左右的男人跟他搭话。那人张嘴就来句：“大哥，去哪里？”

这哥们也许是平常遭受这样待遇多了，也并不万分惊奇，颇平静地回答：“三中。”

那男人第二句话：“哦，去看孩子吧？孩子上高中挺苦的吧？”

哥们脸部肌肉抽搐了一下，没吭声。

男人见没回答，第三句话来了：“大哥，你孩子上高几了？”

那哥们是真烦了，也不解释，顺口来了句：“高一。”

这时候，经典出现了。那男人异常惊奇地瞪大眼睛看着那哥们，看了足足十秒钟，来了句：“大哥，那您结婚可是挺晚的啊！”

2.

老妈平时买菜总爱拎着个弹簧秤。然而昨天我在菜市场里看到的一幕，可比老妈的弹簧秤高明多了。

一老大爷走到卖西红柿的摊前问：“多少钱一斤？”摊主回答：“两块五。”大爷挑了三个西红柿放到秤盘里。摊主说：“一斤半，三块七。”大爷说：“我就做个汤，不用那么多。”说着就去掉了个儿最大的那个西红柿。

摊主迅速地又瞧一眼说："一斤二两，三块钱。"

我在一旁看着，心想，怎么这西红柿越大越不压秤，难道那个大西红柿是空心的，实在看不过去了，就提醒大爷："他称得不对。"没想到大爷对我摆了摆手，毫不在意，伸手就往外掏钱。

摊主见大爷如此爽快，索性拿眼睛瞥着我，一副得意洋洋的样子。不料大爷并没有拿摊主已经装在塑料袋里的两个西红柿，而是拿起刚才去掉的那个大的，放下七毛钱，扭头就走……

过端午节，单位发了一箱冠益乳和一袋上好的泰国香米。单位一女同事下班后让我帮忙帮搬回家，到楼下后，同事对我说："打电话无人接，你在楼下等等我，我上去看看，要是我老公在，我就叫他下来搬，若是他不在，那就得麻烦你帮我搬上去。"大家都是朋友，我点了点头也没说什么。

过了一会儿，女同事站在她家的阳台上朝下叫："你上来哎！"我第一下没听到，没有反应。就听到我那女同事大声地叫："哎！我老公不在家，快点上来！"

此话一出，惊动了左邻右舍，都是下班了刚回家，家里都是人，大家都跑到阳台上来看，搞得我众目睽睽上也不是，下也不是，走了更不是，NND，那小区里还有不少人认识我。便想提醒她不要喊了，"你说什么啊？"谁知我那女同事不但没反应过来，还以为我没有听清楚，双手做了一个喇叭状放在嘴巴边更大声地一字一句叫道："听到没？我老公不在家，快点上来，等急了吧！"

打死我也不帮老婆买胸罩了

上周四感冒了，在家休息。上午打了一针屁股好疼，吃完午饭正在看电视，老婆来电话让我去给她买文胸（也就是 bra）。

当时我脑袋里一片空白，天啊！怎么买啊！但是一向无敌的我怎能说不敢去买，反正不是周末，路上人不多，我就去看看，附近有个大苏果超市，肯定有，我问完尺寸就出发了。

到了超市二层找到了文胸货架，好家伙这么多啊，至少有上百种，可是都是女孩子在挑选啊！只有一个男的，还是陪女朋友来的。

怎么办？我只好在旁边装作要买保暖内衣。一看文胸货架前面没人了，我马上跑了过去，本来想最短时间随便拿一个就走，突然发现不可能，文胸大小怎么没标出来啊?！

老婆说不要带海绵的，我只好用手摸一下文胸的厚度。正在我把手接触到文胸的一刹那，一对情侣出现了，女的在看文胸，男的在看我。

靠！我倒！我只好再次去保暖内衣货架上躲起来，这对男女挑了半天才走，边走边聊天。

我只好硬着头皮再次过去挑选，这时候突然听见后面一个男人小声地说了一句："刚才就是他。"我一回头，刚才那对男女又回来了，指着我在窃窃私语。

女的看我的眼神由好奇变成了吃惊，妈的！不会把我当成变态了吧?！以为我有恋物癖吧！真想揍一顿这个猥琐男，妈的！恋物癖是拿用过的文胸，不会拿新的，但是又怕影响我的光辉形象，只好以最快的速度拿了一个闪人。出了一身汗，快走去结账。

当我到达收银台的时候我后悔了，人真不少啊！大家在排队的时候无所事事地东张西望，而我的购物筐里面只有一个文胸而已，众人的眼光漂移中在我的腋下停止了。

我当时想的就是马上结账走人，这个世界很多时候是不能如愿的，前面的 5 个人却有 4 个刷卡，大姐 10 元的东西还刷卡我想揍人了，而我前面的那位大妈买的棉裤竟然没有标签。

大妈只好又回到超市去找标签。在旁边的收银台已经换了 3 茬人的时候，该我结账了。一种解脱感油然而生，“56.30 元。”“我有零钱，我不刷卡！”

当我把钱一分不差地给她，准备离开的时候，收银大姐说了一句话：“对不起，我这里没有塑料袋了，您自己拿走行吗？”

我自己拿走行吗？ shit！ 我一个大男人能拿这个走吗？

我刚要发火，回头看了看 10 几个一直盯着我购物篮的怪咖们，我狠狠地说了句：“行！”扭头就走，小票都没要啊！

还好我穿着外套，放在里面刚好 OK。累死我了，急出了一身汗，坐车回家吧！一会车来了，人还不少，没关系，我一个箭步就冲上去了。在人群之中第一个上了车，从大衣里面的口袋里掏出公交卡，滴的一声然后向车尾座位走去。

这时候售票员在我耳边喊了一句：“小伙子，有东西掉地上了。”下一幕，就是我灰溜溜地拿着文胸下了车，头也不回地走了，身后有人在说：“这车太挤了，把一个人的胸罩都挤掉了，也不知是哪个姑娘的，还被个变态的小伙子捡了就跑了。“

于是我跑得更快了，真晕，以后打死我也不帮老婆买胸罩了。

星期一到了，小英在交完作业后，中午马上被老师叫去罚站，附加念 500 遍：我以后不敢编谎话欺骗老师了。

why 这名老师要残忍地对待这名柔弱的小学生？我们来瞧瞧她的作文是怎么写的。

星期日

今天是礼拜日，虽然昨天去海洋公园玩到晚上 11 点多，可是今天我们起了个大早，就到海洋公园旁边的太平山去摘水果，因为奶奶跟爷爷就住在太平山。

我们到了太平山下，就把鞋子脱了开始爬山，大约 1 分钟就到山顶了。山顶上的空气很好，爷爷带我们去他的果园。

哇……爷爷的果园好大，种了好多果树，有西瓜树、草莓树、菠萝树……因为我太小了爬不上树，爷爷就爬上西瓜树，摘了一颗最大的西瓜丢给爸爸，爸爸用一只手就接起来了！

果园还有很多长在地上的水果，像苹果、梨子、椰子等等……爷爷摘了一些椰子，用手把椰子皮剥掉，去籽，然后分给每个人吃。椰子好好吃喔！我吃了 20 几个。表弟还拿椰子丢我的脸，痛死了！

吃完了水果大餐，我们到太平山旁边的喜马拉雅山去玩，听老师说喜马拉雅山是世界上最高的山。

果然老师没有骗我们，我跟表弟爬呀爬，大概爬了 2 分钟才到山顶，我热死了。

后来我们还是觉得很热，就到山顶泡温泉。好冰凉的温泉哦～喜马拉雅山真是个好地方。

后来表弟问我有没有钱，他看到山顶附近有卖麦当劳。死表弟，每次都跟我借钱！

我们还在买的时候，听到妈妈在太平山那里喊我们回家，只好依依不舍地走了。太平山跟喜马拉雅山真是个好玩的地方，我以后还要叫爸爸、妈妈带我们来玩。

爸爸说如果这次考试我第一名，这个星期日，他还要带我去东京、北京、南京去玩，我最想去西京，因为我表妹就住在西京。

她说其实课本是骗人的，西京有比喜马拉雅山更高的山，大概要爬3分钟，上面还有很大的夜市跟儿童乐园，还有清澈的小溪。

我一定要好好用功，然后叫爸爸带我去这些地方玩。

导师评语：

内容矛盾百出，极尽夸大之能事。不知所云，乃本人教书20余年来所未曾见，请接受在下膜拜！

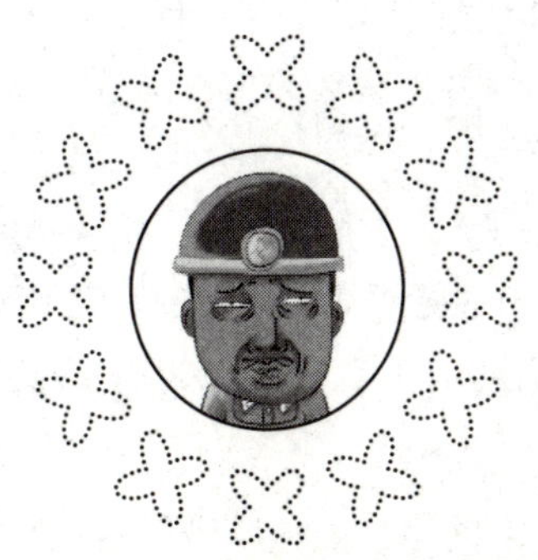

你女朋友是女的吧

1. 小时候放电视连续剧《神探亨特》和《流氓大亨》,院儿里一个老奶奶说:今天晚上演《大流氓亨》。

2. 一不熟的同事和我聊天，聊的内容无聊至极，净讲他和他女朋友怎么怎么啦。我无言以对……待他讲了半天之后，看着我，意思可能是他说这么多，我总该表表态吧。

一瞬间，实在不知说什么，脱口竟然问了一句：你女朋友是女的吧?

自己爆寒半天！！！！

3. 初中老师讲古巴比伦文明的时候，讲到苏美尔人，历史老师一激动讲成“还有两河流域的舒而美人”，当场笑晕一大半。

4. 以前考试老师发卷子，后边的女生多拿了一张，高呼：“老师，我有了，我有了！”结果坐他旁边的男生说道：“是我的，是我的。”全班爆寒~~~

5. 还有一次，我去买早餐，排队时发现平时不苟言笑的老板也在排队，于是非常紧张，打过招呼后，鼓起勇气对厨师说：师傅麻烦来一杯包子，两个奶子!

~~~~呜~~两年来第一次听老板笑那么大声~~~郁闷~~~

6. 朋友小孩半岁了，打电话去关心，寒暄了两句后，来了一句：你的小孩现在是吃人奶还是你的奶啊?
~~~~

7. 一天傍晚，碰到个熟人，开口就说：早啊！

8. 那天去买西瓜，听见有人在问卖瓜的：你的西瓜有皮吗？

9. 一天去逛街，尿急，发现前方一网吧，冲进门去对着网管大喊：你们这个茅房的厕所在哪？

10. 在食堂买饭，看到了心仪已久的豆腐皮，一激动和服务员说：来一份土豆皮！把周围人都惊呆了。

11. 由于一次出差机会，要去某地的中国银行维修设备，从宾馆出来坐上出租车后对女司机说：去中国银行，顺便找一家五金店买把刀！汗！

当时我的意思是买把螺丝刀，我没注意到说错了，那个女司机一直看着我非常委屈地说：大哥我要下班了，你重新打辆车吧。我听完非常生气，恶狠狠地说：你要下班了在宾馆泊什么车呀？！

女司机看了看我快要崩溃地说：大哥那买完刀我不要车钱了你再找辆吧！晕！！！这才知道我说错了，赶紧解释了半天，现在想一想都感觉对不住人家女司机。

12. 政治老师有一次讲课的时候说：下面我举个比方。然后觉得不对，又说：打个例子。

13. 真是好驴当做心肝肺。

14. 初中的时候，老师叫翻译 who is this man？

一同学翻译：这是谁的男人？全班大笑，老师无语。

15. 上次去麦当劳，对营业员说：来一包薯片，人家说没有。我说：什么店啊连薯片都没有，说完转身就走了。

16. 期中考试，偶后面的女生桌上有个裤子形状的笔袋，我一回头，笔袋掉了，我说：mm 你裤子掉了。

17. 记得路遇一犬，旁边 mm 惊讶地大叫：呀，那个尾巴没有狗！！

18. 记得小时候去买玩具枪里装的圆形塑料子弹，直接对玩具店里的老爷爷说：买一包原（圆）子弹！

19. 同学向我解释如何拨打某查询电话。我想问问那边接电话的是真人还是语音，竟说成了：接电话的是活人还是死人呀？

20. 拎着好多东西和 gg 在火车站找存包的地方。
迎面来一巡警，gg 立刻上前很客气地问：请问埋包处怎么走？

21. 政治课时谈到中日政治问题，扯阿扯说到日本武士剖腹自杀。
老师介绍说：日本武士死前都剖腹产的 ~~~

22. 有一次找一位姓王的客户打电话，总机接电话的是一个声音很甜的 mm，她告诉我他的分机号，我不知道我要找的这位姓王的是男是女，就顺便问了一句：请问他是男先生还是女先生？

23. 大学时期，我一同学刚买了手机，办了移动卡，打 1860 人工台询问，一时激动：请问你们的地感动带业务……从免提中我们竟然听到话务员小姐客气地说：我们的地感动带业务……全宿舍爆笑！

24. 昨天有个人说要给我介绍一个女朋友，我本来想问漂亮吗？结果说成“便宜吗？”汗死自己！

25. 老师嘱咐我们：春游坐车时老实点，别总把头和胳膊扔出去。

烟头被尿浇熄之后

1. “你吃过杂粮煎没？”

“没有。”

“杂粮煎你都没吃过啊？很多人买的 ~~”

走啊走啊，去一看——拜托，那不就是“杂粮煎饼”！

好几次给人推荐一家很好吃的串店“就在 ×× 地，叫香嫩里 ~”人家都没找到。后来自己领他们去一指那店——香嫩里脊串店，汗！！

2. 今天在路上见了个车牌后面的数字是：1488——要死，拜拜！

还有俩交警巡逻骑的摩托牌照分别是：LWB001 和 LWB002。

笑死了，老王八 001 和老王八 002。

3. 高中时，同学们处于青春油性肌肤泛滥的时期。同桌的脸上天天油光可鉴！！

有次他上课睡觉，头枕在自己的书上！醒来后，突然发现自己面前的这本书上大大的一个油印子，破口大骂：tmd，谁这么缺德，在我书上放油饼了？

4. 公司有一老客户，第一次我们给他发货，问他收件人填什么名字，他说填蔡丰收。

于是我们一次又一次地在收件人里填写了：蔡丰。结果前几天他郑重告诉我们，他的大名就是：蔡丰收！

办公室全晕……

5. 北大的研究生和本科生校区是分开的，研究生在一个名叫万柳的校区。在本科生校区，也就是北大本部小西门那个地方有一个自行车停车场，专门为研究生准备的，墙上写着“万柳同学停车处”。

有一次和一朋友从那过，见他欲言又止，最后挣扎了半天终于疑惑地问我：你说这万柳同学是谁呀，真牛 ×，这么多自行车！

6. 一次数学考试，一同学问老师这道题不小心做错了怎么办？

老师说：我不小心打了你怎么办？

同学下意识地说：万一我不小心还手了怎么办？

7. 我高中的时候有一个同学，烟瘾奇大。一次上厕所，因为是蹲在坑里的，在拉尿的时候，不小心把烟给浇灭了，用打火机烘干，继续抽。回来后乐滋滋地给我们讲。我们当时那个汗啊！

8. 我大学一哥们眼睛奇小，正常状态下看上去只有一道缝。一日在食堂午饭后聚精会神地看电视，食堂一清洁工走过惊奇道：同学，你咋吃完饭就在这儿睡着了？

9. 一天晚饭后，朋友和她妈妈一块在电视前，我朋友看着电视，她妈妈看报纸，念念有声：某某某，男，31 周岁，双子座……读到这，她妈反应很强烈，立即痛骂：这男的怎么这么不要脸，都两个孩子了还出来征婚……

我朋友：%#% ￥% ￥#%%......%&......&

10.N 多年前，传呼机还算比较稀罕的时候，有师兄 A 买了传呼机。师兄 B 说要试一试看好使不，遂打电话到呼台：小姐，请呼 ******，站在那里不要动，等我们过去打你！小姐大惊：这种信息我们不能发。B 师兄坚持：就得这么发！不一会儿，呼机响起，拿起一看：有人要打你，你快跑！

11. 老公：媳妇，明天我就要讲课了，面对 300 多名学生，600 多双眼睛……

老婆：还好你不是教数学的。

12. 我同事的亲身经历：刚买的手机，还没捂热呢，那天洗手的时候，因为洗手盆太低，弯腰的时候手机从口袋滑到水盆里了，淋上水了，赶快甩甩吧，甩了几下手太滑，把手机重重地摔在地上，还没来得及捡，被进门的同事一脚踩在手机上，看来不修不行了，去拿修好手机回来的公交车上，被小偷偷了……

13. 在北京，一次因公务通知当事人准时到达某地点参加某活动，然后对方明显有些不愿意，说：实在不好意思啊，现在在外地，不方便回来啊。

然后他说完就听见电话里响起熟悉的女声：建国门到了。

14. 那谁对那谁说：我大姨妈走了。

那谁一脸茫然地说：哦，现在票不好买吧？

我估计是前列腺肿大了

1. 路边停着一辆宝马，属违章停车，警察过来贴条儿，抄单子。

哥们儿从商场出来：你丫不就是警察么，牛什么啊？不就会贴条儿，抄单子么！

警察看他一眼，没说话，继续抄单子。“你要真牛 b，甭贴条儿，你直接叫拖车拖走！”

警察看他一眼，还没说话。“牛什么啊！除了贴条儿唬我们还会什么？牛 b 你拖走！”

警察抄完单子，打电话，叫拖车，拖车来了，警察看着那哥们儿。

“嘿，你还真牛啊！你真牛，你拖走啊！借你俩胆儿！”

警察一摆手，拖走了，警察看他两眼，想劝劝他，往后别这么叫板。

哥们儿一翻白眼：“你牛 b，待会儿你等车主来了你告诉他，你把他的车拖走了！”

2. 有学生，看到被老师点到念作文的同学，特别羡慕，总盼着老师也能让自己念一回。机会终于来了。“某某，把你的作文给大家念一下！”学生腾地一下站起来：“《我的老师》。老师，我多像你的妈妈……”

3. 大学时候，一哥们打篮球的，国家一级运动员，身高 194CM。一次他打篮球把小腿搞骨折了，到医院就诊时，门诊大夫说要打石膏，就进了处置室。打石膏的大夫拿过医院小本看了看，把口罩挂到耳朵上，说：把腿放到支架上来。哥们艰难地放上腿。医生看了一眼，猛地把口罩拽下来朝后面摆手大喊：哎哎！你们都过来看！来！来来！小李！把石膏全拿来，不知道够不够用了！这小腿！太长了！

4. 我学软件编程的，有一同学脑子经常绕不过弯，老师教导他：一个功能，别人用了 10 行代码才完成，你只用了 1 行就完成了，那么说明你 NB；但是别人用了 1 行代码完成，你却用了 10 行完成，那么说明你……

老师没好意思往下讲，突然那同学大声而且正经地回答道：说明我 SB。

5. 初中一堂语文课，是中午的最后一节，讲的是岑参的《塞外诗》，临近下课大家都饥肠辘辘地准备冲出去吃饭，有一 MM 被老师叫起来回答问题。

老师问：请你解释一下'风头如刀面如割'是什么意思。

MM 思考着答：这个风啊，吹到脸上，就和刀削面一样。

我们狂笑，然后又集体咽了一口口水……

6. 一客户打来电话咨询我们公司某某产品。按照惯例，问了一句："方便留一下您的单位名称么？"

"咳即停。"

"好的，是一个药业公司对么？"

"不是，是省咳即停。"

"省咳即停？"（突然反应过来，他说的是什么，憋笑中，赶紧转出电话）

"稍等，我给您转一下客户经理。"

哈哈哈！挂了电话立马大笑不止 ~~ 想知道他说的是什么单位么——省科技厅。

7. 老婆开心地说：家里小鱼又生了，生了好多呢！

老公说：咋弄的呢，家里就我一个男人，我说不清啊。

8. 一女同事，去逛服装店给小孩买衣服，左挑右捡，总没有中意滴。要走时，扭头看见挂在角落的一件甚是合心，走过去把玩了两分钟，问道：这件样式颜色都很好，但怎么就没裤子，上衣还四个袖子？

店主白眼道：看清楚了，那是给宠物的！

9. 刚上小学的时候，没弄明白班级是什么意思。因为在家就自学了乘法，就分到了快班，开学时老师说我们是一年级一班的，我就傻傻地问一共多少个班啊？老师很奇怪，就回答说：六个班啊。我一下子就哭了：那我不是要上三十六年才能小学毕业，我不上了！

当时所有的老师都笑疯了：傻小子乘法倒是算得很快，5555~~~ 糗死了，大学毕业后回学校，还有老师记得我这件事。

10. 同桌上课出洋相，他把两个小手纸团塞进鼻子里，然后用力一喷，就把两个纸团喷出来。恰好被物理老师看到。物理老师是打人的，不过那天老师没当我们面打他，下课的时候叫他去了办公室。

他回来的时候，眼睛和鼻子都红红的，我们说他一定是挨打了。他却说下次再也不敢了，比挨打还难受。原来，老师给了他一大卷手纸，不喷完不让走……

11. 我们老板有一次感冒，嗓子疼。一早上大家都默默地对着电脑工作，办公室很安静。谁知他突然来了句：哎呀，今天真是不舒服，我估计我是前列腺肿大了！

大家巨汗，全停下来看了一眼老板。2 秒后他说：哦，不是，甲状腺肿大……

12. 平时都是在家玩电脑，高中时第一次到网吧玩，很紧张，怕被熟人抓到，随便找了台机子坐下，然后东张西望地开始按主机，等了两三分钟吧，我机子还没启动，而且我旁边那男的老看我，我就害怕了，以为遇到……就想换台机子，正在这个时候，一直看我的那个男人突然说了句让我很受伤的话：小姑娘，你主机在左边，你现在一直按的是我的主机！

13. 国庆第一次去老婆家里见父母，晚上老婆发条信息：亲爱的老公爸爸说你结吧！

我一看激动一宿没睡觉，第二天我问老婆，昨晚你爸爸是不是答应我们结婚呢？

她看我愣了半天说：爸爸是说你小结巴，谁说要结婚啊！

14. 记得那时候才幼儿园，大家喜欢把门关起来，让你怎么敲都不开门，有一招屡试不爽：“开门，老师来了。”我们也常这么干。小时候就懂谨防万一。

有一次我迟到了，因为下午一般都是自由活动，老师不在，我看门又关起来了，不紧不慢地敲门：“快开门，老师来了。”还洋洋得意的时候门开了，我们老师很郁闷地看着我，“哪个老师来了？”

我立马呆了，脑门上三根黑线。

15. 我爸说过的最让我感动的一句话是：孩子，好好学习吧，爸以前玩麻将都玩儿10块的，现在为了供你念书，改玩儿1块的了……

16. 从昨天晚上打嗝打到现在，烦死了！刚吃过饭，我决定每打一次嗝，自己用力锤肚子一下……哪知道，刚才，就在刚才，南瓜粥被锤出来了！！！

17. 这天，表弟参加完面试回家，表哥问他结果怎么样。

表弟摇摇头：没戏了，面试官问我有什么爱好，我说我喜欢唱歌。他就让我当场唱一首歌听听。

表哥很纳闷：你不是唱歌挺好的吗？

表弟郁闷地说：别提了，我唱的是范玮琪的《一个像秋天，一个像夏天》，一紧张，唱完第一句就忘词儿了。

表哥：第一句？

表弟沮丧地说：第一次见面看你不太顺眼……

18. 初中有个同学，一天上课的时候，外面有个老人在教室门口，他说这死老头谁呀？在门口瞎转～！然后仔细一看，大叫：我爷爷～！冲出去了～！

19. 某男，警用设备公司技术人员。

一日，公司一女销售带客户去试水炮，结果不好用，跑回公司很着急地对某男喊：咱们什么时候去打炮？！

顿时工作间里一片肃静，某男也只顾得强忍住笑，已经没力气回答她了。于是猛女又焦急地问了一遍：咱们什么时候去打炮？！

……

已经有人捂着肚子跑出去了。

20. 一美女下夜班，被一色男子尾随跟踪，美女很害怕，路过一片坟地，色男子正要下手，美女走到一座坟墓前说：爸爸，开门吧，我回来了。吓得色男子狂奔而去。美女为自己的聪明得意地笑了起来，哪知笑声未落，从坟墓里传出一个阴森森的声音说：闺女，你咋又忘记带钥匙了呢？吓得美女尖叫着跑了。

这时，一个盗墓者从坟墓里爬了出来，说：影响我工作，吓死你。突然发现墓碑前有一老者，手拿凿子在刻墓碑，就好奇地问：你在干吗？老者生气

地说：这些不肖子孙把我的墓碑都刻错了，只自己来改啦。盗墓者一听，吓得撒腿就跑了。

看着盗墓者的背影，老者冷笑道：跟老子抢生意，吓死你。一不小心，凿子掉地上了，老者正要弯腰去拾，却看见从草丛中伸出一只手，同时还有个冷冰冰声音：啊，敢乱改我家的门牌号。吓得老者连滚带爬地跑了。一个拾荒者从草丛中爬出来，捡起地上的凿子，感叹道：这年头，捡块烂铁还得费这么大神。

1. 宿舍老四下床找了半天拖鞋，没有，问大家：我的鞋拖到哪里去了？

2. 单位祝词，一位领导说：祝大家身体愉快……憋住，没词了。

3. 我有次去买羊肉串，伸出 4 个手指对老板说：来 3 根羊肉串。老板懵了：几根？我又伸出 3 个手指说：4 根！

4. 某日中午，老妈让老哥把饭桌往边上挪一下。我哥半天不动窝，老妈一急就说成了这个样子：听见没有？叫你把桌子往旁边挪二公里！

5. 本人姓朱，管理单位机房。有次有人打我手机：鸡科长，你在猪房吗？当时狂骂那家伙一顿！

6. 在食堂排队，听见旁边一男生说：师傅，来碗'子弹菜花'汤！（紫菜蛋花汤）哈哈，笑得我喷汤了。

7. 某日在米线店吃饭，米线上得很慢，等得我饿得要死，终于按捺不住拍桌咆哮，本想说再不上米线我就把桌子掀了！结果说成：老板！再不上米线我就把桌子吃了！全店沉默 3 秒后爆笑到桌子下面……丢人……

8. 爸妈吵架，我爸气得说了句：我给你滚出去！

9. 印象里小学时的班长极其严肃，一次自习课，教室里人声鼎沸，班长维护了几次秩序之后终于忍无可忍，站起来一拍桌子怒吼道：谁再吵，把他嘴打断！

……全班肃静。

10. 大学的时候，我问一个哥们曼联的战况如何，他激动地说：曼联输了，贝克汉姆领到两张黄盘下场了！

11. 刚上大学，军训，连长不知道是哪里的口音，喊口令——向左钻！向右钻！

12. 大学时候，听见一个女生点菜：师傅，炒一盘酸辣土豆丝，不要放土豆！

13. 中午做饭，妈妈给我一盆胡萝卜：去，把胡萝卜切成肉丁！

14. 当年找工作时，主考官问我哪年毕业的。我本来是要说 2000 年的，结果一激动说：两千年前……更瀑布汗的是，主考官竟然“噢”了一声说：孔子的学生吧？

15. 记得有一次去买一种叫伊丽莎白的水果，我张口就说：老板，莎士比亚多少钱？老板当场就呆了……

16. 和领导等人喝酒，举起酒杯大声道：让我们同归于尽吧！当时脑子太热了……

17. 老板，有没有手纸充机卡？

18. 我是物流部的，过了年，客户打电话过来查询节前的货物什么时候到，因为过节这几天浑浑噩噩的，我也搞不清楚订单的内容，就顺口问了一句：您是什么东西？

19. 我有个朋友刚看过《射雕英雄传》，对“打狗棍法”非常感兴趣，经常跟别人开玩笑。一日，他又照例踢了别人一下，大喝一声：踢狗腿！大家狂笑，他也觉得尴尬，就又踢了一脚，大喊：狗踢腿！

20. 我高中的时候假期出去打工，在一家饭店想找一份侍应生的工作。因为还是小孩子，而且是第一次打工所以很紧张，本来想问经理需不需要打工的，又想说问需不需要人手会比较含蓄一点。结果说成：经理，你们这里需不需要打手？当时差点找个洞钻进去……

21. 经理开会到一半对抽烟的说：抽烟的都掐死！

22. 想起来那会儿肯德基出留香展翅时，因为没看广告，是听别人说的，一直以为是刘翔给肯德基代言了。到了肯德基，直接跟服务员说：我要刘翔展翅……

23. 我同事要问人民币跟日元的汇率，他开口就说：人猿跟日元怎么兑换的？

24. 嘻嘻和哈哈是好朋友，有一天，哈哈死了，嘻嘻走到哈哈的墓前，悲伤地说：哈哈，你死了。

25. 有一天，一家失火了。爸爸妈妈都逃出来了，只剩下一个儿子还在里面。

妈妈很紧张地在屋外大喊：儿子……你在干吗……都失火了还不出来……

儿子回答：我在穿袜子啊……

妈妈又说：都失火了还穿什么袜子……

过了五分钟，儿子还没出来。

妈妈又紧张地喊：儿子，你到底在干什么？快出来 ~~ 都失火了，还待在里面……

儿子说：我在脱袜子啊。

一农民伯伯第一次进城，突感腹部不适，急于找到厕所方便，可是话到嘴边却忘了城里人管茅房叫什么，情急之中好像听人说过那叫公共场所，于是在街上截住一哥们，“大兄弟，这公共场所怎么走啊？”

此人一听，啥叫公共场所啊？是指电影院吧，于是顺手一指，说：“那边。”农民伯伯来到电影院刚想进去，就被拦在门口，“买票！”售票员说。老农诧异地想：“这城里就是不一样，连上茅房都得买票。”

“多少钱？”

“二十。”

老农一听，更觉诧异，这城里上趟茅房要二十块，无奈憋得受不了，于是掏钱买票，售票员给了他一张票，老农伸手接过说：“二十块钱就这么点纸啊？”

于是往里走，来到门口，检票员拿过票，唰的一声撕掉了一半，老农接过说：“这么点纸还撕一半啊。”

于是走了进去，这城里就是不一样，这茅房真好，这么大，还这么多人一起，于是坐下，问后面的人：“啥时候开始啊？”

“等灭了灯就开始了。”

一会儿，灯灭了，老农脱下裤子开始方便，边方便边想，这城里人真好，拉屎时还有这么大的电视看，忽觉得后面有人推他，于是不耐烦地说：“别动！自个管自个的！”

后面的人还在推老农，老农更不耐烦：“叫你别动，自个管自个的！”

后面的人急了，说：“大爷，我是想告诉你，你的烤地瓜掉到我脚面上了！”

1.

这个暑假，辅导员组织了我们留校的同学一起出去玩，9 男 12 女。因为男生是单数，所以我要求自己住一间。风景很好，美中不足的是，这里没有什么别的服务，可是房间的床头柜有两盒 TT，很精致，三只装的。

我实在是闲得慌，半夜坐阳台吹 TT 玩，吹破了六个就睡觉了。中午把房卡给了辅导员，辅导员退房后，大家正要走，大厅前台该死的对讲机传来了打扫卫生的大妈的声音：217 房消费 TT 两盒！ Repeat，217 房消费 TT 两盒！

我当时就炸了，怎么宾馆的 TT 还要收费？全班人用各种眼神看着我，当时囧得我想死的心都有了，辅导员倒是很平静，主动付了钱，出门口时，他悄悄地问我，在哪找的？这荒山野岭，两盒啊，厉害！

我真是一肚子委屈……回去的车上，收到了班上女生的短信：你竟然一晚上用掉两盒？！

2.

前天晚上，我们像往常一样在寝室里各玩各的电脑。然后我觉得很困就先上床睡了，躺在床上的时候觉得不对劲，因为笔记本没有锁在柜子里，怕不太安全。于是我就叨念了几句，说是笔记本要不要收起来之类的话。其他两人都附和说道：还是收起来吧。于是我就让室友 L 帮我把笔记本放在衣柜里。（因为柜子还要开锁很麻烦，就顺便丢在衣柜里也 OK）

第二天醒来，发现笔记本还是在桌子上，想必 L 是忘记了，我也就没说什么。直至今早，我在我衣柜里发现了我记录日程的本本。我很诧异，然后

室友L忙说：不是你让我帮你放进去的吗？你还说怕不安全。我与其他两人立马雷喷了。

下课去厕所，拉开一个厕所的门，发现里面赫然蹲着专业课的老师，我看到她就紧张，竟然忘了关门，紧张兮兮地说了句：老师好！说完这叫一个后悔啊，她问我能把门给她关上么？我尴尬得想死，本来想说句对不起，结果一紧张说成了：谢谢！

我想我这门课一定会挂……

我和同学去逛街，他去试衣间试衣服，我就在店里瞎逛，有点累，看到旁边有个木头桌子，就想靠一下。没想到那个桌子还连着一个长衣架，上面全挂着那种厚厚的皮衣毛衣大外套（当时是冬天），这边桌子上就放着几个钱包。所以已经导致这个桌子很不稳了，严重向那边倾斜……我一靠……轰隆一声……更要命的，还是二楼……然后各种零碎全朝一楼飞下去。注意啊，是飞！！！哎，所有人的目光刷刷刷……好想死啊！

我上的是寄宿高中，平时出校门不容易，都要假条的。隔壁班有个男生，不算帅吧，但是很很很很冷，高中三年我们说话不超过5句。他知道我要出去，就叫他们班的我的一个好朋友跟我说，让我帮他带包烟回来。

一路无话。我顺利回来了，临去他们班之前，我有点怵，因为超级超级超级巨无霸不熟，对方还是个很很很冷的人，我怕尴尬，心里都想好台词了。我去了就把烟直接递给他，他肯定说：谢谢。我就说：不用谢。然后我就回来，恩恩，就这样！

我心里默念了几遍就去了，到了门口一看，我那好朋友果然不在，没法叫他帮忙了。就让他们班同学把那男生叫出来了，按照剧本，我迅速地把烟递给了他。

结果，没人说话……

我一下呆了，大脑没转过来，不是按我剧本走的啊，但是觉得得说点啥啊，不能这么一直没人说话啊，一张嘴，“谢谢”……

世界又安静了……

我当时恨不得有人喊“咔”的心情！！！我跟他说谢谢！啊，这算哪门子啊 ~~~ 啊啊啊啊啊啊啊啊 ~~~~~ 肯定又被人当傻瓜了 ~~~~ 疯鸟 ~~ 以至于现在根本想不起来对方啥反应，我咋回去的了，不过记得我那好朋友晚上回宿舍跟我说：×× 说让我跟你说‘不用谢’……

有一次内衣掉了，我估计是风吹到楼下了，然后又要上自习了，就把手机闹钟定在快下自习的时候，好提醒自己下自习去收内衣。

结果，我自习跑去隔壁班玩去了，一玩忘记在教室讲台充电的手机。然后在隔壁班同学那儿收到了我们班同学的短信，叫我千万千万等教室人都走干净了再回去。原来，我走后不久，我手机闹钟就响了，老班问了半天没人上来关手机，就把我手机打开了，边看还边读：“8 点 45 找内衣”╮(╯▽╰)╭我那天都不晓得，自己是怎么走回去的！

第一次表白是小学六年级毕业的时候，其实本来真是不知道，还以为再也见不到人家了，所以说那就赶紧把白给表了吧。又不好意思当面说，就写了卡片，还称人家是“长得最可爱的男生”。

结果是，初中三年、高中三年、大学四年……也全部——通通——同班！更悲剧的是，那人越长越残，想起那句“最可爱的男生”，就汗到极限！

有段时间一同学脚上长了个东西发炎了，然后我说你去买个 999 皮炎平吧。第二天她回来，拿在手上的是 666 皮炎平。然后她一边涂脚一边骂现在伪劣商品太多了，随后准备刷牙睡觉了，刷到一半，发现自己挤的是那个 666……

买了一管强力胶，需要扎开封口，就插进去一根针，拔不出来 >_< 用牙齿咬住往外拽。

结果……蹦出的胶水把嘴巴和牙齿都粘住了，说不出话 T_T，只好围着妈妈转，因为，难以启齿！

10.

话说，我小学当了五年的班长，每节课老师进来一喊上课，我就得叫起立。

有一次课间，我看一本课外书，觉得怎么这么好看，就想快点把它看完，课间十分钟眼看着一分一分地过去，我那个急啊，上课铃终于响了，我已经看到最后一页，老师进来了，我眼睛狂扫到最后一段。终于，老师喊了声“上课”！！！我终于看到最后两个字了，同时也要喊起立了，就在这种状况下，我当着全班同学和老师的面大声地喊了声“公鸡”！！！然后站了起来。我哭。因为书的最后两个字是“公鸡”，我也不知道怎么就喊了出来，后果是什么我现在也忘了，就感觉这事儿成了我一辈子的阴影。

1. 小学有一次上体育课，站队前同学们都把衣服脱下扔在篮球架上，我也去挂，没想到我太矮了，总是够不着篮球架子，于是使劲一扔，衣服却飞到了那一头，我又去拣，再扔，掉了，再拣，再扔，我跑过来跑过去，来回十几趟就是挂不上去。全班同学都站好队了，就我一个人在扔衣服，同学和老师死死地盯着我，我边笑边扔，更扔不上去，同学都笑成一团了，我只好不好意思地抱着衣服上完了一节体育课。

2. 我寒假上了音标补习班，班里有一个超调皮而且超贱的男生。有一次，我们上完课了排队读课文，我正聚精会神地复习，那贱男生向我丢了一个粉笔，正中我的脑门，我火冒三丈，捡起那个粉笔丢向了他，没想到他一躲，粉笔正中老师脑门，老师死死地瞪了我一眼，同学也都转过来看我，我当即吓得蔫了，为了最大限度让老师不知道是我，我也掩耳盗铃，学着同学转了过去……想想狂丢人!

3. 刚转学，和班上同学不熟，某次形体课，想在大家面前展示下自己的韧性＋优美的舞姿，（之前的学校是学幼教的）用劲地来个高难度的劈腿，结果重心不稳，只听“啪”的剧响声，大家回过头来，我又迅速做出潇洒的姿势倒在地上。

4. 运动会我们班主任让我掷标枪，我知道自己没戏，掷完后，我就在主席台下玩，可是这时报幕员在扩音器里喊道：507 号运动员，507 号运动员……我以为自己入决赛了，噌的一下子就跳上主席台大喊：我进决赛了!

全场的同学都用羡慕的眼光看着我，谁知道这时扩音器接着说道：507 号运动员去掉，去掉……全场爆笑，我脸爆红！

5. 有一次下晚自习，正下楼突然停电，人太多，我一不小心碰到了女生，那女生大喊：流氓！我情急之下也喊了一句：女流氓！

6. 以前上中学时，厕所卫生条件不好，男厕所狂脏，所以我们总去男老师厕所，学校通知各班班主任严禁学生去老师厕所。

有一次，我正进去，突然我碰到了我们班主任在那蹲着，我当时就傻了，懵懂中来了一句：吃饭了，老师！（我们老家那遇见人都这样问候）老师憋了一会说了句：恩！

事后回想我那个乐呀！

7. 妈：哼，你个没良心的，吃老娘的，喝老娘的！

爸拿起一个馒头。

妈：吃老娘的馒头！

爸夹了口菜。

妈：吃老娘的茄子。

爸：还吃你豆腐呢！说完，他夹了一大筷子小葱拌豆腐。

8. 小时候在动物园发生的事。我喂猴子的时候被猴子咬到手指，大哭，我妈妈就隔着笼子跟猴子对骂：我都不舍得咬云云……

9. 某日，我幽怨地对我妈说：妈，给我几 W 块。妈问：干吗？我说：要去隆胸，你把我生得那么小，不应该补偿下我？我妈直接一个冷笑：我的都比你大，不知道你自己怎么长的，还怨我！爆寒……

10. 我妈特爱装嫩，每回穿得比我还花还年轻，还特爱扎两个小辫。有一次，愣是把我拖进一家饰品店，站在一排发箍前，问我：哪个好看？

我指了指一花的，我妈不屑地看了眼说：那太老成了，你就是嫉妒我不显老。说完拿着一个喜洋洋和灰太郎的问我：这个怎么样？那售货员还一个劲说不错不错，我满头黑线，默默地走了出去……

11. 有一次我在和一个网名叫淡黄色的网友 QQ 聊天，我爸进屋，我就最小化了窗口，他老人家看了一会儿，指着下面最小化的窗口说：这个黄色网页怎么开啊？我忙回答说不是，我爸很淡定地说：大家都是男人怕什么！真小气！

于是乎我把我精心收藏多年的 × 片全都帮他拷到桌面上，还心有不甘地说：这些可都是精品啊！我爸微微眯起的眼睛放射出神采奕奕的光芒，掏出钱包对我说：这次去学校钱还够不够啊？爸爸再给你拿一千块吧，别让你妈知道！我顿时眼泪就要下来了！当下信誓旦旦地保证：爸，这些您先看着，下次回家我帮你更新！从那以后，我经常会收到这样的短信：儿啊，啥時候回家啊？

12. 半个月之前，我和朋友去一茶餐厅喝奶茶，我们当时坐在二楼，没多久，我说我去上厕所（厕所在三楼），我咚咚跑上去，悠闲地推门进厕所。可是我进了男厕所，进错不要紧，里面没人就无所谓。偏偏有人……好吧有人没有关系，不认识就无所谓，反正老死不相往来。偏偏是个认识的人……要是不怎么联系的老同学或是普通哥们就算了，顶多被大家笑笑。偏偏……

偏偏转过头来的是一张熟悉的脸——我分手几个月没见的前男友！我立刻惊愕地跑了！！！跑了就跑了，偏偏……

偏偏老娘直接从二楼来了个转体 720 度后空摔，摔了就摔了，偏偏……

老娘爬起来时，脸上贴了不知哪个没良心吃剩的芒果皮。就这样也就罢了，偏偏……

我前男友刚好从楼上下来……下来就下来好了，偏偏……

他还不厚道地爆笑起来……苍天啊！我真想嗷嗷大哭……

请记住我这张囧囧有神的容颜

1.

生平最尴尬的几件事均发生在交通工具上。记得是高一的时候，我们那路车是人最多的，每次都是在等完两三辆之后才能挤上去，挤上去的时候往往也都是面色惨淡发型散乱。有次在车上站在我左手边的是一位看起来挺时髦的中年妇女，顶着一头狂爆的头发。行车途中，我突然感觉到发型应该稍作整理，于是就松开了左手作整理发型状。司机居然很不配合地一刹车，全车的人都跟着啊的一声顺势 45° 向前倾倒过去。当我“啊”完之后，突然听到了更大的一声“啊”，我定睛一看，我的左手梦幻般地拍打到了那位中年妇女的头上，没有移开之势。

慌乱中，我的手才迅速从她的头上移开，很不幸，手指被她的乱发缠住了。最后的定格的画面是：全车人集体失语，我和她面面相觑，她的假发安静地躺在地上……当时的我真的想死的心都有了。那位妇女已经完全不知要说什么好了。下一站到了，我捡起假发拍了拍上面的灰尘递给了她，当时觉得任何的道歉都已经苍白无力了，她恶狠狠地拿过假发塞进了包里，踉踉跄跄地下车了。

2.

还是在公交车上，还是一位妇女。这次丢人指数绝对不亚于上次的“假发门”。到站的时候，她忘记下车了，司机快要开车的时候，她才意识到要下车，于是十分匆忙地从座位上腾空而起，虎虎生风地直奔车门而去。

我当时就站在车门口，她冲过来的时候目眦欲裂，同时伴有一阵尖叫，我着实被那个气场吓到了，赶紧移动脚步给她腾出空，谁知道她的鞋后跟很不合时宜地被我踩到了，但她的速度太快，真的让我有种时空扭曲的错觉，她也预料到鞋子被踩了，但借着惯性冲了下去，到前方3米处，摔了个狗吃屎，内衣裤全部华丽丽地飞了起来。

此刻司机已经关门走人，她就在后面追着大喊：我的鞋！！！！见状，我顺势捡起，从窗户扔了出去。如果那天有人在车站看到落霞与孤鞋齐飞的场面，不要再有疑惑了，她的鞋子是被我活生生地踩掉的！ ~~~~（>_<）~~~~

大学是在外地上的。每次回家都要挤火车，尤其是节假日的时候，火车站的那一仗对我来说简直是噩梦。上个暑假回家的时候，只买到了那种最慢的车，人也是最多的。我拎的东西很多，由于一学期没怎么活动过，拎行李的时候明显力不从心，在检票进站的时候，我就隐约感到筋骨不是很灵活。

等到最关键的登车环节，悲剧发生了。我随着挤车人潮原地做了5分钟扭腰推搡运动后，终于被挤到了正门处，我见状奋力一跃，一条腿飞上了车，当我右脚再奋力一跃的时候，怎么都跃不动了。然后一阵剧痛整个人就趴在了车门处，趴着还好，关键是我的身子呈十字状，像个大面团一样，把车门给全堵上了。然后挤车的人，全瞪着我的大屁股傻眼。悲愤啊，眼泪啊，天雷滚滚啊……

列车员叔叔关切地问怎么了，我气若游丝地说：抽筋了……然后继续躺着不能动。最后我人民列车员尽显英雄本色，把我整个人带行李托了上去，中途不小心帽子还被后面的人挤掉了。他又慌乱中去捡帽子。我上去后就在一隅恢复元气等待复活。欲哭无泪啊！！尤其看到后面上车的人个个面带奸笑，我赶忙侧过了身，不让他们记住我这张囧囧有神的容颜。~~~~（>_<）~~~~

哎，都是屁惹的祸

1.

某日在办公室里看一个文件，越看越不对，就请教同办公室一老师，结果他爱理不理半天不回答我，于是我怒了，一边拍桌子一边喊了声他的名字，站起身子走到他边上。刚想问他话，好死不死那个时候毫无征兆地放了一个 P.……orz

天知道我从来不在公共场所发出异响的啊！于是脑子顿时空白，两眼发黑，只记得当时我们两个都没说话，就这么僵持了差不多有一分钟，空气凝结。后来我发现我实在没脸在他面前站着了，就转身走了。但是走了以后我后悔死了，这一走就变成我当初拍桌喊他然后特地走到他跟前就为了放一个 P 啊？！

从此以后他看到我都会诡异地笑 ==

2.

有一次我们寝室夜聊，大家谈星星谈月亮，谈人生，谈理想。我一个室友当时估计有点困了，意识也不是很清晰，突然就来了一句：我以后就是想在家过煮孩子带饭的生活！我们当晚就集体失眠了……

3.

大学里有一次去自习室自习。我和另外一个同学，我们俩当时带了好多零食。自习完走出教室的时候，门口处有一摊水，那个地面是相当的湿滑，我同学走在我前面还特意提醒我小心别滑到了。话音未落，我就消失在了观众的视线中，坐在了地平线上。

记得当时手上的垃圾袋啦，书啦，笔记本啦，未吃完的零食啦等等全部鸟兽状从我手中向周边飞去。然后就听到教室里的一阵笑声。我当时就觉得再也没有活下去的勇气了。我匆忙拾起了散落在我手边的东西，逃也似的飞奔出教室，我同学则在一旁笑得花枝乱颤不能自已。当我走出教室没多远的时候，听到后面一个很温柔的声音：同学，你的裙子扣子没系……我刚才还华丽丽地飞奔啊！当时我就想哭了！！！！！

甲开着一辆宝马。

乙：哥们，宝马怎么来的？

甲：那天在酒吧遇见个美女，晚上她开着她的宝马把我拉到了山顶上，然后脱了她的衣服，跟我说你可以要你想要的。于是我开走了她的宝马。

乙思索半天：兄弟，你做得很对，她的衣服你也穿不了。

动物的心里话。

牛：这么多人喝我们的乳汁，却没有人叫我们一声“妈”。

袋鼠：唉，没钱，口袋再大也还是鼠！

老鼠：唉，成天为了点儿吃喝担惊受怕的，能不老吗？

蜈蚣：为了省钱，我从来不穿鞋。

鱼：打死我也不去什么网吧！

刺猬：真想感觉一下与别人拥抱的滋味！

一群伟大的科学家死后在天堂里玩藏猫猫，轮到爱因斯坦抓人，他数到100睁开眼睛，看到所有人都藏起来了，只有牛顿还站在那里。

爱因斯坦走过去说：牛顿，我抓住你了。

牛顿：不，你没有抓到牛顿。

爱因斯坦：你不是牛顿你是谁？

牛顿：你看我脚下是什么？

爱因斯坦低头看到牛顿站在一块长宽都是一米的正方形的地板砖上，不解。

牛顿：我脚下这是一平方米的方块，我站在上面就是牛顿/平方米，所以你抓住的不是牛顿，你抓住的是 ***。

……

……

……

***= 帕斯卡

7.

一位先生姓黄，儿子起名单名一个军字，每天他送儿子上学要坐 8 路公交车，于是每天在站台前常有这样的话：黄军，快跑！八路来了！

三只小猪，猪 A 叫的名字叫“谁”，猪 B 的名字叫“哪儿”，猪 C 的名字叫“什么”。有一天，猪 A 和猪 B 站在门口，猪 C 在屋顶上。一只狼发现了它们，想要吃掉它们，于是冲到猪 A 面前……

狼：你是谁？

猪 A：对！

狼：什么？

猪 A：什么在屋顶。

狼：我是问你的名字是什么？

猪 A：我叫谁，什么在屋顶。

狼又问猪 B。

狼：你是谁？

猪 B：我不是谁，它是谁。（指着猪 A）

狼：你认识它？

猪 B：恩。

狼：它是谁？

猪 B：是的。

狼：什么？

猪 B：什么在屋顶。

狼：哪儿？

猪 B：哪儿是我。

狼：谁？

猪B：它是谁？（又指着猪A）

狼：我怎么知道。

猪B：你找“谁”？

狼：什么？

猪B：它在屋顶上。

狼：哪儿？

猪B：是我。

狼：谁？

猪B：我不是谁，它是谁。

狼：天哪！

猪A猪B：“天哪”是我们的爸爸。

狼：什么，是你们爸爸？

猪B：不是。

狼受不了了，仰天长叹：为什么？

猪ABC：你认识我们爷爷？

狼：什么？

猪A：不是，为什么是我们的爷爷。

狼：为什么？

猪A：是！

狼：是什么？

猪A：不，是‘为什么’。

狼：谁？

猪A：我是谁。

狼：你是谁？

猪A：对，我是谁。

狼：什么？

猪AB：它在屋顶。

……

最后，狼自杀了。

要不是这玩意儿，我能出来抢吗

1.

阿泉：年轻美女去妇产科看病，是找男医生好呢还是找女医生好?

丽燕：男医生好。

阿泉：为什么?

丽燕：因为他会仔细检查你各个部位，绝不会草草收场。

2.

老婆：你记不记得去年二月，你说你去钓鱼这件事?

老公：当然记得，怎么啦?

老婆：上午有一条鱼打电话过来，说你已经当爸爸了!

3.

有个年轻人不想参军，在体检中假装眼睛很差。

医生：这个 E 是朝哪边?

年轻人：什么 E？

医生：视力表上的这个啊!

年轻人：哪个视力表?

医生：墙上这个啊。

年轻人：哪面墙上?

医生认为这个年轻人的视力是真的很差。晚上这个年轻人在电影院看电影，黑暗中看见白天给他检查视力的大夫走了过来。他正好坐在了这个年轻人的旁边，于是年轻人赶紧说：太太，这个公共汽车上的人可是真多啊！

4.

两个精神病患者，从医院里逃了出来。他们跑到一片果园里，分别爬到一棵树上。其中一人从树上跳下来，像落地的果实一样在地上滚了起来。

他一边滚一边抬起头对上面的人说：喂，你怎么还不下来？

上面的那个人回答：不——行——我——还——没——熟！

5.

某男子走夜路，忽然碰到拦路抢劫。

劫匪用刀逼住他，说：拿过钱来！少废话！

该男子掏光了口袋里的东西，可是一点钱也没有，只拿出一沓纸来：钱没有，股权证要吗？

劫匪呸了一口，吼道：别刺激我，滚！要不是这该死的玩意儿，我能出来抢吗？

6.

高中时，一次政治考试，考题全是选择题，共 75 题。结果考高分的不多，但却有一老兄一题未对——考了 0 分。后来政治老师问他：你是不是知道考试答案？不然怎么可以全部避开正确答案，只选错的呢？

7.

初中时，班上有一同学很牛，要么迟到，要么一上课就呼呼大睡，直到下课才醒来。一天，他迟到了十分钟，数学老师看到他就说：你不能再迟到了，否则你会睡眠不足的啊！

1. 我老公特别瘦，有次我急了就说道：老公，看你瘦得像猪似的！

2. 有一天去天津比较出名的大桥道食品店买吃的。差不多每次都要买老婆饼吃吃！结果那天我看到新出了一种稍微小一号的饼，样子基本一致，可是我不确定，于是向售货员阿姨发问：这个是小老婆饼吗？

结果全场白眼。

3. 播音稿原文：两歹徒打伤我 110 干警后逃窜。播音员读成：两歹徒打伤我一百一十名干警后逃窜……（黄飞鸿转世？！）

4. 我上高中的时候和我弟弟一个班，他就坐在我后面。

一天晚上我们地理老师问我们：你们谁是姐姐？谁是弟弟？当时我就呆掉了。

5. 一次买凉皮回宿舍后，去别的宿舍溜了一圈，回来发现舍友在吃我的凉皮。她们见我回来，其中一人对我说：你怎么才回来？凉皮都凉了！

6. 那天想喝汽水，赶几步朝冷饮摊想说来瓶汽水，不料看见跟前放着的啤酒，一急竟说：老板，来一瓶屁水！老板……

7. 有一次，我和老公吵架，他骂我：猪！我骂他：你是猪的老公。骂完真觉得自己是猪。

8. 我们一个同事，他去考驾照时，对考官说了一句经典的话：报告仪表，考官正常 ~~~~~~

9. 记得有一次，和一姐们儿去 KFC，排队的时候我听她口中念念有词，一个鸡腿汉堡，一对鸡翅……好不容易轮到她了，一开口就笑翻了所有人，她本想说：小姐，来个鸡腿汉堡，可话到口中竟成了：小腿，来个汉堡！

10. 大学同学在森林公园聚会，时间到了大家准备开饭，俩男生自告奋勇去小卖部买啤酒。班长想提醒他们买啤酒买易拉罐的，可能由于刚才一直在聊国际时事，班长站起来喊：啤酒要伊拉克的啊 ~~~

我们全倒了，俩男生疯了……

11. MM 告诉我肯德基新出的"骨肉相连"（肉串有脆骨），要我带她去吃，那几天北京巨热无比，我昏昏沉沉，到了餐厅，我对微笑的肯德基小姐来了句：请给我两个"血肉模糊"，谢谢！

无地自容 -_- ！

12. 一次上课，老师本想对我们说花色的乳牛的奶最好，结果说成了花色的乳房的奶最好。全班爆笑……

13. 上大学的时候去衡山玩，当时爬山爬了一半，累得正想歇会的时候看到路边有个卖纪念品的欧巴桑，上去开口就问："老婆……"

14. 以前别人来我阿姨家做客，刚进门，我阿姨正要去上厕所。她连忙招呼客人说：你们坐哈坐哈，我给你们去倒点尿喝！（本来是说倒点茶喝的）。

15. 在实习的时候，对一个老师说：陈老师你是不是姓陈?

16. 一个朋友去饺子馆，问：水饺（睡觉）一碗（晚）多少钱? 只听服务员小姐"呸"了一声，说道：不要脸！ ~

17. 有一天去同学家吃饭，喝了点酒，她爸爸忽然进来了，本来是想喊叔叔的，结果说错了，说：爸，来座！ ~~ 寒！一大帮同学笑得要死。

18. 我同事跟人争执，急了张口来了句：你以为我吃饭长大的啊？我一直纳闷他到底吃什么长大的。

19. 小学时一个很讨厌的男生找我借橡皮，我不借，他就死缠烂打，之后我用尽全身的力气狂吼了一句：我不嫁（借）给你！当时同学们立马安静下来了……

20. 一个女孩失恋了，我劝她：两条腿的蛤蟆不好找，三条腿的男的有的是！

21. 小学时候有劳动课，一般都是除草，所以到了前一天放学时候老师就得提醒我们带锄头，第二天上劳动课了准备出发，老师便于管理就问了一句：有多少人带了啊？带了手的把锄头举起来！

22. 某老师：今天，我们来上，杨修之屎……

23. 一次 KTV 点歌，一 MM 大声喊：给我点一首周截棍的《双杰伦》……

24. 大二有一阵儿特别喜欢和同宿舍的一个 MM 一起骑车出去逛街，收拾打扮漂亮后一起进了电梯，突然想起车好像没气儿了，就冲她说了句：先陪我去打胎啊！ ~~~~ 天……

你皮肤这么好，还用护舒宝啊？

1. 一次我开车，坐我旁边的女同事突然问：t你怎么开车不系安全套的？

2. 一次在厕所方便，没纸了。就对老婆说：把擦纸的屁股拿来！

3. 两个人斗嘴，突然旁边一人冒出来一句：你们真是吃饱了事情没饭做啊！

4. 边吃饭边看帖子，边念经典的给老婆听，笑死她了，于是她对我说：吃完饭再看吧，不然脑子消化不良！

5. 一次教育局领导视察课间操，结束后，本应由体育老师宣布“解散”，但一时情急，忘词了，憋了半天，大喊：撤退！

6. 一体育系学生上实习课时，很多老师听课，他太紧张，最后要解散队伍时，一时脑子空白，硬憋了句：全体注意，立正！闪！！

7. 一群同学去郊区同学家玩。我们买了几个西瓜放在厨房。叫一个同学去拿刀切，好久不见回来，正疑惑间，他手里捧着个切开的瓜来了，惊慌地说：我把南瓜给切了。大家狂笑，但两秒钟后，大家更是笑翻，原来他手里捧着个冬瓜！

8. 高中有一老师姓江，酷似罗家英（演大话西游唐僧的），我去问他问题，

脱口而出：唐老师，这题……

9. 一次去麦当劳买甜桶，终于轮到了，我迫不及待地说：给我两个滚筒！没想到那服务员对我大声说；两个滚筒，四块钱！

10. 俺碰到一个心仪已久的女孩从澡堂里出来，想套近乎，憋了半天憋出一句：你洗澡啊，里面男的多不多啊？

11. 有次去吃饭，结账时对老板说：老公！结账！当时老板娘就在旁边……

12. 有一老师通宵麻将，见黑板没擦，大怒：今天谁坐庄啊？黑板都不擦！

13. 有一次我大叔见我小姑在搽大宝，突然大叫一声：你皮肤这么好，还用护舒宝啊？

14. 刚买了房子，兴奋中给一哥们打电话：我买房啦，不过就一毛房（忘说“坯”字了）还得装修。哥们说：就只有一厕所吗？那你住哪里啊？

15. 被老师留下做作业，不会做就抄别人的，然后去办公室交作业，看见老师说：抄完了！

16. 公司养一狗叫小白。某天大家逗狗，同事甲拿着一饼干对狗说：小白，整个办公室只有你喂我哦。三秒钟后，整个办公室爆笑……

17. 一次从妈妈那里出来后到老婆那里去，看见老婆后，习惯性地叫了一声：妈！

18. 早几年，公司有个维修工程师到蛮偏远的地方给某单位修机器，那地方的人总是借机公款吃喝一下，结果同事和客户都喝高了，走的时候，那单位人说：把2瓶显示器装上车！

19. 大姨姐做皮革生意，饭间跟客户通电话，客户催货，大姨姐解释：X

老板对不起牛皮还未到货，单位 X 经理休班了，提不了货。

客户：那羊皮呢？

大姨姐：哦 ~~~ 哦 ~~~ 哎呀羊皮也休班了！（羊皮货也未到）

客户：！ ·%#–！￥！！

我们全家皆喷饭！

20. 在学校门口，有学生模样的人要我捐款献爱心。

我的口袋里正好只有 100 的票子，一点零钱也没有了。

于是，我脱口而出：真是对不起，我实在是一点爱心也没有了（本来想说零钱没有了的），一群人狂晕……

21. 我同事在会议上做翻译，指着投影屏幕本来想说：请大家看这个类库，结果说成请大家看这个“内裤”。

22. 一朋友在一很遥远野蛮的电台工作。夜里值班睡觉忘记报时了，被老板猛扇一记耳光，他晕头转向滴说：刚才最后一声巨响，北京时间……

23. 前几个礼拜，我几个同事一起去小店买衣服，讨价还价的时候，一个同事本来想说：我们都是做这个生意的，你赚多少我会不知道吗？

结果被她说得太简略了，变成：我们都是出来做的，你赚多少我们会不知道吗？说完，她旁边的两个同事吓得赶快闪掉了，就怕别人会认为她们是……回来后，这个同事被其他同事狂扁 ~ ~

24. 一个朋友在公司是做人事工作的，后来辞职不做了，有朋友打电话找他，结果他的同事说：他已经离开人事（世）了！

25. 就在几天以前，我和我家 LG 一起在床上看书，天气冷哈。我正在看的是《风采》杂志，里面恰好有一段话，有“嘿咻”这个词，恰巧我想去吁吁，不知怎么就说成了：老公，我要去嘿咻了。说完之后，自己感觉不要太惊讶！ LG 的眼睛都要直了！

我马上解释，LG 就坏坏地说，你想就告诉我嘛，不要自己去。我的天呐！还有比这个更尴尬的事情吗？

快看，我就是那只粉红的大猪！

1. 有个两三年没见面的 EX – MM 同学来找我借书。
我见面就说：你没大变嘛！
说完我自己差点晕倒…………

2. 偶老板不是上海人，刚来上海时，有次出门回来问偶：什么是大猪尾？小猪尾？偶狂想，说：可能是大的猪尾巴和小的猪尾巴。偶老板坚决摇头，说肯定不是。偶问为啥，他说是司机问他的，还问要大猪尾还是小猪尾。偶狂晕，原来是大转弯还是小转弯……

3. 偶经常做这种傻事的，最过分一次把宾馆的“叫早”说成了“叫床”，其实想说叫我早起床，还是对一个男同事说的，晕了 N 久……

4. 偶中学物理老师说过一句：如果在高山上把猪蛋挤熟。其实是想说把鸡蛋煮熟……

5. 小学到部队慰问演出，宣读一封信：尊敬的各位领导……
大概台下午黑压压一群人，所以脑子一懵，说成：尊敬的各位烈士……

6. 还是小学，看了讲警犬的片子《公主历险记》，片子里的那只狗叫公主，回到教室，对一个男同学说你是公主（猪），说完狂笑，对另一个说，你是母猪，又自己狂笑。然后得意洋洋地说我是你们的主宰（猪崽），他们狂笑。

7. 上次和朋友一起出去，正好在路上一个橱窗看到前天单位活动抽奖中的麦兜（粉红猪），就在公交车里对着朋友说：快看，我就是那只粉红的大猪！其实想说我昨天拿的就是那只猪，一激动害得公交车上人人都看着我。

8. 我一个朋友的同事结婚请了一个搞工会工作的人做司仪，他整场讲得都很好，结果到了最后时刻，他清了清嗓子，说道：请两位新人向双方父母献花圈！（应该是鲜花）在场所有宾客顿时狂晕，然后哗然……

9. 一广东籍同事操着一口流利的广东话国语，人还特别热情。有天中午我们大伙正准备出去吃饭，走到前台的时候电话响了，他抢在别人前面接电话：找谁？哦，找傻咪咪啊，她刚去了大剧院。（实际上，我们有个同事叫沈敏敏，有业务在大剧院）

10. 有一次坐飞机，落地后发现外面正在下雨，空姐好心想提醒旅客准备好雨伞（雨具）。结果一不小心说成了：请各位旅客备好您的阳具。旁边的一位男乘客说：啊？难道没有的话就不能下机啦？

我倒～

11. 偶有一可怜的同事每天加班加到很晚，通常打的回家，一日她老公来接她，她拉开车门上去后就说：师傅，张扬路。他老公晕！

12. 那时候读大学，有一个冬天特别冷，室友早上洗漱回来告诉说：楼里停水了，估计是太冷水管冻住了。就听另一个室友回复到：早知道这么冷，也不给水管结扎一下。我们一听，昏倒……

13. 回家路上看到一个小摊子卖小乌龟，旁边还竖了块小牌子来招揽生意。

只听我同学认真滴对着小黑板念道：巴－西－小－彩－电！

晕～～～明明是巴西小彩龟呀！

14. 大学时，同学们一起去川菜馆 FB，点菜时要了一份猪头肉，讲了半天，

服务员小姐都不能理解，同学 M 就笑着用手指着自己的脑袋，对着服务员小姐说：这个，猪头肉。

小姐：哦～～

我们笑翻，从此，此君绰号“猪头肉”。

15. 不久前和老婆出去吃饭，要了一瓶啤酒，冰的，小姐拿来就问：先生，您看够冰了吗？

我冲她招招手，说：过来给我摸摸。

后来回家被老婆狂扁～◎％※

16. 飞机降落的时候，听见空姐用很温柔的口气，说了这么一句话：厕所正在下降，请勿上飞机！！（应该是：飞机正在下降，请勿上厕所）

17. 还是初中的时候，有一次，考试结束前，老师说：请同学们将桌子放在试卷上，就可以出去了。我狂笑不已，半天老师和其他同学才反应过来。

18. 有一次在和朋友逛街，边走边聊说得老兴奋的，结果踩到了一个老婆婆的脚，本来想说：对不起，对不起！结果说成了：谢谢你谢谢你！然后边聊边走开了。越走越寒……

19. 1 月 1 号天太冷，妈妈要出去买东西，爸爸说：鸭血衫穿好，当心冷！

20. 异性朋友说：这么冷，你里边穿的啥？

我：保暖内衣。

“下边穿保暖内裤吗？”

汗……

其实他想问我穿毛裤还是只穿了保暖秋裤。

22. 高中的时候和同学一起去餐馆吃饭，点了几个菜之后还在想要不要加个什么菜，本来我想说西红柿炒鸡蛋的，不知道怎么回事，脱口而出的竟然是：西红柿炒番茄。老板思考了很久……

23. 同桌的东西掉地上了，弯下去捡，偶用脚踩之，不料踩中其手，其大怒：敢踩我脚？！

24. 一次文艺晚会，主持人上台报幕：下面请欣赏：新疆歌舞，掀起你的头盖骨！

毛骨悚然！！！！！

25. 考试分数很低，我苦恼地抱怨说：我的分数太便宜了！

26. 老虎不发猫，你当我是病危呀！

哟，汤都撒出来了

1. 一女子在食人族的追击下，跑进一条死胡同，由于惊吓，尿湿了裤子。食人族见状大骂：真可惜，汤都弄撒了！

2. 小白兔一大早就高高兴兴地出门了，走着走着遇到了大灰狼，大灰狼一把抓住小白兔啪啪抽了它两个大嘴巴，然后说：我叫你不戴帽子！

第二天，小白兔戴上帽子又出门了，走着走着又遇见了大灰狼，大灰狼又一把抓过小白兔啪啪抽了它两个大嘴巴：我让你带帽子！

小白兔非常郁闷，就跑到老虎那里去投诉大灰狼，老虎听了小白兔的投诉说，你放心好了，我会帮助你的。

老虎找来了大灰狼对他说：老狼，咱俩是多年的好朋友了，今天上午小白兔来投诉你，说你没事找事老是欺负它，你看你能不能换个理由揍它，比如你可以说'兔子，你去给我找块肉来！'要是它找来肥的你就说你要瘦的，要是它找来瘦的你就说你要肥的，这样你不就又可以揍它了吗？要不你就让它帮你找母兔子，它要找了丰满的你就说你喜欢苗条的，它要找了苗条的你就说你喜欢丰满的！老狼听了以后十分高兴，连夸老虎聪明。可是他们的对话却被在房子外面锄草的小白兔听见了，小白兔十分生气！

第三天，小白兔又出门了，又在半路上遇见大灰狼，大灰狼说：兔子，你去给我找块肉来！

小白兔说：你要肥的还是瘦的。

大灰狼皱了皱眉头，笑了笑心想，还好还有第二招：算了算了，不要肉了，你去给我找个母兔子来。

小白兔说：你喜欢丰满的，还是喜欢苗条的？

大灰狼愣了一下，啪啪抽了它两个大嘴巴：我叫你不戴帽子！

3. 老公：现在几点？

老婆：十点。

老公：整吗？

老婆：太早了吧，别人都没睡呢！

老公：我是问是十点整吗？

老婆：十一点吧。

4. 有个人去电影院看电影，他的票是一楼的位置，等他找到自己的位置时，看见一个壮汉横七竖八地躺在他的位置上，而且占了好几个位置，这个看电影的人就说：兄弟，你躺在我的位置上了，麻烦让下好不好？躺着的这人却理都不理。看电影的人又说了：兄弟，你知道我是混哪里的吗？这么横？躺着的人还是没有反应，看电影的人又说了：你是哪里的，这么狂啊！这时躺着的人好像嘴里嘟囔着什么，看电影的人凑过去仔细一听，躺着的那位老兄这么说的：我……我……我是从二楼摔下来的……

5. 某饭店养只鹦鹉挂在门口，有客到就说：你好欢迎光临！一常客想：我快点进看你有何反应，一天他噌地就跑进去了，鹦鹉说：妈个 ×，吓我一跳！

6. 话说英国情报局，美国 FBI，中国公安一起进行岗位大练兵，参赛队伍都必须完成一个相同的任务：那就是把一只兔子放进森林里，哪个参赛队伍最先找到这只兔子谁就获胜。首先英国情报局先进入森林，他们在森林里安插了无数的摄像头，且布置了各种陷阱想要抓住这只兔子，但一个星期过去了，还是没有发现兔子的身影，他们只有宣告失败。FBI 则动用了大量的人力进入森林里搜查，然而搜寻了 5 天还是没有发现兔子，他们便一气之下把整个森林给烧了，当然兔子也给烧死了，也算失败。要说最牛的还是中国公安，进入森林没有半小时就出来了，还抓了一只被揍得鼻青脸肿的熊，那只熊拼命地点头，且不停地说：我是兔子，我是兔子～～～

7. 有一只北极熊，因为雪地太刺眼了，必须要戴墨镜才能看东西，可是他找不到墨镜，于是闭着眼睛爬来爬去在地上找，爬呀爬呀，把手脚都爬得脏兮兮的才找到墨镜。戴上墨镜，对着镜子一照，这才发现：哦，原来我是一只熊猫。

8. 有一人在森林里被食人族包围了，他绝望地叫道：上帝啊，我死定了！这时只听见天上传来了上帝的声音：孩子，还没有，你看见前面的大石头了吗？捡起来，把它扔向那长老，砸死他！那人照着做了，还真把食人族的长老砸死了。食人族个个都面目狰狞起来。这时上帝说道：这下你才真的死定了……

9. 高中的时候，一次下课，同学们都抢着到外面买盒饭。一女生为了比别人先到，抄了个近道走，结果前面窨井盖没盖好，掉了下去！一会儿她撑着井沿往上爬，很是狼狈，一群初中小孩惊骇地从身边走过，她竟急中生智，一边爬一边说：哎！真难修啊！

10. 三个小白兔采到一个蘑菇，两个大的让小的去弄一些野菜一起来吃，小的说：我不去我走了，你们就吃了我的蘑菇了。

两个大的说：不会的，放心去吧，于是小白兔就去了~~~

半年过去了，小白兔还没回来，一个大的说：它不回来了，我们吃吧。另一个大的说：再等等吧~~~一年过去了，小白兔还没回来，两个大的商量：不必等了，我们吃了吧。

就在这时，那个小的白兔突然从旁边丛林中跳出来，生气地说：看！我就知道你们要吃我的蘑菇！

11. 一大学生被敌人抓了。敌人把他绑在了电线杆上，然后问他：说，你是哪里的？不说就电死你！大学生回了敌人一句话，结果被电死了，他说：我是电大的！

12. 一个老板酒后，心情非常高兴，吹着口哨，开着心爱的奔驰600在公路上行驶，这时，他发现路边停着一辆农用拖拉机，并且有一个人在摆手。于是，他停下车，原来，这个拖拉机坏在路上，想找人帮助拖走。老板今天心情非常高兴，便答应了。

两个人同时约定好，如果拖拉机打右转向灯，请继续开。如果拖拉机打

左转向灯，请停车。然后，老板开着奔驰 600 与拖拉机一起上路了（当然开得很慢了）。突然，一辆宝马轿车从后面以极快的速度超过他们，老板一看，非常生气，怒骂道：还没有人敢超我奔驰 600 的呢！于是，他马上挂高挡，急踩油门，奔着宝马就追了上去（因为喝了酒，他已忘了后面还拖了一辆拖拉机）。老板很快就追上了宝马，正当他们以 280 迈的速度飙车的时候，被路边的一个交通警察发现了，想拦已经来不及了，连忙拿出对讲机，跟下一路段警察联系：喂，喂，喂，发现两辆车在飙车，速度非常快，一个是宝马，一个是奔驰 600，请你拦阻他们，不对，是三辆车在飙车，后面还紧紧地跟着一辆拖拉机，并且拖拉机还打着左转向灯，想超车……

13. 以前一朋友去福州旅游，住在一酒店，洗漱完备，刚躺上床，忽然看见一只小老鼠，她大叫一声，翻身就往门外跑。还好走廊只有服务员小姐，没有其他人，服务员赶紧跑过来，然后微笑对她说：小姐，老鼠已经抓住了，请放心睡觉吧！她疑惑地看着服务员，服务员提着老鼠的尾巴告诉她：老鼠已经被你的叫声吓晕了。

14. 有个乡下人，挣了点钱，想到城里住下宾馆试试，开了间最好的房，突然想上厕所，找了半天，看见马桶，以为是洗脸盆，就洗了把脸，然后自己叨咕这么高级的宾馆连个厕所都没有。突然他想起来床头有报纸，就拉上面了，后来怕丢人，想找个地方扔，看到一落地窗，以为没玻璃，就扔过去了，结果巴上面了。他心思，这可怎么办，让人知道了都得笑话我。于是他就下楼找个干杂活的，带他来到房间，指着玻璃跟那人说：你帮我整干净，我给你 50 块钱。干杂活的张嘴看了半天，说：这么的吧大哥，给你 100 你告诉我你咋拉上去的。

15. 女教师在黑板上画了一个苹果，然后提问：孩子们，这是什么呀？孩子们异口同声地回答：屁股！女教师哭着跑出教室，找校长告状：孩子们嘲笑人。校长走进教室，表情严肃地说：你们怎么把老师气哭了？啊！还在黑板上画了个屁股！

16. 当年非典时候，全校恐慌。一日早饭我喝小米粥不小心呛了一下，于是连续地咳嗽。全食堂突然静悄悄地全看我一个人！和我一起的寝室哥们连忙解释：啊，呛着了，呛着了……

不要迷恋哥，哥只是个非主流

哥是一名非主流，曾几何时，哥在网吧注册了哥这辈子第一个秋秋号！这或许是哥辉煌的开始吧？因为哥是一个爱慕虚荣的人，喜欢被无数少女围绕的感觉，所以哥选择了非主流，或许是非主流选择了哥吧。

哥在一个餐厅做服务员，每月收入只有 800 元，所以哥只能上网装 B，因为在现实里，哥永远抬不起头。但这不影响哥的帅气，哥的英俊是常人不能理解的美，哥有着一种忧郁中夹杂一点忧伤，忧伤中夹杂一种忧郁的气质。

在网上泡妞，一件潮服是不可缺少的。所以哥走进了服装批发市场，这里全是假名牌，哥买了一件 85 块钱的紧身黑西装，这样才能把哥的曲线体现得淋漓尽致。哥不买裤子的原因有 2 个，一是这个月钱不多了，剩下的钱刚够哥吃一个月的方便面，二是视频的时候 MM 看不见哥的腿。

哥回到家里对着镜子试着新买的黑西装，为了让 MM 看见哥的胸肌，哥不得不把黑西装最上面的 2 个扣子给拽了，没想到 TM 的质量太差，哥把西装的领子也给撕下来了，哥苦笑着，其实对于哥这种非主流来说，有没有领子并不重要。

接着该弄发型了，哥为了能有一个凌乱的发型，已经 2 个星期没洗头了，满是头油，哥用手狂抓头发，不一会一个时尚的造型就产生了，看着哥西装肩头厚厚的一层头皮屑，哥苦笑地摇了摇头，轻轻将其拭去。

到了晚上 8 点，哥开启电脑，打开秋秋，看着哥的 6 钻和会员，一丝心酸涌上心头。像哥这种帅气的男人，为何只是一个服务员？为何总要围着客人

转？哥不满现实的不公，只有在网上哥才能找到优越感。

哥把视频调到最亮，曝光调到最高。因为哥一天吃三顿方便面，由于长期的营养不良，哥面黄肌瘦，再加上哥买的一箱方便面是辣的，辣得哥满脸青春痘。把视频调成这样，配合哥的长发遮面，一般人是看不出的。

哥的秋秋名叫本少爷！因为这个名字有一种神秘感，能够配合哥忧郁的气质。哥的个性签名是——钱乃本少身外之物！配合着哥的 6 钻和会员，再合适不过了！哥进入了一个非主流论坛，看到里面都是找老公老婆的，还都附上了照片。哥也打开视频，对着摄像头摆 POSE，哥伸出舌头做舔嘴唇状，双手 V 字。就这个动作哥摆了 40 多分钟才拍出一张最能体现哥帅气一面的照片。

哥在论坛上留下一句话，本少寻妻，带着脸加秋秋 XXXXXXXX，穷妞闪，丑妞爬，门当户对者来，哥很忙，非诚勿扰，并附上了那张哥拍了 40 分钟的照片。果然有很多妹妹被哥的帅气所折服，不一会就有 8 个 MM 加我，但是为什么只有 1 个 MM 和哥说话？难道是被哥的 6 钻震慑住了？哥苦思……坏了，哥的秋秋相册里有一些哥随便拍的照片，都是哥在餐厅里端盘子时候照的。本来想留作纪念，没想到相册忘了加锁。说时迟那时快，哥马上给相册上锁，但是非常遗憾，还是有 7 个妹妹从我的秋秋好友里消失了，以哥的经验应该是把哥拉黑名单了。哥有的是女人，不差你们几个，哥安慰着自己，但一丝泪从哥的眼角划过。

我打开那个妹妹发来的消息。不出哥的意料，她用帅哥来称呼哥，哥很满意，哥不禁笑出了声。为了显示出哥很忙，哥片刻之后才回复她：你来应聘？她说：是啊，怎么这么久才回复我？是不是有很多人加你？为了装出一种哥是供不应求的感觉，哥说：对，有好几个女的，她们话好多，你有视频吗？她说：有啊，现在就可以。哥赶快对着镜子又将自己油垢不堪的头发往上推了几下，但是又垂了下来。MM 已经发来了视频，为了哥的形象，哥使劲把头顶的头发拽直，疼得哥直咬牙，但是这又算得了什么？

接了 MM 的视频，出现在对面的也是一个非主流 MM，浓妆艳抹，长得还算不错，但哥看不上她的 2 个大鼻环，感觉是和一头母牛在视频，但是哥还有其他选择吗？MM 说：我对你很有好感，你是我喜欢的类型。哥心想你丫废话，像哥这种只会在童话中出现，犹如传说般的男人，是任何女人都不能拒绝的！但现在加哥而没把哥拉黑名单的只有她了，也只能便宜她了，哥正想答应她，肚子突然疼了起来，可能是那箱方便面过期了，哥菊花一紧，眼看就要憋不住了，只能对她说：稍等，接个电话。然后哥冲进厕所，迅速解决，方便过后，PP 微辣，是那麻辣方便面害的，哥苦笑地摇摇头。

回到电脑前，哥从紧身黑西装的口袋里拿出一包香烟，没错正是中华，但里面的烟早就被哥调包了，是4块钱的牡丹，烟盒还是晚上哥在楼道里拣的，哥的智慧如同哥的长相一样华丽。为了显示哥的与众不同，哥拿出一包火柴，火柴能显得哥很独特，很有男人味，这正是哥不用打火机的理由。哥划着火柴，低下头侧过脸点烟，没想到由于哥太追求 MM 看哥的角度，把哥的刘海点着了，情急之下，哥赶快把视频关了。然后哥拿起一本杂志，对着自己的脑袋一顿猛扇，火终于灭了，但是哥飘逸的刘海已经成为了过去，可能是由于头发太油，火才会烧得这么快吧？哥对着镜子苦笑地摇了摇头，一丝酸楚涌上心头。

哥不敢再打开视频，对那个 MM 说：你好可爱，把手机号码留下吧，有时间找你出来玩。看得出那个妹妹很激动，她说：我的号码 139XXXXXXXX，老公你不许骗人噢。哥说：怎么会骗你，但是可能要下个月才行，这个月我要去新加坡旅游，已经答应朋友了，像我这种男人是不会失约的。理由只有我自己最清楚，一是等下个月发工资，如果连请她吃饭和开房间的钱都没有那就太尴尬了，二是等哥的刘海长出来，像哥这种神秘的非主流，是需要流海来遮面的，这就好比是放置在柜台里的黄金是需要灯光来渲染的。想完这些，哥轻轻地打了一个响指，然后掸了掸肩膀的头屑。真是美好的一天……

1. 和儿子一起玩得特高兴，他突然停下来，抬起大眼睛真诚地对我说：爸爸，我们俩结婚吧。我……Orz，反问他：那隔壁的一帆姐姐怎么办？

儿子回答：我都要。

小破孩以为咱们家住在阿拉伯的断臂山上。

2. 儿子在商场里，看到可以4个小朋友一起堆积木的桌子，边冲过去边喊：打麻将喽！

我和老婆真想对周围的人解释：我们真的很少打麻将，真的。

给儿子开了一罐开心果，他大呼小叫地跑过来，嘴里喊：吃花心果喽！

看来，教育儿子的路还很漫长啊。

3. 马路上，孩她娘说：车车来了是不是要离远一点呀？

儿子说：不要！

孩她娘问：那我们该怎么做呀？

儿子很不耐烦地喊：我要危险！

4. 儿子撒尿滑了一下，我提醒：小心点不要摔哦。

儿子不服气地回答：我要摔，我要摔到这个洞洞里面！

他真以为自己很苗条。

5. 儿子每晚带小熊毯子睡觉，

一晚毯子洗了，睡觉后儿子揭开被子往里面看了一下，抬头肯定地说：没有小熊，只有小鸡鸡。

6. 儿子对孩她娘撒娇说：妈妈你笑嘛。

孩她娘甜蜜地对他堆起笑脸，儿子很不顾他娘的感受说：妈妈你笑得好丑。

7. 孩她娘怂恿儿子说：跟爸爸说你想玩单车。

儿子憋了半天对我说：爸爸，我想完蛋。

8. 儿子拿走我手里一叠百元大钞，跑开了。

我问儿子：你拿去干什么？

儿子回答：拿去上床。

全家大惊失色，结果见他把钱扔在床上踩着玩。

9. 孩他娘看着怀里的儿子爱得不行，忍不住在他脖子上咬了一口，儿子边挣扎，边惶恐地说：妈妈你不要吃我嘛。

10. 晚饭后跟儿子说开车带他去兜风，儿子欣然同意。

车在路上开了一会儿，儿子一直看窗外，最后忍不住转头问孩她娘：兜风在哪里啊？

11. 一晚，喂儿子吃饭，儿子边把一根鱼刺从嘴里小心抽出来，一边转头对我不满地说：爸爸，你小心一点嘛。

我还得强颜欢笑表扬这小破孩：自己能把刺吐出来，很棒。

当个忍辱负重的爸真不容易。

12. 某日，孩她娘穿了条短裙，俺口水滴答地摸了一把在面前晃来晃去的美腿。

孩她娘啐道：摸什么摸，儿子，我们不同意对不对。儿子跟着瞎起哄：我们不同意！

我对多管闲事的小破孩说：我摸老婆的腿，关你什么事？

儿子又被她娘叽里咕噜教唆一番后，理直气壮地喊：你老婆是我妈，我

不同意！

我对儿子很不屑地说：当年我不摸你妈的腿，还没你呢！

儿子听完也很不屑，一副恨铁不成钢的样子说：你没见过美女啊？！

我和孩她娘一起笑倒，也不知他哪里学的。

13. 一天晚上他看了爸爸妈妈以前的影集，看到爸爸妈妈一起在厦门海边玩的照片（在他出生的前 2 年），看看就生气了，说：你们真小气，就知道自己去海边玩却不带我去，后来还伤心地哭着说我们小气。后来妈妈告诉他那时候他还没有出生，他却又说：你们真小气，那时候为什么不把我给生出来呀……

14. 晚上认字时，小家伙总是不停地看一下电视，当妈妈说他没有好好地认字时，他说：妈妈我是不想看的，是我的眼睛想看。

晚上要是不小心尿床了，妈妈说他真坏又尿床了，结果人家说：不是我坏，是我的 JJ 坏，是我的 JJ 把裤子尿湿的，然后还做出一副很无辜的样子。

15. 某晚和儿子一同洗澡，淋浴房中热气蒸腾，白雾凝滞，忽感腹中叽里咕噜一阵乱响，不留神化为一股青烟，在我来不及收紧臀肌的时候，湿湿地漏了出去，父子俩顿时被笼罩在蒸气和氮氢气体的闷罐中。看到儿子的脸色变了，知道这事瞒不过去，只好尴尬地明知故问：爸爸放屁了，臭不臭？

儿子抬头说：不是放屁，是小鸟叫。

我心中那感动的，儿子不仅知道给我个台阶下，还说得这么诗情画意的，无奈氮氢气体闷在淋浴房久散不去，儿子的体贴改变不了事实。

正胡思乱想之时，儿子又补了一句：不是爸爸放的，是我放的。小脸上那表情，诚恳得我都以为自己刚才是臀部的错觉。

咱这儿子真没白养，勇气和智慧兼备，也是和俺这样的老爸生活久了，迫不得已锻炼出来的，真难为他了，明天一定要买包薯条犒劳一下。

16. 儿子感冒，把喉咙咳哑了。

孩他妈体贴地安慰儿子：喉咙是不是不舒服呀？

儿子点头很认真地说：嗯，吃棒棒糖对喉咙好。

啊呸，肉包子还能打狗呢。

嘿，这不是葛优么

1. 一次，葛优请朋友吃饭，中途上了趟厕所，回来时，裤子湿了一大块。

朋友：你的裤子怎么湿啦?

葛优：自从我成名之后经常这样。

朋友：经常这样?

葛优：可不是！经常是旁边的人撒着尿突然转过来大叫'这不是葛优吗'!

2. 单身的小王问老李：为什么法律规定一个男人只能娶一个老婆，老李语重心长地说：你有了老婆之后就会发现，其实这条法律是保护男人的。

3. 沙僧参加数学考试，监考老师盯着他脖子上的珠珠看了半天，冷笑道：嘿嘿！把算盘伪装成这样了，休想作弊，快摘下来！

4. 我见她脸带娇羞，神态可爱，不禁心中一荡，小声问道："你……你当真喜欢我吗?"她埋下头去："你猜！""喜欢～"她面色更红，头更低，"你再猜！"

5. 一男要跳楼，其妻大喊道：亲爱的别冲动，我们的路还长着呢！男子听后，嗖地跳了下去。警察说：你真不该这样威胁他！！

6. 有一对中年夫妇，育有两个非常美丽的女儿，但是他们一直向往着生个儿子。他们终于决定做最后的尝试，经过几个月的努力，皇天不负苦心人，这位太太怀孕了，九个月之后，生下了一个健康的小男孩。这位快乐的爸爸冲

到育婴室要去看他新生的儿子，却被他所看到的吓坏了，他的儿子竟然是他生平所见最丑的婴儿。他跑去见他老婆并告诉她，他绝对不可能是这个婴儿的父亲，并且很凶恶地责问他老婆：你是不是背着我偷汉子？他老婆很甜蜜地对他笑着说：这一次没有。

7. 孩子正考虑有关“遗传与环境”的问题。母亲插话道：这个问题很简单嘛，大家都知道如果孩子像父亲，那就是遗传；像邻居，那就是环境。

8. 一对恋人去登记结婚。“做过婚前检查吗？”“查过了，他房子车子都全了。”“我是说去医院。”女青年脸红了，小声回答：“查了，是个男孩。”

9. 小邸 MM 第一次上游泳课，一小时以后，她对教练说：“我想，今天是不是就练到这里吧？”“为什么呢？”“我实在喝不下去了。”

10. 唐僧赶走悟空之后又遇到妖怪，他只好念紧箍咒想呼唤悟空回来救命，不久空中传来一个声音：对不起，您呼叫的用户不在服务区，请稍候再试。

11. 动物园来了一头大猩猩，奇丑无比，游客人见人吐。有一天我去了，我吐了；又有一天，你去了，猩猩吐了。

12. 小芷若：妈妈，发药的阿姨为什么戴口罩？
妈妈：给你的药很好吃，院长怕她们偷吃了。
小芷若：给那些拿刀的叔叔戴口罩是怕他们聚餐吧？

13. 管申请驾照的人去管结婚证书后失业了，原因是他习惯性地问：你们是为了娱乐还是为了商业用途？

14. 一女奇丑，嫁不出去，希望被拐卖。终于梦想成真，却半月卖不出去。绑匪将其送回，她坚决不下车，绑匪咬牙一跺脚：走，车不要了！！！

15.20 年前爸爸抱着你等车，人都笑话孩子长得难看，爸爸哭了。一卖香蕉的老大爷拍拍爸爸说：大兄弟别哭了，拿只香蕉给猴子吃吧！真可怜，饿得都没毛了。

16. 男：若我抱你，你会怎样？女：反抗！男：若我吻你，你会怎样？女：反抗。男：若我……女：有完没完！女人的力气毕竟有限的嘛。

17. 甲：你未来的夫人知道你多大岁数吗？

乙：当然，她知道一部分。

人家不过垫了块卫生巾

1.

我是男教师。

痔疮犯了，垫了一片卫生巾（卫生巾是太太的）。

在学校打篮球的时候，那该死的东西顺着裤腿掉了出来，上边还有血~~~

球场周围围了很多学生看球，NND，拾也不是不拾也不行。

2.

高中的时候住校，有同学回家让他帮我捎点东西，便发短信：给我烧点衣服和钱。

3.

昨晚煮螃蟹，水开后，我把螃蟹一个个扔进锅里。蟹子很新鲜，在锅里乱动。

老婆打小心善，就见不得这个，遂躲在我身后捂着眼睛不敢看。

我宽慰道：佳佳，我们是不是太残忍了？

老婆：嗯……放盐了吗？

4.

我们那个教化学的老头近视800度，一次上课在黑板上板书后转过身来，突然指着我大喊：你站着干什么！！给我坐下！！

我当时正坐在最后一排的座位上，而我身后的墙上挂着我的大衣。

5.

上大学时急救课上，心肺复苏急救，教授正边说边演示。

教授：双手按压胸部，不能使劲儿太大，压下 2~3cm 即可，劲儿太大容易把病人肋骨压断！

教授：下面请看示范（双手使劲儿一压），咔嚓一声！模型的肋骨断了。

数秒钟后，教授尴尬地说：下课 ~~~~~~

6.

大学去深圳写生，跟同学在马路上逛，突然一男同学往马路一边走去，拍了一个人肩膀问：大哥，请问……

是不是他脑子被门挤了，竟然问的是银行的押钞员！！

押钞员可能也没听清，回过头来，神经紧张地拿着枪指着他：你要干吗！要干吗！

我同学一看枪口对着自己，吓得带着哭腔说：大哥，没别的意思，我就问问几点了。

爆汗……

7.

我在小学毕业时买了一本万恶的毕业册，因为上面说 1 月 20 日 ~2 月 18 日的星座是——水缸座。

后来在很长一段时间内，别人问我你是什么星座，我都说是水缸座！

8.

跟以前同事一起下班，在公司对面马路往车站走，对面走来一个男人，盯着我看了一会，我刚想问他认识我吗。那人看了我一眼，接着吐了！那个囧啊！ ~~

那人是个醉汉！

我很无语，同事笑喷了，从此此事流传开来。

同事逢人就说，*** 那个丑啊，那人看了她一眼就吐了……

9.

我朋友有次喝醉了，据他妈说，他在厕所，右手拿电话状，左手按着镜子，和镜子中的“入狱者”深情对视道：吃得好不好啊？最近监狱管得严吗？争取早日出来啊！

10.

有一次，因为有事要联系一个同学，但是手机里没存他的号码，于是给另外一个和他很熟的同学发短信，“请问有 ××× 的电话号码吗？”

五分钟后，终于收到回复了，我迫不及待地打开短信，赫然写着“有啊”两个大字。

无奈之下，只能又再发短信给这位大哥，“那么，请告诉我好吗？”又继续等了 5 分钟，收到了回复，我再次迫不及待地打开来看，赫然写着另外两个字——“好啊！”

挖类，老子大牙就这样被笑掉了

1.

一天在公共汽车上人太多了，特别热，特别闷。不知谁放了一个屁，这下是环境更加恶化。我朋友实在受不了，又不知道是谁，没办法。正好售票员问：谁没有买票？我朋友忽生一计，大声说：放屁的没买票！忽然一个特别胖的女人，手高高地举着票，大声说：我已经买票了。

2.

孩子就是单纯……初中时，一个男生想抄一个女生的作业，怕人家不同意，就趁她出教室后翻人家的书包，结果翻出来一个卫生巾，他惊讶地说：哇！好大的一个创可贴啊！

3.

这件事发生在本人中学的时候，时至今日，堪称一绝。那是节英语课，老师叫我们用“How......”造句，当时有“How are you，How do you do”等初中学的日常用语，可问题就出在当大家集思广益想答案的时候，只听后排一位仁兄一句“How 优根 ~~~~~~~~~~”（相信玩过“街霸”的朋友都知道啥意思）立刻全班男生笑倒，女生及老师莫名地看着这突如其来的一幕晕菜中 ~~~

4.

中学时一同学乔迁请大家到他家里吃饭……很多很多菜。饭桌上他老妈站起来很客气地对大家说：你们一定要吃饱喝足。不要客气，更不能浪费，现

在搬新房了，反正家里没养猪，倒掉很可惜的。

H君与朋友进入一家高档商场。进了店门后才走了两步，朋友忽见他在光滑的大理石地面上做滑冰状，甚感奇怪。问他，H君一边继续滑一边指着旁边的牌子，认真地说：既然来了，就要遵守这儿的规矩。那牌子上写着：小心地滑。

某领导下乡普查，问一老农：你知道近亲为什么不能结婚吗？老农憨厚地笑答道：呵呵呵，呵呵呵，关系太熟不好下手。

某大学新楼落成一雕塑：一位少女左手捧一本书，右手高擎一只象征和平的鸽子。该校公开向各学生征集名称，结果许多人的标语不谋而合——读书顶个鸟用！

一次文学考试中有这样一道题：名词解释——莎翁。（莎士比亚的尊称）有个同学，他是这样作答的：莎翁，一种奇怪的鸟。

上小学的时候，有篇课文叫《瀑布》，中间说到作者转过一座山见到一条瀑布垂在山间，我的一个女同学朗读的时候也是声情并茂地念：转过这座山，我惊呆了，一条破布挂在山上。全班同学笑喷……

朋友生日，我带小儿子参加。饭后大家去卡拉OK，小儿子自告奋勇要为主角唱歌。掌声四起。“我为叔叔演唱一首折寿。”众哗然。我回头看屏幕——祈祷。

一倒霉的哥们自诉

跟自己5年的媳妇让劲舞上的小白脸给拐跑了。

为朋友打架，拘留15天，出来之后我一个人赔医药费。

下属篡权自己辞职了。

房没了，租个房天天晚上闹鬼，墙太薄，天天晚上听隔壁的叫c，而且声音还是一男的。

买了条吉娃娃养了2月结果发现是哈士奇。

网上拍一妞，一见面才知道是离婚的，她儿子比我小一岁，现在天天追杀我，说是为了我离的，我靠，你离婚了2年才认识我，你丫还非说是女人的预感。

夜里喝醉去洗浴，醒了之后看见和一男的在宾馆里，到现在都不知道让没让他给……

在家逗狗，让丫坐，丫打滚，让丫打滚，丫倒立。饿了就啃我衣服，狗粮从来不吃，晚上趁我睡着了，自己偷冰箱里的大蒜吃。

我说你丫到底是不是狗啊，拉大街上溜你，本来想借着你搭讪个妞，你TM就会踪着老太太屁股后面走，看见美女摸你你就拉屎。你说你是不是bt。

我把你给人那天我特难受，可你呢，看见我朋友就跟见了亲爹似的，满地打滚。

我要不是属狗的我真把你扔火锅里吃了。

想减肥，天天饿着，有天实在忍不住了，买了7斤柿子，吃完中毒了。

花8块钱买一瑜伽光盘，练了4天，把脖子抻了，现在两肩膀还不一样高，女的看见我都说我是臭bt。

夜里想玩点浪漫，自己给自己做烛光晚餐，结果把被子点着了。我妈以为我是因为失恋要z焚，给我送心理医院呆了两天。

实在孤独，花1块5买一大眼泡金鱼，买来之后就挺着肚皮在水里一动不动。我一直以为它死了，有天尿完尿，顺手扔厕所里，这孙子在尿里游得那叫一个欢啊，实在不忍心给它冲茅坑里，下手从尿里给捞出来了。结果手开始脱皮，到现在还没好。

吃炒饼吃出啤酒盖，吃馄饨吃出脚趾甲。做公交车被门夹脑袋，打苍蝇手拍钉子上，买股票就没涨过，去白云观烧烧香，手机掉功德箱里拿不出来。

出门口一和尚说我大富大贵，就是现在走背字，一高兴花570块钱买了他一个翡翠护身符，让我天天含嘴里，有一天哥们来了说我舌头怎么绿了，我把翡翠拿出来一看原来是一大玻璃，哥们说：你见过道观里有和尚吗？我想想也是，孙子你骗我就骗吧，还他×非让我天天叼着，现在一伸舌头人家以为我他×苦胆破了，你说哪个妞能理我。

天天做噩梦，不是被人宰了，就是让动物给j了。

想老老实实在家看会电视，tm台台演《奋斗》，10几个美女围着一叫陆涛的转，爱得死去活来，TM大房子，大美妞，有几十个亿的大爸爸。临了你丫还说：我要的不是这个。

和着我同龄人都是这么过日子啊，换个台吧：又来一许三多天天嚷嚷做有意义的事，昨天还心智不全呢，今天就扛一大狙去缅甸崩毒贩子，可能吗？三多，我告诉你，我叫王大鸡儿，我是铁姑娘团的，你信吗？真TM想把电视砸了。

上校友录想寻摸2个人吃剩下的妞，我小学女的全结婚了，加中学大学班级，结果不让我通过，说我上学那会是什么不良少年，我TM都奔三张了。

就刚才写帖子，跳闸一次，电脑自动关机2次，烟抽没了，垃圾桶里捡烟屁抽，手还让一按钉扎了。

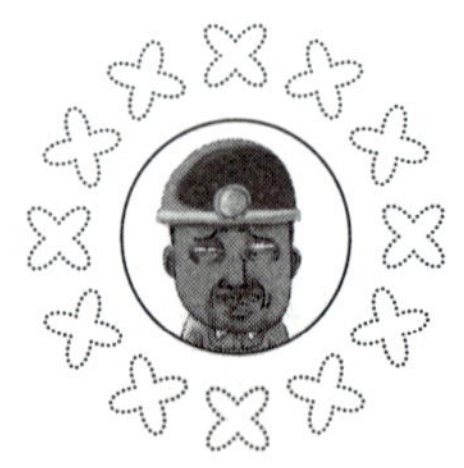

1. 骚归骚，骚有骚的贞操；贱归贱，贱有贱的尊严。

2. 师太，你是我心中的魔，贫僧离你越近，就离佛越远。

3. 恐龙说：遇到色狼，不慌不忙；遇到禽兽，慢慢享受。

4. 娶个唐僧做老公，能玩就玩一玩，不能玩就把他吃掉！

5. 路边的野花不要，踩！

6. 这姑娘，穿的是真清凉，长得是真败火！

7. 四年没见到老婆了，她去年给我生了个大胖小子……真想回家看看啊。

8. 打死也不说，你还没有使美人计呢！

9. 将客户睡服！

10. 没有拆不散的夫妻，只有不努力的小三。

11. 以前提出上床，会说你恋爱动机不纯；现在提出恋爱，会说你上床动机不纯。

12. 不成熟男人的标志是可以为了理想壮烈地牺牲，成熟男人的标志是可以为了理想卑贱地活着。

13. 避孕的效果：不成功，便成“人”。

14. 爱她，就请为她做无痛人流！

15. 常常告诫自己不要在一棵树上吊死，结果……在树林里迷路了！

16. 打破老婆终身制，实行小姨股份制，引入小姐竞争制，推广情人合同制。

17. 你的丑和你的脸没关系！

18. 佛曰：色即是空，空即是色。今晚，老衲想空一下。

19. 出来混，老婆迟早是要换的！

20. 你放心，看到你我连食欲都没了，还谈什么性欲？

21. 马化腾在北大中文系演讲时说：学十年语文不如聊半年 QQ 效果好！

22. 老天，你让夏天和冬天同房了吧，生出这鬼天气！

23. 长得丑的女孩我一般不甩，但你是个例外！

24. 金钱不能买到一切，但能买到我；暴力不能解决一切，但能解决你！

25. 我绝不以貌取人，但坚决以貌娶人！

26. 如果有一天我变成流氓，请告诉别人，我纯真过。

27. 鸳鸯相抱何时了，鸯在一旁看热闹。

28. 男人可以风流但不能下流，女人可以下流但不能人流。

29. 我说我的眼里只有你，别人都说我目中无人。

30. 有老公怎么的？有守门员球还进呢！

给我梦中的干豆角阿玉：

阿玉，见到你的第一眼我就稀罕上了你，真的！我可以发誓，骗你我生小孩没肚脐眼，出门就被车撞死，不过我估计你也不忍心，我死了你可咋办！今天我终于鼓足勇气给你写了这封信，希望你能明白我的心。下面是我特意为你作的一首诗，写得很一般，只是有点通俗现代主义的气息，也是那天肚子不好蹲马桶上想出来的，勉强代表我一半的水平吧。

大海啊！你全是水
骏马啊！你四条腿
美女啊！你说你多美
鼻子下面居然长着嘴

还记得相逢的那刻天气死拉的热
你美毙宋丹丹的身影一下迷住了我
咋样形容你在我心中的印象啊
大概像是个去了毛的白天鹅

我这心呀
开始哐当哐当地跳个不停

整个人如同抓瞎了一样难过
难道就像书上说的那样啊
我已经上了爱情的大贼车

啊！美女
你爱不爱我
我的条件真的很不错
父母是处级干部呀
我他 × 也算是个帅哥

咱们搞对象是多么的浪漫啊
死蛤蟆终于泡上了老天鹅

阿玉，你看了我写的诗是不是特心动，觉得我贼有才华，我估计也是。其实我从见到你第一天也疯狂地爱上了你，为了你我戒了烟戒了酒，听说这些东西影响某种功能。也不再偷窥对面女生寝室，虽然和她们现在成天拉着窗帘也有一定关系，但主要还是因为你，因为我打听出你并不住那栋楼，可见我爱你之深。阿玉，凭我的扁扁才华和你的超级美貌，我们一定是令人羡慕的一对，连梁山伯与朱丽叶也比不上我们，你是不是也觉得我们特般配？

高考爆寒雷人语录汇总

1. 随着李鸿章签下的一款款条约，一个古老民族的尊严丧失殆尽，中国沉寂了，但是 90 后出现了，希望出现了。

2. 这群刚长出羽翼的孩子。（鸟人一族？）

3. 一个“80 后”倒下去，千百个“90 后”站起来。（……）

4. 9.8 级的地震把整个四川变成一片瓦砾。（同学，你太狠了吧）

5. 在九千年前大诗人苏轼就曾经说过……（周口店人苏轼？）

6. 蝴蝶也是朝生暮死的东西。（珍惜蝴蝶吧，明天就看不见同一只了）

7. 过去的将来，人们充满希望，现在的过去，有赞扬赞许和担心忧虑，现在的将来，有坚定和迷茫，那么将来的过去会是怎样呢？（看明白这段时态的有赏）

8. 仿佛自己才是家庭小宇宙的中心。（你们家都是圣斗士？还有小宇宙！）

9. 没进过厨房，分不清油盐酱醋茶。（这五样外观都不一样，不至于分不清吧）

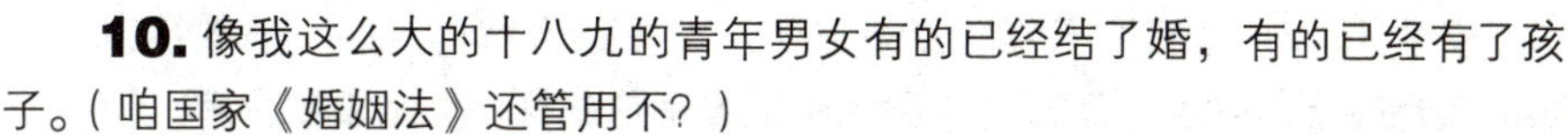

10. 像我这么大的十八九的青年男女有的已经结了婚，有的已经有了孩子。（咱国家《婚姻法》还管用不？）

11. 也许这种心情是茅盾的。（对，不是老舍的）

12. 十二年寒窗苦读为的就是在今天都够实现自己的梦想，成为天空中搏击的雄鹰，成为嗷嗷叫的狼。（变成狼就够呛了，还变成“嗷嗷叫的”）

13. 或许我们现在娇生惯养，但我们面对风雨时并不会马上死去。（除非被雷劈死，一般都不会马上死去）

14. 要传承一个日不落的民族，就必须有精卫填海、夸父追日的不弃和不舍。（你们大英帝国的也到中国参加高考？）

15. 不过我比他幸运的是我在一个较好的学校，他在下面的学校，他总跟我说他们那的学生没有素质，没有修养，书是白念了，三两天就会出现打架的迹象。（就您这文笔通顺程度，到底谁是差学校的学生啊？）

16. 多少的80后的志愿者为了国家的荣誉，顶着残酷的烈日，环视着北京城的卫生。（志愿者难道是城管？）

17. 无私应如司马迁，记录真实的历史，用“史家之绝唱”的《离骚》，为我们将历史的长河疏浚。（都怪鲁迅先生，说什么《史记》是“无韵之离骚”，让人家考生写错……）

18. 邱绍云离我们的年代远去，蒋姐的年代已经离我们渐渐走远，他们的作为我们从不忘记。（作为没忘记，名字都忘记了）

19. 我们要有“江山代有才人出，一代更比一代强”的坚定信念。（又见组合诗词的高手）

20. 在我的盘问下，您才说出“不太舒服”三个字。（……）

21. 传说中的菲尔普斯，那个拿了八块奥运金牌的人……他教练说：他平时就是吃饭、睡觉、游戏！（我的生活也是这三样，怎么没拿金牌？）

22. 二万秦关终属楚……千万越兵可吞吴。（夸张的手法？）

23. I'm 90后，我也是90后。（同学你是小沈阳吗？英文中文的还说两遍？）

24. 70后的人被称为英雄，他们艰苦奋战，创立了新中国。（19世纪的70后？）

25. 力拔山兮气盖势，时不利兮骓不逝，逝不骓兮可奈何，虞姬虞姬奈若何……你面对眼前的大河，毅然投身乌江。（可怜的霸王，你要报仇就去找那考生吧！）

26. 天津市一所中学的高三毕业生中，有一名叫做小超的同学……在病床上坚持读书，要在明天参加高考。（小超不用考语文和数学吗？为什么今天不来参加高考？）

27. 隆美尔毅然决定违抗希特勒的指令，用自己的方式诠释青春。（隆大爷那岁数怎么诠释“青春”？）

28. 社会以语不惊人的速度更迭着。（社会不算“语不惊人”，您“语不惊人”！）

29. 人麻人生肉长（我师兄看了五分钟，告诉我：“考生大致要说‘人嘛，都是人生肉长的。’”）

30. 然就那一刻遭千人恨万人怨的地震爆发了。（你说“挨千刀的地震”多好？）

31. 他们呀，他们，他们面对他们的选择死而无憾。（同学，你是口吃？）

32. 马云曾经说过：“短暂的激情不算什么，长久的激情才能赚钱。”（怎么看这句话都更像是拉皮条的说的。）

33. 灾区的处境第一时间传遍了神舟大地。（还是联想的比较好。）

34. 70 后早已作古，80 后也不足挂齿。（幸好我是 80 后。）

35. 徐霞客一生只写过一本书，一部《霞客行》流传千载。（考生的想象力让我不得不击节叫好，我一辈子也想不出这样巧妙的句子。）

36. 太阳一分一秒地爆炸。（爆炸一次您也活不了！）

37. 我是业障。（你这业障！）

38. 吕蒙是三国时期的名将，但是他年轻的时候是个有勇无谋的猛将，但是在鲁豫的劝说下，他发奋苦读，最终成了一代名将。（原来吕蒙也参加过《鲁豫有约》呀！）

39. 常言人必须一生中有感情趣的事情，在你有性趣感认它。（没看明白，这句话好像在说一些不好的事似的。）

40. 80 后的人们风韵犹存。（幸好没用“明日黄花”！）

41. 环境不会为你而改变，既然你不能适应环境，那你就灭亡吧，留你也没用，也是浪费粮食，还不如给其他人做贡献，也算学雷锋做好事吧。（有些拙嘴笨腮的女生还是好好和这位考生学学吧，以后甩闲话用得着。）

42.《史记》是我们 90 后耳熟能详的一篇文章。（别装，你肯定没读过。）

43. 李白在一首诗中写道：天生我材必有用，我也从李白那里学到了妄自尊大。（你学点好，行不行？）

44.（居里夫人）不畏辛苦终于钻研出了第一个放射性元素“镭”，因而她也获得了诺贝尔文学奖。（同学，其实诺贝尔奖还有好多别的奖项呢！）

45. 歌德花了五十八年创作出影响思想界文化界的《浮世绘》。(这老家伙不好好写《浮士德》，跑到日本画画去了。)

46. “天生我材必有用，明朝散发弄扁舟。”(唯一欣慰的一点就是这两句都是李白的。)

47.80后是垮掉的一代，90后是趴下的一代。80后拒绝加班，90后拒绝上班。(2000后的情形我想象不出来。)

48. 就拿我来说吧，我是伴随着苏联解体而生的，当然它们的解体和我没有关系。(同学你太谨慎了，你不说我们也知道。)

49. 居里夫人在电闪雷鸣中奋斗着镭元素的摄取。(小心被雷倒！)

50. 就像李白在乌苏台案被赐金放还一样。(仅仅把李白和苏轼的事情记混了，这样的事情我早就司空见惯了，问题是我想知道乌苏台到底是乌苏里江还是乌里雅苏台。)

51. 莎士比亚在教育亚里士多德时，穆罕默德在旁边讲了一句话:“不可以貌取人！”(这仨人说话互相能听懂吗？)

52. 时间就像拉出来的尿一样无法收回。(同学，你实在是……太恶心了！)

53. 我们90后的目标就是制造09后。(哦，那好，你们抓紧时间吧。)

54. 大江东去浪淘尽，千古风流人物，故垒西边，人道寄奴曾住。(这两句词连得多顺！)

55. 我们为什么要学外语，因为外国人骂我们的时候，我们能听得懂，还可以还嘴去骂他们。(这样的话，你用不着学多少句。)

56. 机遇像雨点般向我打来，但我都一一闪过。(你够背的！)

57. 鲁迅先生怀着曲线救国的梦想，赴日本学习医术。（……）

58. 风筝在天空飘着，高兴地说："好风凭借力，送我上青云。"（风筝都看过《红楼梦》不成？）

59. 世界巨富比尔·盖茨发家不也是从玩电脑开始的吗？（盖茨小的时候有魔兽吗？）

60.（司马迁）有两种选择：一是享受荣华富贵，写假史，二是受尽世人凌辱，写真史。（自从《报任安书》入选课本之后，司马迁的伤疤就被考生一遍一遍地撕来撕去，不过这位考生说的还是蛮有新意的嘛！）

61. 90后的第一人要德才都有的，但我才真是不都。而高考在下，也是我才能的表现，也能好一点我是才子，不好一点我是啦吸。（闭嘴！你就是啦吸！）

62. 古时候，有这样一个人，他是范进，他在考试中屡遭失败，但他懂得珍惜时间和青春，没有放弃考试，他的青春无悔。虽然范进在很老的时候考上了，但是他的青春是无悔的，因为他懂得珍惜青春。（您当时学《范进中举》时敢情一直拿范进当正面人物呢？）

63. 还有可能是对压抑心情的排泄吧。（排遣、发泄两个词不能省略着用。）

64. 那个在指挥台上指挥若定的周周你们记得吗？他是"90后"的代表。（求你们找个正常人当代表吧！）

65. 我也认为要使官员廉洁公正，一定要启用"90后"的我们。（先去考公务员去。）

66. 父亲像亲人一样疼爱着我。（真可怜，后爹吗？）

67. 我们永远也忘不了那难忘的一刻，2008年8月8日，就在那一天，奥运会成功地在我国落下了帷幕。（还没开呢就完了？）

68.（鲁迅）做出了一个决定：弃医从文，这个决定一般人看来觉得他很傻，觉得医学专业那么挣钱，何必去学文学？（同学，鲁迅先生要像你那么聪明就好了。）

69. 我们要秀出自己的风格，发扬自己的性趣，爱好，不做父母手中的小玩物。（这家里面太乱了，都没法想，越想越乱。）

70.2008 年 5 月 12 日，中国的四川被撕成两半。（你当撕卷子呢？）

1. 不要迷恋哥，哥只是个传说！

2. 哥不在江湖，江湖都有哥的传说！

3. 世上本没有哥，但迷哥的人多了，就开始出现了哥！

4. 哥不寂寞，因为有寂寞陪着哥。

5. 不要打哥的电话，哥玩的不是寂寞……是哥的手机丢了！

6. 哥用微笑保持低调，却不知道微笑也让世界烦恼。

7. 哥抽的是寂寞，吐出来的是烟。

8. 哥泡的不是姐，是姐的寂寞。

9. 哥就是把姐搂在怀里，也不过是两个人的寂寞！

10. 哥有一艘船，船到哪里，哪里就有海，知道的人多了，就有了人海。

11. 哥寂寞不是因为八零后，因为活在零零后。

12. 哥上的不是网，是寂寞上了哥！

13. 哥与寂寞有染。

14. 寂寞哥，恶搞姐叫你回家吃饭！

15. 不要恶搞姐，姐会让你吐血！

16. 哥＋姐≠寂寞。

17. 哥用的是海飞丝，潘婷死远点！

18. 哥发的不是寂寞，是春；姐叫的不是孤独，是床！

19. 哥抽得不是寂寞，是风！

20. 哥，别老寞寞寂寂的，姐都等得有些寂寞了！

21. 寂寞木有罪，有罪的是哥和姐。

22. 哥炒的不是股票，是寂寞；挣的不是钱，是脆弱。

23. 哥闲得蛋疼，但不寂寞。

24. 哥寂寞是因为姐不在，姐寂寞是因为哥不行。

25. 姐多，哥就不寂寞了。

KFC里男孩表白，女孩的爆汗回应

昨天去吃肯德基，排在我后面的像是一对儿情侣，眼看他们点了一大堆吃的，然后坐到我旁边。

坐下后，那个女孩就开始埋头猛吃，好像饿了好几天的样子，而男孩则一根一根地啃着薯条，好像有什么心事。

突然，男孩放下薯条，往前凑了凑，很认真地问：青青，我追你行吗?

女孩头也不抬，直接说：不行!

男孩又问：一点可能也没有吗?

女孩干脆地说：一点可能也没有!

男孩愣住了，两眼直直地看着她，呆在那里……

当时，女孩一手拿着鸡腿，一手拿着汉堡，觉得男孩在看她，于是暂停大吃，然后用可怜的眼神看着那个男孩，小声说：那……我还能吃吗?

旁边包括我在内的人都笑出声来，那男孩很无奈，忙说：吃吧，吃吧……

1. 一个男人走到前台，只对我说了一句：你先给我找个座。

2. 顾客冲进来直奔前台：小姐，给我来一个莫斯科鸡肉卷。

我：对不起，我们只有墨西哥和老北京的。

顾客：那我要莫斯科的。

我：……

3. 中年妇女过来点餐：给我一个麦当劳。

我：不好意思，我们这是肯德基。

女：哦！那给我来个肯德基。

我无语，掉头就走了，实在不知道怎么跟她说了……

4. 一名顾客走到前台。

顾客：给我一个小碗。

我：啊？

顾客指指菜单我才明白是要圣代。

我：圣代是吧，您要什么口味啊？

顾客：苹果的。

我：啊？对不起，从没卖过苹果的。

顾客：那个绿色的是什么？

我：哦，那是芦荟口味的。

顾客：芦荟？那不是花么！能吃么？

我：能！

顾客：算了，我从不瞎吃。我要咖啡味的吧。

我：（茫然状）对不起啊，也从没卖过咖啡味的。

顾客：那黑色的是什么？

我：那是巧克力的。

顾客：算了，巧克力太甜，我要那个红色的吧。是草莓的吧。

我：（超级兴奋，可算猜对一回）是，您要几个？

顾客：一个，不过我不吃芝麻，你把草莓籽都帮我挑出去。

我：！ @~#$%^&&**~！ @#$%^&*

5. 一个老太太进来，态度非常和蔼地说：姑娘，给我来一斤鸡翅。

6. “我要两个田园汉堡，一个不放肉，另一个加两片肉……”

7. 一次一个小孩进来说：给我 20 包番茄酱。

我：小朋友，我们给不了你那么多，再说你要那么多干什么用啊？

他：我妈说晚上给我做樱桃肉。

8. “来个火炬。”

“啊？”

“就是拿在手里的那种。”

9. 一位顾客走到前台。

顾客：我要草莓新地。

我：好，一个草莓圣代。

顾客：不是这个，我要草莓新地！

我：嗯？哦，麦当劳叫新地，肯德基叫圣代。都一样，我们这里是肯德基。

顾客：哦，草莓新地，草莓圣代，一样啊。

我：对，先生您真聪明！

顾客：哈哈哈哈，那我要巧克力新地吧。

我：~！ @#$%^&*~！ @#$%]~！ @#$%^&*~！ @#$%

10. 一个老大爷到前台点餐，看着很熟练，都不犹豫就指着餐盘说：我要一个哥西墨！

我当时真的不想干了！

11. 加菲上市。

一个顾客买全家桶问了句：我买了这么大一桶（边说边摸着展示的加菲），送我一个小老虎行么?

12. 顾客：给我来个新加坡肉卷！

我对配餐员说：你先点着，我先去后边笑会去！

顾客：给我来对奥斯卡烤翅。

我：（狂晕）……

13. 有一天，一个欧巴桑大摇大摆地走进来，来到柜台前。嗓门很大地说道：我要一个‘强暴鸡米花’！

14. 一位顾客掏出 2 张优惠券扔桌上，说：就要这两样，带走。

我：汉堡要辣的还是不辣的?

顾客：嗯。

我：汉堡要辣的还是不辣的?

顾客：嗯。

我：你~汉~堡~是~要~辣~的~还~是~不~辣~的?

顾客：（恍然大悟）要辣的。

我：那圣代呢?

顾客：要辣的。

15. 我：欢迎光临肯德基，请问需要点什么?

顾客：请问附近麦当劳怎么走?

我：# ￥@%@……￥

16. 我：欢迎光临。

顾客：给我一个深海鲨鱼堡的那个套餐。

我：厄……先生，不好意思，没有鲨鱼堡，深海鳕鱼堡可以吗？

顾客：啊……没有啦，那就来那个鳕鱼堡吧。（心里还很不情愿）

我：……（你怎么不要鲸鱼堡呢？）

17. 我：欢迎光临。

顾客：请问大包的劲爆鸡米花有多大？

我：这么大。（给她指了指）

顾客：中的呢？

我：这么大。（我又指了指）

顾客：那好吧，给我来个土豆泥。

我：……（别拦着我，让我下去哭一下！！！）

18. 我：欢迎光临。

顾客：给我来份中杯的小可乐和一个不辣的香辣鸡腿堡。

我：……（最后我给她拿了杯中可乐和一个劲脆鸡腿堡，这样下去我也跟着分裂掉）

19. 我：欢迎光临。

顾客：要一个外带全家桶。

我：还需要别的么？

顾客：嗯……再来两瓶啤酒吧！

我：对不起，我们没有酒类饮料。

顾客：我记得以前有呢！

我：……（大哥，你说的那是乱世佳人年代吧）

20. 服务员：欢迎光临。

顾客：我要一杯九珍果汁和一包大的强暴鸡米花。

服务员：您是要劲爆鸡米花吗？

顾客：诶，改名啦？

服务员：……（好么，你不知道最近严打么！）

21. 服务员：欢迎光临。

顾客：给我要半斤内个什么鸡米花来着?

服务员：……

顾客：多少钱?

服务员：我们不批发。（大爷把鸡米花当爆米花这么买）

22. 服务员：欢迎光临。

顾客：你好，我要一份肯德基。

服务员：您需要什么?

顾客：我不说了嘛，要份肯德基。

服务员：肯德基的产品有很多，您需要哪一种?

顾客：别的不需要，就要肯德基!

服务员：……

23. 服务员：欢迎光临。

顾客：快点快点，我赶时间，就要这些。（说着把一堆优惠券拍桌子上了）

服务员：……

顾客：快点儿啊!

服务员：……（看着一堆麦当劳优惠券超级无语）

服务员：对不起先生，这是麦当劳优惠券!

顾客：这不是麦当劳吗？（他依然很镇定）

服务员：……（也许是来踢馆的！）

24. 服务员：欢迎光临。

顾客：我要一个圣代。

服务员：什么口味的?

顾客：麻酱的!

服务员：……（老大爷来买之前也不问清楚）

7-11 的 BH 店员经典语录

我们楼下的 7-11 有个超级 BH 的店员，你一进门，她会大喊一声：你好，欢迎光临，集印花有优惠。买完东西无论你人是否出门，就算你还在看其他东西或者数手上的钱，她都会说：谢谢，慢走，欢迎下次光临。然后就招呼下一位客人。

1.

第一次见识她是酱紫滴：

我买了个糯米鸡。

“现在买糯米鸡 + 这个饮料只要 5 元噢。要来支饮料吗？”

“噢，不用了，这个可以了。”

“买一支喝嘛？这么便宜，现在有活动才 2 块钱！”

“不需要了，要这个糯米鸡可以了。”

“这么优惠，你就买一支喝喝看嘛！”

“……”（有点不耐烦中！）

“你不买我就买咯！”

我惊讶地看着她。

“那你买好了。”

于是她真的当着我的面买下了！！！！！

2.

凡是走进他们店里的人，她都向其推荐他们正在推广的鸡排。

“你好，欢迎光临，请问需要点什么，鸡排 7 元两块，需要来两块嘛？”

“不用了，我要这个鱼蛋好了。”

她一边捞鱼蛋一边说：“鸡排不来2块嘛？现在做活动2块只要7块钱噢！”

“不用了。”

“很好吃的噢！”

我不做声中。

“难得优惠来2块嘛！”

“不要了！”

她终于打住！

一天一个路过此地的男人，走进她家店买饮料，拿了一瓶“嘉得乐”。

“你好，欢迎光临，鸡排7元2块，要来2块嘛？”

“噢，不用了。”

“不吃点什么嘛？”

“不用了，这瓶水就可以了。”

“这个水现在买2箱可以送个篮球。”

那男人用惊讶的眼光看着她说：“2箱？！也太多了吧！”

我跟我朋友顿时笑翻，那男人一看就是路过办事，而且大汗淋漓的那种，被她这么一吓，更汗了！

就在刚才，我跟我朋友去买关东煮，我朋友要了2串，她说：“就要2串嘛？吃得饱嘛？”

我朋友顿时无语，回了句：“我又不是当饭吃。”

她说：“鸡排7元2块，不来2块嘛？很好吃的，试试嘛，不试不知道。”

“不用了。”

“香肠呢？也很好吃的噢。”

我们不做声中。

“其他的不要点什么嘛？不喝点什么嘛？饮料要来两瓶嘛？”

……

一个女的进她家店准备充深圳通。

她说："今天充不了深圳通，要明天才可以。"

那女的刚刚准备走，她接着说："有吃的有喝的，买点吃的咯，鸡排 7 块钱 2 个！"

别人转身就走，她又说了："既然进来了就别回头嘛，买点吃的嘛！"

那女的光速奔出。

她面无表情："再见噢，欢迎下次光临！"

娶了贞子好幸福

1. 贞子有一头乌黑靓丽的披肩发，迷人。

2. 贞子有大眼睛，比赵薇还大，赵薇都能红，她不出名天理难容。

3. 贞子很干净整洁，衣服从来不换还是那么白，还有，每天在水里泡着，洗澡洗得很勤。

4. 不用担心贞子衰老，这么多年了还是这个小模样，什么女人四十豆腐渣之类的完全不需要考虑。

5. 贞子身材好，看她从电视里爬出来时，扭动着纤细的腰肢，那动作，那造型，没几十年舞蹈训练基础，绝对练不出来。

6. 贞子经常上电视，自己的老婆如果经常上镜头，只能说明她镜头感好，模样漂亮，这是一件多么欣喜的事啊，况且贞子还发行了自己的专辑——录像带。

7. 贞子有情调，经常会半夜给你打电话，然后一言不发，让你猜她是谁，说明她无时无刻不在想念你。

8. 贞子有房产，虽然是只是一口一平米左右的井，但非常安静，而且凉快，试想在喧闹的城市中生活惯了，在这里边和心上人共度春宵，洗个鸳鸯浴，不用担心别人打扰，不用考虑桑拿天，加上井上那块大石头，还能防雨，真是浪漫至极，因此，倒插门都是可以考虑的。

9. 不用担心贞子做长舌妇，现在男人都怕老婆是长舌妇，整天唠唠叨叨不说，一旦有个机密事情，比如升职加薪了，老早就给你说个底朝天。贞子则正好相反，不多言语，不但不会泄密，还会把秘密永远变成秘密。

10. 贞子很忧郁，身世可怜，一副林黛玉的幽怨之情，脸色苍白，含胸低头，可怜兮兮招人疼，男人都喜欢这种小鸟依人型的。

11. 贞子好养活，人家都说唯老婆和小人难养也，贞子则不然，她不图穿戴，不要化妆品，甚至可以不吃不喝，省钱至极。

12. 贞子随叫随到，如果两地分居，久别思念，啥时候想她了，看一下她的录像带，七天之内她就从电视里来了，能省不少探亲路费，避免相思之苦。

13. 贞子不当家庭主妇，她有事业心，有亲和力，只要谁看过她的录像带，她都会在七天之内回电话，上门为人签名。

14. 贞子她妈妈会预知未来，估计她也有点遗传基因，买彩票可以参考她的意见，一不小心就变成富翁了。

北极熊拔毛的笑话完整版

1.

有只企鹅，一个人生活在北极，它的同类都在地球的另一端。它觉得很无聊，于是它就开始拔自己的毛，一根、两根、三根……拔着拔着，没多久就拔完了，拔完后，它说了一句话：好冷喔……

2.

后来北极熊经过，看到地上有堆企鹅的毛，就跑去问企鹅怎么了，企鹅就一五一十告诉北极熊，可是北极熊不相信，于是它也一根一根地开始拔着，拔完了，它说了一句：企鹅说的是真的……真的好冷！！！

3.

这消息传到了非洲，一只老虎不相信，就故意躺在大草原上，让大太阳曝晒，然后它开始拔起身上的毛，一把一把的，不久它身上的毛也拔光了，它愣了一下，说了一句：企鹅骗人……我毛拔光了……都不会冷！

4.

正当企鹅、北极熊跟老虎都在拔毛时，万兽之王狮子得知了这消息，它只觉得粉纳闷，为啥一堆动物在拔自己的毛？！难道是新的流行？于是狮子也加入了拔毛行列，一撮……二撮……三撮……等到狮子把鬃毛拔完后，咦，没啥事发生呀！正当狮子为自己无聊的行为感到后悔时，远方一群公狮子正以迅雷不及掩耳盗铃的速度冲了过来……一阵叫声之后，狮子王哭着说：呜

呜 ~~~~ 原来拔光毛会被同性误认为是母狮子……被 @%#*”

5.

一只乌龟也准备跑去北极，它也想拔毛，“可是，”乌龟说：“他马的，我没有毛！”结果在赤道的一匹马打了个喷嚏说：“谁在说我？害我好冷！”

6.

鸟儿在天上飞着，看见底下一堆动物在拔毛，所以也来拔拔看。一根毛，两根毛，三根毛……拔完后它却说了一句：“呀……飞不起来啦！”之后就摔死了。

7.

鸡看见鸟拔了毛，也在旁边拔了起來。一根毛、两根毛、三根毛……拔完以后，肯德基爷爷跑过来说：“也好，省得我还要请人杀鸡拔毛。”然后把它抓去炸了……

8.

狮子与老虎很气企鹅和北极熊骗人，所以便出发前往北极找它们理论，而当狮子与老虎经过几个月路途到达后，毛当然就又长了出来，于是碰面后，北极熊便对狮子与老虎说：“是真的，不信你们可以问企鹅，要不然你们再拔一次就知道了……”

于是，狮子与老虎半信半疑地又开始拔起毛来，随后赶到的乌龟也加入了大家。最后，大家得到相同的结论：“果然好冷！！！”

9.

其实早在几天前，传说中的海王星怪兽就来到了北极，它在北极点上运用了海王星的高科技，建造了一处“北极点地心温泉三温暖”，之后它发现各路英“熊”人“马”自动进入它的圈套，随后又观赏了它们在烤箱里自觉地把身上的毛拔干净，海王星怪兽说：“其实不一定会冷的！搞不好会好热喔！”

1. 第一家公司

老板：小张，今天工作忙不忙?

小张：不忙。

下班时老板对小张说：你明天不用来了。小张：为什么?

老板：因为你不能多为公司干事情，所以才会不忙，公司要你何用?

2. 第二家公司

老板：小张，今天工作忙不忙?

小张：很忙。

下班时老板对小张说：你明天不用来了。小张：为什么?

老板：因为你做事没有条理性，所以才会整天忙，公司要你何用?

3. 第三家公司

老板：小张，今天工作忙不忙?

小张：还行。

下班时老板对小张说：你明天不用来了。小张：为什么?

老板：因为你做事不理性，所以才会有什么“还行”不“还行”的，公司要你何用?

4. 第四家公司

老板：小张，今天工作忙不忙?

小张：刚忙完。

下班时老板对小张说：你明天不用来了。小张：为什么？

老板：因为你做事效率太低，做完就不能检查一下么？公司要你何用？

5. 第五家公司

老板：小张，今天工作忙不忙？

小张：有些做完了，也检查过了，现在在做其他事。

下班时老板对小张说：你明天不用来了。小张：为什么？

老板：因为你做事缺乏系统性，有些事不会一起做么？公司要你何用？

6. 第六家公司

老板：小张，今天工作忙不忙？

小张：我的工作都做完了，正在帮别人做。

下班时老板对小张说：你明天不用来了。小张：为什么？

老板：因为你做事没有打算，你不会自己规划一下明天要做的事么？公司要你何用？

7. 第七家公司

老板：小张，今天工作忙不忙？

小张：今天的工作做完了，明天的工作也做完了。

下班时老板对小张说：你明天不用来了。小张：为什么？

老板：因为你做事不考虑整体，你不会帮同事分忧解劳吗？公司要你何用？

8. 第八家公司

老板：小张，今天工作忙不忙？

小张：今天的和明天的工作都做完了，现在在帮同事的忙。

下班时老板对小张说：你明天不用来了。小张：为什么？

老板：因为你太爱出风头，你的帮忙很可能造成其他人的懒惰或压力，公司要你何用？

9. 第九家公司

老板：小张，今天工作忙不忙？

小张：等一下，我思考一下再回答你。

下班时老板对小张说：你明天不用来了。小张：为什么？

老板：你目中无人，我问你话竟然一再搪塞我，公司要你何用？

10. 第十家公司

老板：小张，今天工作忙不忙？

小张：我……我……不、不知道……该、该怎么、回答你。

下班时老板对小张说：你明天不用来了。小张：为什么？

老板：因为你连做事忙不忙都不知道，公司要你何用？

11. 第十一家公司

老板：小张，今天工作忙不忙？

小张：去你妈的，老子辞职了～～～～～

老板：嘿！有个性，我们公司就不放你走～～～

爆寒的精装版淘宝差评

1. 粉色纯棉短袖 T 恤

[详情] 该宝贝质量太差，刚上身十分钟就烂了。

[解释] 这是撕的吧，你和老公打架了？告诉他撕女人衣服不好啊。

2. 实体店推荐超级舒适内衣

[详情] 根本不适合贴身穿着，皮肤会有刺痒感觉，怎么处理？

[解释] 痒就挠呗。

3. 平绒修身长裤热卖精品

[详情] 裤子上有一块类似于鼻涕的东西，恶心死我了，快过年了就不跟你们换了，你们的效率太差了。

[解释] 这应该不是鼻涕，而是做工时用的胶，再说即使是鼻涕也没什么，正常情况下，人的鼻腔黏膜时时都在分泌黏液，正常人每天分泌鼻涕约数百毫升。如果感冒时候分泌的就更多，每人每天每时每刻都在流鼻涕，它无时不记得与我们陪伴的。如果你能理解请帮我把差评改过来，谢谢。

4. 冲冠包邮护脊保健双肩包

[详情]OK。

[解释]OK 就给个中评，我 TM 真想 KO 你。(友情解释，KO 为拳击中击倒的意思。)

5. 文玩核桃 019 号东北楸子

[详情]我说实话是冲着价格来的，以为卖得贵点东西能好一些。是的，核桃外形都很好，而且比市场上的要干净，但是全没有开口，还很硬，我把榔头都用上了，结果砸开里面那么小的仁儿。

[解释]冤枉！这就是拍下不联系的后果，这叫文玩核桃，是放在手里玩的，不是吃的！

6. 夏季促销超低价长裤（玫红）

[详情]你发的货和图片不一致，裤腰不正，腿也歪。

[解释]你更不咋地，良心不正，嘴也歪。

7. 夏季商务超薄全棉袜子

[详情]袜子上有一个很大很大的洞。

[解释]每只袜子都会有这个大洞啊，没有洞你怎么能穿进去？

8. 防风保暖口罩

[详情]质量不是很好，而且套在耳朵上的橡皮筋很紧，耳朵被勒到有点招风。

[解释]你娶媳妇得注意了，你耳根有点软。

9. 休闲长款打底衫

[详情]对不起，买了后才发现，你比别人的贵三倍还要多。

[解释]你比别人贱八倍。

10. 多功能单肩情侣包

[详情]太让我失望了，出了问题也不找找原因，我在淘宝买的东西太多了，这次算我运气不好吧，唉，我可是淘宝的 VIP 顾客。

[解释]这么便宜的东西给差评，请你把 VI 这两个字母去掉吧。

11. 有趣发声玩具熊

[详情]也不发声啊，但是也不好看，宝宝一点不喜欢，熊的屁股后面有个黑色的块块像粘上去的一样，好像是人家玩过的。

[解释]那个黑色抠开啊，塞进去一节五号电池，它就发声了。

12. 宠物玩具：硬质实心骨头

[详情]我家小狗不咬，不知道为什么。差评。

[解释]狗和人一样有自己的喜好，狗不喜欢就不咬它了，你不喜欢就来咬我了。

13. 冲冠：大创反季促销超可爱手套

[详情]事到如今，我实在不知道说什么好……我真是非常生气……但是……唉，算了，不过我以后不会再来找你了。尽管这次的事件开始是因我而起，最终也解决了，但是还是不知怎么说好。这中间给我添的麻烦真是不少。而且有点生气的是你总是不积极联系我，总是等我问了才告诉我。希望以后对别人不要这样，算了，我们无缘。

[解释]你把话说明白些，不就是一双手套吗，说的像分手似的，谁和你有缘啊。

14. 休闲男式春装长袖五钻热卖

[详情]衣服和图片上相差不远，很大，袖子相当长。我是比较矮小的人，这样子，基本上不能穿了，回家又被老婆骂了一顿，实在是很气愤，我也经常在网上买衣服的，第一次给店家差评，因为第一次遇到这样的情况，实在情非得以啊。

[解释]难道我穿越到宋朝了？武大郎哥哥你好，我非常同情你。

15. 狗狗细小病毒试纸

[详情]我反复多次用该试纸进行检测，并没有任何颜色的显示，这是否说明试纸没有作用而我买了假货呢？您又不承认是假货，那么我为什么无法检测狗狗是否感染了犬瘟病毒？

[解释]不用测了，已经转移到你身上了。

16. 朝鲜风味牛板筋

[详情]欠的小咸菜为啥不给？

[解释]什么时候欠你小咸菜了？我看你是欠揍！

17. 除痣灵：点痣药水一点即没

[详情]老板的服务是不错，可是退再多的钱，也换不回来我的损失，到现在鼻子上还留了个坑！

[解释] 退钱了还给差评，这个坑留对了，因为你真是坑人。

18. 真空包装正宗羊肚丝

[详情] 根本咬不动，吃一次就跟打仗一样，咬得腮帮子疼，一袋……三天才嚼完，什么个屁产品。

[解释] 屁你都能嚼三天。佩服。

19. 时尚羊皮单肩挎包

[详情] 咳咳，您给卖家打了差评，需要说明原因哦，“加上去”后点击下方的“提交评价”按钮，该评价生效。试试。

[解释] 晕，要试就试好评，试差评干什么，你需要好好学习淘宝知识了！

20. WOW 金币甩卖闪电发货

[详情] 冲的时候，没有我要冲的区，要死啊，冲了进去，不是我那个区……崩溃……

[解释] 基本方法都不懂，恭喜你成功进入智商盲区。

[详情] 发货慢，态度极其恶劣，不知道你有没有听过把顾客当上帝这句话！

[解释] 你是上帝，你回天上去吧，人间不适合你。

21. 时尚视觉大码女装

[详情] 收到货就付钱，我这人一向如此，但东西不敢恭维，拿到手后想用清水冲一冲，一放进水里，水就变黑了；冲洗了一会后，水面上居然浮出一层黑色的絮状物来。

[解释] 然后接下来水里又钻了来两个吸血鬼向您尖叫是吧，我看你是鬼片看多了。

22. 印花达人休闲式外衣（绿色）

[详情] 不说花多少钱吧，这衣服要多难看有多难看，不光我一个人看着难看，别人看我穿着也说难看！

[解释] 人挑衣服,衣服也挑人,如果您的气质稍差麻烦以后选平民款式,谢谢。

23. 断码小童装可爱外套灯芯绒双层带帽

[详情] 没有同情心，没有耐心，没有爱心，这样的服务，我怎么放心?

[解释] 我 TMD 现在闹心！

24.[自动发货]Q 币 10 个 100 元（非官方充值）

[详情] 从头到尾没有理过我一句，哪怕一个字也好。

[解释] 滚！

25. 有机竹纤维抗菌内裤包装礼盒

[详情] 怎么是个盒子？？？？ 内裤呢？？？？？

[解释] 这个就是盒子啊，包装用的。谁说里面要有内裤了，难道你买盒子就一定要里面有内裤？那你买内裤我还要给里面放个小 JJ ？

26. 限量款玫瑰花缩口单肩包白菜价

[详情] 味道太大了，以前也买过包包有味道，但是风吹吹就没有了，这个的味道怎么吹也不掉，问店主就答复让我再吹吹风，再问就让再吹吹，多吹几次，汗……

[解释] 还是没吹到时候吧。再吹吹看。

27. 立肤白深层补水睡眠面膜 170g 带抽奖

[详情] 抽奖卡怎么刮过了啊，刮过了就说明东西是二手货啊，有奖你就自己要了，没奖就给我，是吧，那你还把刮过的卡片放里边，这是什么智商，骗人都不会！

[解释] 这，这，这个应该是我儿子干的，等他放学回来我揍他一顿！

28. 精品真皮男士自动扣皮带

[详情] 这个差评给定了，图和货严重不符，售后不解决，如果你电话骚扰我我就报警。

[解释] 看你吓得那样吧，懒得理你都。

29. 休闲米奇印花运动裤

[详情] 天哪，我裤子今天刚一穿就半小时不到，裤裆一直破到大腿最下面，怎么会有质量这么差的裤子，想找卖家都没在线只好差评 ~ 愤怒，从来没给过卖家差评。

[解释] 哈哈，走光了吧，没想到本产品还开发出新闻娱乐功能了。

30.09 春秋装百搭长袖上衣

[详情]腰围明显变大,是比较胖的人穿过的,这样做就对不起你的三皇冠了。

[解释]MM 你是否搞错了呢,你在三皇冠那里买的,怎么能给我们差评呢?我们现在还是一皇冠呢，但愿我们能早日到达三皇冠。

31. 高档夹棉外套 H4006 黑蓝送礼品

[详情]天哪，哪来的礼品，衣服是别人穿过的，口袋里还有别人的东西，什么破玩艺啊!

[解释]口袋里的就是礼品，谢谢。

32. 实物拍摄小奶牛短款长袖 T 恤

[详情]衣服质量贼差!!!线头贼多!包装贼差!!衣服贼脏!!!

[解释]讹钱不成，贼喊捉贼!

33. 时尚条纹纯棉高弹力强力推荐

[详情]这个不值 90 块吧。

[解释]这件衣服的价钱是 78，不是 90，谢谢!

34. 天然淡水珍珠项链

[详情]哼!

[解释]哼哼!怕你呀!

35. 白色雕玫瑰花小型梳妆镜

[详情]02×5720xxx 这个号打不通啊。

[解释]这个号换了，店里有我的手机号，这也有错吗?

36. 多色超好、超值的拉毛围巾

[详情]这家卖的全是假货，骗人的!

[解释]这是我前妻报复，大家不用理她，一个疯女人。

37. 老汤五香牛肉干厂家直销

[详情]慢的是快递，次的是质量，没的是服务，伤的是人心!

[解释]SB，一点都不押韵。

今天是我的生日，女友早早地打来电话说晚上要到家里去为我祝贺生日，还要带给我惊喜！听了这个好消息！我今天工作起来是格外卖力，一下跑了十几个客户！回到公司。都下午三点了，到食堂一看，只剩下可怜巴巴的一菜一汤了，肉炒三豆（肉炒黄豆、青豆、豌豆）和萝卜汤。

没办法，跑了一上午客户，肚子早就咕咕地叫了，我只好要了一大盘肉炒三豆和一大盆萝卜汤，吃了起来！没想到临下班了，我的肚子里就像一台越野吉普的发动机！开始了剧烈的活塞运动！刹那间，一股股气体争先恐后地从我的体内冲了出来！我赶紧冲到没人的地方，肚子开始还是不好意思地轻声吟唱，但马上就变成了连珠炮似的噗噗作响！肚子好涨呀！而正在这时，女友却打来电话，说她已经到家了，叫我赶紧回家。唉！没办法只好回家去了，希望她不会看见我这副狼狈样呀！

在回家的路上，我刻意努力地放了很多的P。快到家了，肚子好受了很多，我觉得应该不会再出什么问题了。远远就看到了在门边等着我的女友，她看起来有点兴奋，大叫着说："亲爱的，今晚，我为你准备了一份非常奇妙的、一定会让你大吃一惊的礼物。"

还没进门，女友就用一块布把我的眼睛紧紧蒙了起来，说是要给我一个惊喜！还领着我坐到位于餐桌前头的椅子里，并且让我发誓不会偷看。突然，我感到又想放P了。恰恰就在这时，女友的手机响了。这可救了我的命了！我找借口嫌乱，让她到另一间屋子里去接电话！她却非要我不揭开蒙着眼睛的布，还让我发誓！之后她才跑去另一间屋子里接电话。她一离开，我就抓紧时

机，把全身的重量都移到一条腿上，把P放了出来。这个P放得不仅声音很大，而且气味就像是腐臭的鸡蛋散发出的臭味。我几乎不能呼吸，因此我摸到椅垫，使劲地向四周扇着，妄图扇掉这难闻的气味。

就在我刚感觉好一点的时候，另一个P又来了。我又抬起腿开始放！它听起来就像是柴油发动机快速转动的声音，而且这一次气味更难闻了。为了不让自己窒息，我用胳膊挥舞着椅垫扇了起来，希望气味会尽快散掉。

又是在一切将要恢复正常的时候，另一个P又迫不及待地冲来了。于是我站起来，弯下腰，把P股向后上方撅了起来！把它放了出来。这个P放得真正称得上是一流，连身后的报纸都被吹散到了地下……

我侧耳倾听另一间屋子里女友交谈的声音，因为要遵守不偷看的诺言，我也不敢打开眼罩，只能在漆黑中不断放着P，为了赶快把肚子中的气体全部排出，又不使屋里变得更臭！我解开了裤腰带，把内裤和长裤褪到了小腹以下，把P股露了出来，并摸索着打开了身后阳台的门，几乎是将整个P股都伸到阳台上，开始疯狂地放起P来……啊！好受多了！之后，我又手舞足蹈地用椅垫满屋乱扇，祈祷这股恶臭能赶快散去……就这样，在接下来的十几分钟以内，我一边不断地放着P，一边不断地扇着椅垫，终于，当我听到她在电话里说再见的时候，屋里的空气和我的肚子都已经好多了！我迅速地系上裤子，整理了一下头发，开始优雅地、微笑着等着我亲爱的她来带给我惊喜。

当她走近的时候，我脸上带着满足地微笑，一副温存的样子。女友首先为她打了这么长时间的电话向我道了歉，然后问我有没有偷偷掀开过布。在我向她保证没有偷看之后，女友移走了遮在我眼睛上的布，并对我说道："意外吧！我的女友今天非让我带她们来看看你，她们说你在照片上很有风度，人长得很帅！喏！你看，坐在桌前的这五位都是我单位里的好姐妹，而站在阳台上的那六位是我上学时最要好的朋友！"

这时，我才极为震惊和恐惧地发现，有一大堆女孩正围坐在我对面的餐桌边，而身后的阳台上则站着另一堆，她们都是来参加这个令我感到非常意外的生日宴会的。现在，她们每个人脸上都带着一种无法言表的表情看着我，就像发现了火星人……

因为爱，我才拉那么多

1. 话说有个叫做阿爽的人往生了。

送葬的那天，他的家人痛哭流涕地呼唤着他的名字：爽阿爽~~~~爽阿~~~~~爽阿~~~~~

这时经过的路人，看到这情景，于是问：你们爽什么呢？

阿爽的家人顿时泣不成声地说……

爽死了！

2. 一对恋人在山中被野人抓住说：你们吃掉对方的大便就放了你们，恋人做到了。

归途中，女人大哭，男人问其原因，女人伤心地说：你不爱我，不然你不会拉那么多！

3. 一女在厕所小便，一醉鬼酒后误入，听到哗哗尿声，忙说：别倒了，我真不喝了！女吓坏了，不敢再尿，憋不住放了个屁，酒鬼说：我靠！怎么又起了一瓶！

4. 两个吸血鬼到酒吧，一个要了杯动脉血，另一个要了杯白开水，老板问他为什么不喝血了，他拿出一块用过的卫生巾说：哥们今晚喝泡茶！

5. 有一天，一坨黑色的大便看到了一坨白色的大便，黑大便问：你为啥长得那么白那么漂亮？

白大便听了非常生气！它说：我又不是大便！我是冰淇淋！

6. 农夫挑担大粪，老外看到后问：大爷，这酱多少钱一斤？

农夫不语，老外用手沾了点放进嘴里，心想：你不告诉我多少钱一斤，我也不告诉你，你的酱都臭了！

7. 一位救生员向游客抗议：我已经注意你三天了，汪先生你不能在游泳池小便！

汪先生：每个人都在游泳池小便。

救生员：没错！先生，但只有你站在跳板上小便……

8. 一男人下班后回到家，送给老婆一打黄玫瑰。

第二天，他老婆在后院晒衣服时隔着栅栏同隔壁女人聊天。

“昨天，”她说，“我老公送了我一打黄玫瑰，我猜他肯定是想让我在整整一周的时间里，将两腿叉开，高举到空中！”

“为什么呢？”隔壁邻居问。

“难道你们家没有花瓶吗？”

9. 有一个黑人到台北的某餐厅就餐，这个黑人不懂中文，正不知所措时，赫然发现对面的白人指着服务生的裤裆，于是服务生会心一笑，立刻端上两颗水煮蛋。

那个黑人看得真是垂涎三尺，马上如法炮制……

服务生也是会心一笑，端上来的却是：

两颗皮蛋……

10. 一天妻子突然对丈夫说：把私房钱从内裤里拿出来！

丈夫一脸惊讶：你怎么知道的？

妻子不屑地说：你那儿什么时候这么鼓过！

11. 夫妻二人合伙打麻将，商量好看妻眼色行事，玩牌中，见妻猛然劈开大腿，夫忙出一筒，结果给别人放了炮！

夫不解，妻怒大声喊：我 TMD 要的是小鸡！！

12. 猎人猎熊，未果，为活命，顺从熊，被熊辱。次日，为雪耻挟更利器再猎，依然未果，依被辱。

数次之后，上山再猎时，熊苦笑曰：你丫打猎还是卖淫呢？！

13. 医生在餐厅点菜时，发现女服务员总是挠屁股，叫声阵阵，便关切地问：有痔疮吗?

女服务员指指菜单说：请您点菜单里有的菜好吗?

14. 幼儿园里，老师问小朋友：你们长大后要干什么啊?

小朋友A：我以后要开飞机。

跟小朋友A有仇的小朋友B：我以后专门打飞机!

15. 一村妇挎着一篮子鸡蛋，走在一树林里。突然，出来了一个大汉，把她给强暴了。

等那大汉走了，村妇起来，拍了拍身上的土说：什么大不了的事……我还以为抢鸡蛋的来了 ~~ !

16. 胸部不怎样的阿美下班回来，悻悻地说：刚刚经过暗巷时，有一个男的突然从背后抱我，要非礼我。

弟弟：难怪你这么生气……

阿美：更气人的是，那男人说，真扫兴，是个男的!

17. 犯人被执行枪决，由于子弹是造假厂生产的，质量不好。第一枪没放出，接着又开了第二枪……第三枪……

这时犯人哭了：大哥，你掐死我吧！太他妈吓人了!

18. 唐僧师徒四人去西天取经，路上，唐僧问道：徒儿们，有什么快一点的方法去西天吗?

八戒说：师傅，听说坐火车很快。

孙悟空说：坐飞机更快。

沙僧想了想，从腰里掏出一把手枪说：听说用这玩意儿可以马上送你上西天……

19. 两小孩爬树，其中一人不小心掉下来，便问树上的：咦！你为什么不掉下来呢?

树上的答道：你丫不懂了吧，我还没熟呢……

20. 有个猎人打猎，看见天空有只鸟在飞，猎人一箭就射下来，可过去一看，竟然全身没毛。正纳闷着，另一只鸟飞过来，朝着猎人骂道：娘的，老子刚哄她把衣服脱了，你就射她。

21. 母亲再一次叫儿子起床：小明，好孩子，该起来了，你听，公鸡都叫了好几遍了。

儿子回：公鸡叫与我有什么关系？我又不是母鸡。

我就是那强盗！

1. 何医生向护士包小姐求婚，被一口拒绝。

何医生问她是什么原因。

包小姐说：我嫁给你怀个孩子，别人岂不骂他：荷包蛋！

2. 一农妇刚进城当保姆，给主人收拾床时发现一用过的避孕套，不知是何物，便问女主人。女主人反问：你们不做爱吗？

农妇回答：做，但没你们这么狂！都脱皮了。

3. 幼儿园女教师领学生游泳，不慎露出一根体毛，一学生问：老师，那是什么啊？

女教师一狠心将其拔掉，说：线头！

4. 大象问骆驼：为什么你的咪咪长在背上呢？

骆驼：靠！那你呢？你这个 JJ 长在脸上的家伙！

一条蛇爬了过来：你们吵什么啊？

大象和骆驼：滚，我们不和你这个脸长在 JJ 上的家伙说话！

这时一条蚯蚓从洞了爬了出来。

大象、骆驼、蛇一起指着蚯蚓大笑：滚开！你个长 JJ 不长脸的……

5. 太后身体不适，招太医就诊。太医诊断阴气太盛，药方为五名壮汉。若干天后，皇帝到太后处请安，见门口站五名干瘦的汉子，问宫女他们

是干什么的?

宫女答：药渣！

6. 同事在哈尔滨，于零下 18 度发来短信：一条单裤逛冰灯，一个小时无恙归。

我回：下半身，后半生，怎么办?

答曰：多虑，冻得更硬啦！

7. 偶睡觉时有摸 LG 小 JJ 的习惯（嘻嘻）

昨天妹妹和妹夫来家，于是妹妹和偶一床同眠，夜里，我手又不老实，伸向了本来熟悉的地方。一顿划拉，什么也没有，一激灵就醒了。这下可糗大发了……

就在我观察妹妹的表情时，没想到这丫头来了一句：

别闹，姐在咱家呢！

－－！

8. 一天，一位可爱的老头来到银行的营业大厅，打算办一张储蓄卡。

经办柜员让其输入取款密码。

老头说：请问，密码是不是就是暗号啊?

柜员：是的，可以这样理解。

老头对着密码输入器喊了一声：苹果。没有反应过来的经办柜员强调了一下：密码是六位数的。

老头有点不高兴，对着密码输入器说了三声：苹果苹果苹果。

9. 有一天，一群女孩快乐地结伴出去游玩，到了一片草地，女生都无比兴奋地奔跑着，欢笑着，一个女生，一时童心萌发，对着我们一群人喊道：让我们来玩老鹰捉小鸡——吧！！

大家全部冻住 ==！

10. “警察，救命！”电话里传来一个惊慌的声音，“有个强盗跑进一个老处女的房间！”警官按捺着性子询问出事的地点，并问对方是谁。

“我？”对方颤抖着回答，“我就是那强盗！”

11. 经理临终把接班人叫到床前：小明，有件事我放心不下，我担心有些同志不愿跟着你走。

小明同志坚定地说：经理放心！不愿跟我走的，我让他跟你走！

12. 胖子和瘦子关系非常的好，想看电影，只够一张票钱，胖子让瘦子钻到裤裆里混进去，看完电影瘦子已经断气了，于是他把瘦子送进医院，医生说已经死了，胖子问怎么死的，医生说：乱棒打死！

13. 一对情侣去野营，晚上他们想尝试一下野外 ML 的感觉，于是女人躺在帐篷外面的草地上，男人开始深情地投入到前戏当中。

过了一会女人对男人说：我真希望我们带手电出来。男人听了十分扫兴，不悦地问道：你说这个干什么？

女人答道：因为你已经吃了十五分钟草了。

14. 学校朝会，训导主任做最后的结语：总之，我希望各位无论身在何处，都要牢记自己是本校的学生，绝不可以边走边抽烟，在教室里不准穿着短裤，就算在自己的房间里，也不可以谈论不雅的话题。还有，女同学们，如果有一些猪哥男生纠缠你，千万别理他。你们要自己问问自己，值得为了一个小时的快乐，毁了你一生的名誉吗？好了，有什么问题没有？

就在全场一片静默时，突然传出一个细嫩的声音说：请问……我要怎么做，才能让他持续一个小时？

15. 新婚之夜刚过，王小二要妻子对自己做出评价。妻子说：你就像那一把刀。

听了妻子的话，小二得意地笑了说：你是在表扬我很不错吧？

他的妻子回答说：瞧你那小样！我说你就像那一把刀，是说你……好快好快！

16. 夏天去海边游泳，MM 不会游，GG 在岸边信誓旦旦会保护 MM，MM 半推半就，带上救生圈就从了。

两人在海里游得起劲，不知不觉已到了深水区，MM 忽觉要放 PP，心想放到水里也不会有人知道吧？

结果就放心大胆地……怎料 PP 的气竟在身后冒出水面。

不知情的GG立马拉住MM往岸边游，还大声喊：不好，你的救生圈漏气了！

17. 中午我在一个武侠风的饭馆吃饭，特点就是那里做什么都有武侠风。管顾客叫客官，管服务员叫小二。菜名也是，红烧猪蹄是降龙十八掌，羊肉煲叫九阳神功。

吃九阳神功的时候，一只小强在桌子上跑来跑去，我怒了，就叫小二过来。

小二一见便高呼：不好！有刺客！

18. 哥，你别再摸了！你摸了上面摸下面，毛都让你摸掉了，这么嫩的皮，被你摸得都流水了！你让俺以后怎么卖？这桃都是新鲜的，您不买就算了！

19. 大象把大便排在了路中央，一只蚂蚁正好路过，它抬头望了望那云雾缭绕的顶峰不禁感叹道：呀拉嗦，这就是青藏高原？！

20. 快过年了，今年我去男友家过年，他家在哈尔滨，据说很冷。

我：我不怕，到时裹个棉被过去。

同事：我建议你在身上挂九个热水袋，保准暖和。

我：那我岂不是成了丐帮九代长老？

21. 毕业后揽一大活儿，完事后能挣30万，拿图纸一看，盖 40米的烟囱，都盖好了！人家来一看把我狠揍一通，靠，图纸看歪了，人家是让挖一尊局长老爹的墓。

哼！不怕雷不死你

1. 自从两个妓女自称是某名牌大学的毕业生后，我现在一般都自称文盲！

2. 女人谨记：一定要吃好玩好喝好睡好，一旦累死了，就有别的女人花咱的钱，住咱的房，睡咱的老公，泡咱的男朋友，还打咱的孩子。

3. 好狗不挡路，挡路的都是路障！

4. 床，钱，明月，光；衣，失地，上，爽！

5. 不以风骚惊天下，就以 YD 动世人。

6. 鄙视我的人这么多，你算老几？

7. 开车无难事，只怕有新人！

8. 水能载舟，亦能煮粥！子在川上曰：有船多好！

9. 怀才就像怀孕，时间久了才能让人看出来。

10. 如果你不能给你的女人穿上嫁衣，那么千万别停下你解开她衣扣的手！

11. 问君能有几多愁，恰似一群太监上青楼！

12. 长个包子样就别怨狗跟着。

13. 不怕虎一样的敌人，就怕猪一样的队友！

14. 没有医保和寿险的，天黑后不要见义勇为。

15. 你不能让所有人都满意，因为不是所有人都是人！

16. 其实治疗尿频根本不用买那么贵的药，花二毛钱买一根猴皮筋即可。

17. 一日夫妻百日恩，百日夫妻嗯嗯嗯。

18. 知人知面不知心温故，画龙画虎难画骨绵掌。

19. 爱我的请举左手，爱糖糖的请举中指。

20. 一个绿豆在街上走，走着走着，踩到一片柠檬，就变成了“酸豆脚”。

21. 小燕子，穿比基尼，飞到东来哦飞到西。

22. 三分天注定，七分靠打拼，爱拼才会赢一毛。

23. 长大后……我就称了你……恩，140 斤了，要减肥啊！

24. 媳妇没劲三月天咧，春雨如酒柳如烟咧。

25. 抽空从抽屉里抽了根烟抽结果抽油烟机开始抽风把我抽抽风了，浑身抽筋啊抽搐得我一脸抽象真他 × 欠抽……

26. 其实比香港双飞 7 日游更有吸引力的项目是：海南 3P 五日游。

27. 一个裸男往南飞，一会儿排成个“太”字，一会儿排成个“木”字。

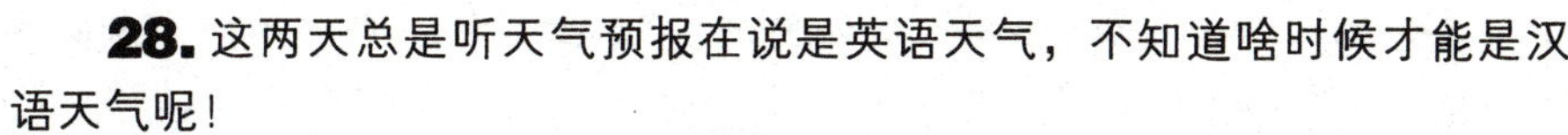
28. 这两天总是听天气预报在说是英语天气，不知道啥时候才能是汉语天气呢！

29. 我是同室，你是戈；我是风和，你是丽；我是得力，你是将。

30. 虽然在现实中我是个胖子，但是在游戏中我是个兽人。

31. 我家的表，数，数不清……我嫁的表叔，数不清。

32. 是金子，总会花光的；是镜子，总会反光的。

33. 当所有的人，离开我的时候，你劝我要耐心等猴。

34. 有个女孩写了一封情书给李善思，并亲手递给他，说：给你，思。于是，李善思接过情书，然后就撕了。有个女孩写了一封情书给柯庆文，并亲手递给他，说：给你，文。柯庆文接过情书说：恩，好香啊！有个女孩写了一封情书给胡子仪，并亲手递给他，说：给你，仪。于是，胡子仪接过情书说：滚蛋，我没有姨！

35. 男人膝下有黄金，我把整个腿都切下来了，连块铜也没找着！

36. “老板来碗豆花！”“今天情人节，不卖豆花了，改卖玫瑰花。”

37. 乌溜溜的黑野猪和你的小脸。

38. 麻烦你给我称两块钱不锈钢飞镖，这是我的 8 级刺客证书。

39. 明月几时有，把酒问青天。青天说：滚你 × 的，我这么忙，哪有时间理你，自己看天气预报去。

40. 骑上奔驰的骏马，像爬上飞快的快车，车站和铁道在线，是我们拉屎的好地方。

41. 有一只羊在唱歌：把你的心我的心串一串，串一个羊肉串，再串个羊肉串……

42. 饿，饿，饿，屈原向天歌。白毛浮绿水，几度夕阳红。

43. 这孩子真他妈招人喜欢；这孩子他妈真招人喜欢；这孩子真招他妈喜欢……

44. 明天不能再逃课了。怕什么，我们都逃了好几天了。不行啊。为什么不行？因为我是老师。

45. 春天我把玉米埋在土里，到了秋天我就会收获很多玉米。春天我把老婆埋在土里，到了秋天我就会——被枪毙！

46. 天赐你一双翅膀，就应该被红烧。

47. 教授的父亲＝教父，教授的干爹＝教父Ⅱ，教授的丈人＝教父Ⅲ。

48. 对不起，你所拨打的号码我们找不到……对不起，您拨打的电话已死机……对……对……不起，您……您……您……所……拨……打的电……电话……话已关……关……关……哦，他开机了……对不起，您所拨打的用户……哦，对不起，请不要用电视机遥控器冒充手机。

49. 身穿大红袄，头戴一枝花，胭脂和香粉她的脸上擦，左手一只鸡，右手一只鸡，背后还背着一只老母鸡啊，一呀一得喂，原来她是个卖鸡滴……

50. 科学证明如果你一直是使用左手拿筷子、写字、手 YIN 等动作，那么你……就是一个左撇子。

51. 别以为穿着脏衣服就可以做污点证人；别以为穿着木制拖鞋就可以做木屐（目击）证人。

52. 砍头算什么，脑袋掉了不过碗大的疤，18 年后老子又是一条僵尸……

53. 西风古道瘦吗？枯藤老树荤呀……

54. 巨龙巨龙你插两眼，永永远远地插两眼……

55. 他喜欢大自然，他喜欢一切花草树木……他最后因为车祸，成了一名植物人。

56. 那深秋的花蕾，在无尽的虚空下随风枯萎，片片飘落，如梦的碎片，那样的银白、轻盈，那样的娇艳、轻灵——纪念我的头皮屑。

57. 我的胸口燃起了一团怒火……靠！谁他 × 把火柴扔我胸口的?！

58. 经过我国数名科学院院士的研究证明，真正的王道就是——皇宫里的路！

59. 服务员，给我一杯奶茶，多放点茶叶，少放点奶……

60. 俩农夫吹牛——“俺们农场的鸡，吃的都是茶叶，下的全是茶叶蛋。”“有嘛啊，咱农场给鸡吃钱包，让它下荷包蛋……”

61. 法老说：今天是端午节，我请你们吃粽子，人肉馅儿的，来人呐，上木乃伊……

62. 你是电，李四光，你是唯一的神话……

63. 猜一人体器官，提示一：左右各一个；提示二：圆弧状，软软的；提示三：有些人会给它戴上罩子；提示四：敏感带。答案是……耳垂，想歪的去厕所面壁 5 小时。

64. 出来混，老婆迟早是要换的！

65. 嫦娥裸奔追我三公里，我回头看一眼就算我流氓。

66. 我是一个享受已婚待遇的未婚青年。

67. 让女孩变成女人是作为男人最基本的责任和义务。

68. 我哥们有 5 个女友，都是被别人抛弃的，包括他自己。

69. 有的男人先是和尚后是皇上，比如朱元璋，有的男人先是皇上后是和尚，比如他的孙子。

70. 哦米拖佛，这年头，做个和尚都要抗拒很多诱惑。

71. 我哥们和他的女友领到生产许可证后，每天都在紧锣密鼓忙生产。

72. 不要说别人脑子有病，脑子有病的前提是必须有个脑子。

73. 超人今天出任务去了，谁来洗他的裤头?

74. 给我 12 个美丽的女儿，我会每天赞美主，20 年后这群天使会给我带来无穷的财富。

75. 我女友不当尼姑的原因是她四级没过，庵里不收。

76. 哥们看上一个 39 岁的少女，目前求婚中。

77. 没吃过猪肉，我还没听过猪肉涨价!

78. 有钱的都是大爷! 但是欠钱不还的更是!

79. 你刷牙我不管你，但是你告诉我，我的洗面奶哪里去了!

80. 明星脱一点就能更出名，我脱得光光的却被抓起来了！

81. 现在找对象一定要看仔细一些，因为现在不男不女的人太多了！

82. 蚊子咬你之后真的很气愤，但是更气愤的是，它咬了你，你却找不到它！

83. 鸡鸡指的是什么意思？答：两个鸡！

84. 站到蹦极的地方你最想的是什么事情？反正我当时是最想尿尿！

85. 我骑自行车曾经撞过大楼！大楼被我撞掉块皮，我被大楼撞掉两个大门牙！

86. 有个人问我哪里色狼最多，我告诉他说有女人的地方，结果他就去找色狼了，但是那头猪居然去了女子柔道队！

87. 我本人是一个很节约的人，我拉屎从来不用纸，吃饭从来不用筷子，而且没有洗过手！

88. 人是人他妈生的，妖是人他妈想出来的！

89. 告诉你别逼我，你要是再逼我，我就装死给你看！

90. 当我看见美女的时候，首先摸摸兜里，看看有没有钱！

91. 宇宙之大难以想象，地球只不过是宇宙中的一粒尘埃，我又何苦为了丢一毛钱而痛苦呢！

92. 星星还是那个星星，月亮也还是那个月亮，但是人变了！

93. 假如有天我当明星了，我一定脱给你们看！

94. 会飞的不一定是超人，也不一定是鸟人，也许是飞机！

让我死吧！这帮超雷人的银行客户

1. 帮客户取完钱，双手把回单给客户，指着回单下方的签名线说：先生，请输入密码。客户一脸谨慎地看着我……

2. 中午快吃饭了，午餐食谱上难得的有面条。喜欢吃面的小 A 念叨了一个上午。临近 12 点，小 A 帮客户取完钱后，把钱递给客户：先生，请收好您的面条！众人狂倒。

3. 某天，一客户急匆匆地跑过来对小 A 说：你好，我的卡把你们的取款机吃了。小 A 一愣，继而发挥了他的幽默：哦，难怪我刚才清机的时候发现有一台机器不见了，原来是被你的卡吃了！

4. 一次一个客户不会用取款机，大堂经理教他使用，大堂经理把卡放到取款机里后，对客户说：请您在这儿输密码。哪知客户低下头，对着电脑屏幕轻声说了他的 6 位取款密码。客户把“输密码”听成了“说密码”……

5. 某同事经历。有一次，她刚刚接完小女儿的电话，电话又响，原来是客户找，前面都正常，不知怎么她突然说：你要乖一点哦！电话那边沉默……

6. 有一次接手机，是我弟打来的，习惯性地说了句：您好，招行。弟先是一愣，然后回答道：你好，我是招他弟。

7. 原来在前台办业务时，请客户在金额边上补上“小写”，将单子收回时，发现客户并没有写上小写金额，刚想追问，发现她在签名处补加上了“小姐”两字，变成“苏 ×× 小姐”……

8. 某客户来办理业务。经办员：您好，请问您办什么业务？客户：哦，我存一个死期（整存整取）！经办员：那请问您死多久？客户：嗯，死一年！

9. 我行 ATM 机在客户输入支取金额前屏幕会有一段提示，大意是：本机可为您提供 100 元和 50 元票面人民币现钞，请您输入金额后按确认即可。有天来一客户，在柜台要求用卡取现 2000 元，柜员提示说也可到门外窗口的 ATM 机取，客户坚决摇头：不行！你们的机子太落后，每次只能取 100 元，我上次取 1500 元，取了 15 次……

10. 有一次俺坐柜，免填单，一位 MM 取现金 100 元，凭条打好后我让她签名，拿进后一看，签名居然是“一百元”！

11. 一天，在给一客户办理完取款业务后，我交代说：请您把卡收好。再看，发现客户手包拉链没拉好，又交代说：请您把拉链拉好。客户立即低头查看，周围同事笑成一片。

12. 有一次某同事主持晚会，从容地上去，深情地说：朋友们，您见过黄河吗？您知道它是我们的母亲河吗？在一番深情的介绍黄河后，他说道：下面请听《长江之歌》~~~

13. 某客户持一张现金支票来柜台取现，同事 A 说：请您在小写金额前挂个羊头，谢谢！果然那客户在柜台前在支票上写了足足 5 分多钟，客户一脸严肃并慎重地将支票从柜台外递过来。天，超强！那位客户在金额前画了一只羊头，顿时我们全乐翻了，惊叹他的画功。

14. 某日，客户来电申请支付卡，同事在核对客户姓名时问：请问您名字怎么写的？客户毫不犹豫地回答：用笔写的！

15. 记得在会计坐柜时，有一次我们请一客户出示“结算证”，结果客户听成了“结婚证”，居然第二天真给拿来了！

不要招惹有夫之妇

1.

幼儿园老师问她的学生：谁能用“肯定”一词造句？

第一个小女孩说：天空肯定是蓝色的。

老师说：可是天空有时是灰色或橘黄色的呀！

第二个小男孩说：树肯定是绿色的。

老师说：可到了秋天，树会变成褐色呀。

这时，后排的楚阳向站起来问道：老师，屁有颜色吗？

老师惊愕道：当然没有！

楚阳向：那么，我肯定我拉裤子了！

2.

5 岁儿子：（指着妈妈红色的迷你裙）妈妈，你今天真性感！

妈妈：小崽子，怎么这么跟妈妈说话？跟谁学的！

10 岁儿子：（冲着弟弟）我跟你说过多少遍啦，不要招惹有夫之妇！

3.

爸爸把儿子哄上床后，回到自己的卧室准备睡觉。

“爸爸！”儿子叫道。

“什么事儿？”

“我口渴，给我拿杯水好吗？”

"你刚才不是喝过了嘛！快睡觉，我已经关灯啦！"

5 分钟后……

"爸爸！我口渴，你就不能给我拿杯水吗？"

"我刚才不是说过了嘛！你再叫我揍你！"

又过了 5 分钟……

"爸爸！"

"又怎么啦？"

"你过来揍我的时候一定要带杯水！"

儿子：爸爸，今天我不想上学。

爸爸：怎么啦?

儿子：上周农场死了只鸡，第二天中午饭就吃'红烧鸡块'，三天前农场死了头猪，第二天中午就吃'红烧猪肉'。

爸爸：那又怎么啦?

儿子：昨天我们的英语老师去世了。

父亲发现 10 岁的儿子过早的成熟，便决定对他进行早期性教育。不过，跟孩子谈这种事情总是很难为情的，但出于对孩子的关心，父亲还是鼓起了勇气。

"儿子，爸爸想跟你聊聊。"

"什么事儿，爸爸。"

"也没什么，是关于'性'的问题。"父亲满脸憋得通红，话语有些吞吞吐吐。

儿子注视着爸爸异样的面孔，关切地问道：没关系，您想知道哪方面的问题?

孩子：妈妈！我能不能跟姥姥玩一会儿?

妈妈：可以，不过你不能再扒姥姥的坟。

1. 我在我们的客户资料库里面发现，有超多搞笑的名字，我真的没歧视他们的意思，我应该本着“用户至上，用户服务”的原则的，但确实是太想笑了 ~~~~

许大奶（一女的，我看了她身份证号码，大概是 30 岁左右），我当时看了，半天没作声 ~~~（估计她妈是太平公主）

朱高产（一男的，估计他们家是养猪专业户）

2. 我有个同学叫朱娟（猪圈），还有叫朱达畅（猪大肠），高中一个叫卫晶晶，我们背地叫她卫生巾，还有个叫郑静的，反应迟钝，植物人似的，大小脑构造比我腿毛还简单，面前引爆一车原子弹眼睛都不眨一眨，堪称麻木中的vip，果然人如其名，够镇静的。

3. 我一个朋友叫：杜紫藤（肚子疼），《家有儿女》里，有个叫郑在镐。

4. 我更搞不懂我一朋友给他女儿取个小名叫“小银惠”，咋一听是“小淫秽”呢，郁闷！

5. 甘礼良，韩英菁，不知道这两个算不算爆强？？

6. 大学时，有个同学叫费炎，开学点名时笑翻了一片，经过一个月军训，他改名叫费红中，原来没笑翻的这回都笑翻了！

7. 同学的同学叫史逸飙，几个字单独看都不错，连在一起让人笑翻！认识个 MM 叫官殷，还有个同学叫杨伟，后来听说改名了。

8. 我有一女同事，在她出生之前，已经有了好几个姐姐。结果给她起了一个名字：叫郑青山。留得青山在，不怕没柴烧！

9. 我有一同事叫梅爱琴（没爱情），长得还巨恐龙，她家取名还真准。还有个叫张群娇……没想法了。

10. 我认识几个超搞笑的人名：曹义天、曹义年、曹义夏。还有个叫葛汝房，狂汗！

11. 哈哈～见过一个客户的名字叫陈想生，还有一个王巴巴，千真万确！

12. 我前两天刚看到过一个厉害的，叫范建。有个男生叫陈乃挺，找了个女朋友居然爆漂亮。学校还有个叫李首颖（你手淫）的。

13. 我们班有两个湖南的战友一个叫杨挺，一个叫杨伟！分班的首长真是有才呀！

14. 有夫妻俩，男的叫吕朝明，女的叫马国英，生了个孩子起名叫螺螺。

不明白？把夫妻俩的名字倒过来念，英国的马和明朝的驴……杂……交就生下了骡子。

15. 我们单位一个姓殷的当了部长，后来全部人就再也没叫他名字了，就叫他殷部。

16. 我们一起的同事有两父子姓卞。叫卞师傅，他们都答应。所以我们就叫他们大卞（便），小卞（便）。

17. 教我的一个老师叫胡红忠，刚认识一人，姓商名欣。大学军训点名，有一哥们叫“付书宝”（音），闪翻一片！上初中时，班上有余雷（鱼雷），魏欣（卫星），两人还都是女生。

18. 我一同学叫傅科炎，哈哈，一男的，老师点名的时候，没一个人在凳子上，哈哈！有一同事：叫郑守银（正手淫），还有一个叫杨小伟（阳小痿）。

19. 认识一人，叫毛蓉蓉，有个同学叫吴琴，她妹妹叫吴艺。有个同事叫吴仁爱，最强的是一个朋友过去叫王自卫（慰），听说结婚后改名叫王卫了。

20. 同事的小孩叫武楠，起先我还没注意，经其他人提醒，会意过来时，快要笑死。认识一对双胞胎，哥哥叫付延灵，弟弟叫付延杰。

21. 记得最强悍的是——
女：张开凤（张开缝）！！
男：王礼进（往里进）！！
这俩凑一对那叫一个绝。

22. 跟着主任上门诊。一清早就有人排队，我负责叫号。主任见迟迟没叫病人进来。便催促我。我说我实在不好喊他名字，头一个排队的叫——刘猪圈，主任也笑抽筋了！

23. 我以前有个同学叫索金凤，她妹叫索银凤，哥哥叫索铜柱。单位一个车间女工叫“叶杏姣”，还知道有个叫焦佩的。

24. 高中有一个同学姓史，他的名字不咋滴，在一个很偶然的机会，我们看到了他家的户口簿，发现他爸的名字叫史成亚，开始没觉得什么，后来一回味才发现原来倒着念就……（自己想）

宿舍里的最强人，最强事，最强语录

1. 偶GG寝室同楼的两位强人，一日喝得烂醉，路都走不稳了，一个稍清醒点的对另一个人说：哥们，行不？不行我扶你一把吧？

只见那位已经成为一摊泥的家伙躺在地上做迈步走路状说：~~~~~没~~~~~事！我~~~~扶着墙~~~~走得挺稳的！

2. 高三的时候，有天上语文课，一哥们胃疼趴在桌上休息，不知是哪个缺德鬼放了个巨经典的屁，MD，那是我这辈子闻到的最臭的屁，一下子我们那块就炸开了锅，都捂着鼻子跑开了，只有那哥们还趴在桌上一动不动，大家正在感叹这厮真猛，只见他突然抬起头，眼泪鼻涕流了一脸，二话不说冲到走廊就吐了，哈哈！

3. 我宿舍一兄弟某晚大醉后，堂而皇之地站在一路灯下放水，还边抹汗边感叹：这么大的太阳，真是晒死我了！

4. 大学时，宿舍的两姐妹去上自习，老六问老大：这个单词啥意思？老大挠挠头说：昨天刚看的今天就忘了，你打我一下吧！说完老六就打了老大一下，老大告诉了她单词的意思。

几天后，两人又去自习，老六问老大同一个单词啥意思，只见老大又挠挠头说：只记得你打了我一下！

5. 上学的时候暑期放假，很难买到火车票。寝室一MM着急回家，便去车站买票，有高人授意如果买不到，多添点钱买黄牛的算了。

该 MM 不久归来，一脸沮丧。我们问她咋回事，她说售票口果然没票，转了一圈也没看见黄牛。然后她径直走向身边的一个警察，非常纯真地问人家：叔叔，您知道哪儿有倒票的？我想买他们的票！

警察叔叔晕了半天，冷冷地看着她说：你找，我还想找呢！找到了你告我一声！

当时我们听到这儿笑晕一片。

6. 大学时，寝室一兄弟一直表现得好像好学生。一天，同寝室的几个弟兄说晚上去看录像，问他去不去，他一脸无奈地说：不行啊，我已经计划好去学习了。

他后来禁不住我们的盛情相邀，决定抛硬币看是去学习还是和我们去看录像，正面为去学习，反面就去看录像。

结果……连续抛了 17 次都是正面，最后该兄弟一气之下把硬币扔到床上，说：靠，没见过运气这么背的，去看录像！

7. 寝室一 MM 身高 158，却交了一个身高 192 的男友。一日，下大雨，她从图书馆回来后闷闷不乐，大家问怎么回事。MM 郁闷地说：出了图书馆，外面下雨有积水，前面一对儿，男的把女的抱过了水洼，可他看了看我，想了一下，用胳肢窝把我夹过去了！

寝室爆笑！

8. 寝室有一 MM，住上铺，非常喜欢说成语，但是经常词不达意，一日她和下铺 MM 一起在床上背单词，突然下铺 MM 伸脚踢了床板一下，她大叫一声：啊！你正中下怀！

9. 我宿舍一个兄弟很强，一次大扫除，他在地板上发现一只蟑螂，本以为他要把它扔到外面去，他却抓起蟑螂放到水桶里，说以后再扔。结果几天后，发现蟑螂已经被饿死了。

10. 毕业聚餐后，一个兄弟喝得烂醉，毫无意识地被人架回了寝室。结果过了一会儿，他迷迷糊糊地爬起来，走到自己的电脑边（离床两步远），掏出小东西就尿……尿完继续上床去睡，把边上在玩电脑的哥们恶心得不行……

11. 大学二年级的第一学期，发了大一的奖学金，哥几个有一半拿了奖金，就集体去聚餐，把钱都交给宿舍老大保管（他心细）。酒过三巡之后，大家都有些醉了，尤其是老大竟然开始滔滔不绝地讲胡话了，遂决定付钱走人，一摸口袋，几乎都没有带银子，就叫老大付钱。老大拒绝，摸他口袋，也没有发现银子，我们只好自己凑钱结账。大伙将老大拉出饭馆后，小风呼呼一吹，老大就不走了，说：你们干什么，我的兄弟们还在吃饭……我们劝他说我们就是，该回学校了，有拉老大手的，有抱他腰的，此时老大说了一句我这辈子也忘记不了的话：抢劫呀，抢人了，杀钱了，兄弟们快来呀！抢人了，杀钱了！！！

经过艰苦卓绝的战斗，我们终于将老大放倒在宿舍床上，他还是在说着那句话，这时我们发现了他把钱存放的地方——原来他一直捏在手里，从饭馆到学校宿舍大概500米，他就这么一直攥着，没有撒手。我们兄弟几个感叹了一句：第一、以后决不能让老大再喝多了；第二、钱以后还是给老大掌管！！！

12. 我宿舍一兄弟，一次打完篮球回来，口渴得要命，看见桌子上有一饭罐的水，看上去好像是还泡了点蜂蜜，心想：哪位兄弟这么理解我呀！咕噜咕噜……先喝了再说，喝完之后，他直纳闷：tmd，这水怎么有泡泡呢？

后来另一位兄弟回来，在那边叫，谁这么好心帮我把饭罐给洗了呢？我还加了点洗洁精在里面……全宿舍人知道后，笑翻了……还好，那哥们比较壮，没事……就当做洗胃呗……

13. 大三的时候，12月了，已经比较冷了，可班上一猛男还在水房里洗澡。我们那儿在水房洗澡一般都是脱光了洗（一丝不挂），所以夏天女生一般是不敢上我们那儿去的。^_^

临近圣诞节，有两位MM前来推销贺卡，不曾料到这么冷的天居然还有人在水房洗澡！刚好这两位MM进水房对面的那个宿舍推销！那位猛男大概洗得兴起，还唱起了歌，还~~~~居然唱《对面的女孩看过来》（他自己不知道对面还真有女孩），那两位MM往对面一看，那个羞愧呀！后来也不知道她们是怎么逃出去的。反正我们一层楼的人都笑翻了。

14. 记得一个平安夜，我们几个哥们一块弄了些二锅头都喝得大醉，一哥们爬上床（上铺）说跳舞，还先来了个下蹲，然后猛地起跳，可怜我们的屋顶啊，只听咚的一声，然后他就趴那不动了，脑袋血呼呼的。我们醉的当时全吓醒了，把他从床上弄下来后，他醒了，然后做了我们惊讶的举动，他一把推开我们说：我弹跳什么时候这么好了？然后趴到一哥们下铺睡着了！

15. 我们在五院实习，一次 7 个兄弟外出晚餐，和 3 个小混混发生口角，既而演化为斗殴，3 个小混混被我们打得不成人形。后来他们被送进 5 院来，我们得到消息后立马穿上白大褂扑了过去。当他们 3 个看到站在面前的医生竟然就是刚才揍自己的人时，脸上那种绝望的表情啊……真是此生难忘啊！

16. 上高一的时候，不知道谁的杯子里被人泡进了卫生纸。大家看了恶心，没人管那个杯子就把它放在窗台上，日子久了就发黄了。

有一天下午，一个走读生踢完球就去我们宿舍找水喝。一进门就看见了那杯泡了卫生纸的水，拿起来问：谁的菊花茶？

我们刚要说别喝，他就一口气全喝进去了，当然，也包括那张泡得烂烂的卫生纸。(汗……) 喝完后他抿抿嘴说了句：还挺甜。就跑掉了。

17. 高中时，大冷天的，我感冒了。

在上课的时候，我用力地吸了一下鼻子，用力过猛，MD 就唆进了食管里。

同桌问：味道怎么样？

“有点咸。”

18. 偶宿舍一哥们经常搞一些让人咋舌的事情，一次快上课前，他忽然内急，要宿舍另一兄弟捎点手纸，谁知那兄弟天生记性差，居然忘了。

半节课后，我那哥们才姗姗进教室，进来以后，对着让帮忙捎手纸的那位狂骂一阵，我问他那 PP 如何解决的，他一捋裤子，我靠，袜子不见了！

19. 听来的一个：毕业聚餐的时候，一宿舍所有 GG 都喝醉了，A 要回去，B 自告奋勇地去送他，相互搀扶着走到校门口，B 拿脚在地上扫了扫，然后说了一句巨经典的话：床铺好了！

20. 大学时候，同桌是个高度近视。

那天第一节是外语课，这家伙开始睡觉，把眼镜脱了放在桌板里，结果下课后他没醒，一直睡到第二节数学课。

教数学的老头要点名回答问题，看见我同桌在睡觉，大吼一声他的名字，他马上醒了，然后眼镜也来不及戴，抱着外语书就站了起来，然后偷偷地问我：老师问了什么？

我恶意顿生，说：把这课的第三段念一遍。

结果数学课上，这个家伙大声地朗读外语课文，十分流利。下课后，我和他双双被请到办公室……

21. 大学时，同寝室的老三脚臭无比，经常不洗袜子，一双袜子能在脚上穿一个月！屡劝不改！

一日，我们晚上打篮球回来，众人皆乏，沉睡。屋内有蚊子骚扰老三，他怒之，随手操起一物掷去，只听“啪”的一声。次日，众人醒，但见老三的袜子牢牢地贴在墙上！晕啊！

22. 夏天，寝室闷热得很，因桌子放在两张床中间，在窗户下面。一强人怕热，爬到桌子上睡觉，正在快睡着的时候，睡在上铺的一兄弟向强人吐口水（吐得很细），另一兄弟也吐，强人马上坐起来说：咋（怎么会）下雨了呢？

23. 某日，我们宿舍几个在球场与外系发生冲突，对方不知谁骂了一句。我们老大上去就是一句：都TMD什么素质，大学生了，还J8骂人！！晕倒一片！！

24. 一次舍友的女友来找他，两人在一个下铺哥们的床上坐着聊天。我们都不好意思打扰他们，就都出去买饭。回来时，我们在门外听见女孩说：你射完了吗？怎么这么慢啊！快点，还要去吃饭呢！我哥们说：别急，快好了！女友说：哎呀！你怎么弄得这么脏啊，拿卫生纸擦擦吧！我们在外面听得面面相觑，不敢动弹！一会没动静了才敲门进去，原来哥们正帮他女朋友设置手机的上网功能，手上有些墨水弄脏了MM的新手机！全宿舍的人爆笑！

我躲在一对夫妻床底下那晚

我有生以来最糗的一件事，是在一对夫妻的床底下，躲了半个晚上。除了偶尔放了一个屁之外，大气没敢出一声。

那一天晚上喝高了，回家走错了门。到了我家旁边的一幢楼房，进了同一楼层同一单元的别人家门。说来也巧，那家的门没关上，半掩着。我就径直进了房，鞋也没脱，直奔睡房。砰的一声，就倒在床上。

刚想睡，就听门外有个娇滴滴的声音说：老公，才回来呀，想死了。门口闪出一个披着半边浴巾，几乎全裸着的女人。虽然喝多了，但她的妖艳和丰姿还是令我一惊。以为是聊斋传说中的那个青衣鬼魅妹妹，就算是，我也豁出去了。我腾地一下从床上坐了起来。那个女子更为失常，啊地喊了一声，惊呆在了门口，也竟然忘了用手挡一挡。

你怎么到我家来了，走错了吧？我先做出了第一反应。她这才反应过来，赶忙用浴巾遮掩住了身体。接着，厉声叱喝：这是我家！你进门也不看看，还直接上了我的床！

不会吧？有没有搞错啊？就是喝高了，也不至于走错门吧？我一边嘟念着，一边站起身来。定睛一看，咦，好像真的不是我的卧房。妈呀，难道真的走错啦？

看看你，不但走错了，还上错了床！喝成这样，讨厌死了！她带着哭腔叫着说。

我连忙往门外走。“嘿嘿，不好意思。真的不好意思。还好，你老公不在，不然，这误会大了。”话还没说完，就听有人敲门。我刚要去伸手拉门，她猛地一下按住了我的手，又一把将我拖回屋里。压低嗓门恶狠狠地说：看你惹的好事，我老公回来了！怎么办？

我说：没关系的，我向他解释，都是我的错。她死劲掐了我胳膊一下：气死我了，你能解释清楚吗？还别说我老公是一个心眼小的人。她四下里看了一下，急中生智，就一把掀起了床沿的床单，朝床底一指，说：快，你先躲到床底下再说！快！我慌乱之中也顾不上什么了，就赶紧钻挤进了床底。她把床单布沿放下，又掀起，伸头到床底嘱咐：我不叫你，千万别出来。

不一会，听见一个沉重的脚步，走了进来。木板地被踩得咯咯直响，听起来他绝对是一个大家伙。我吓得死死屏住呼吸，一声不敢出，酒气被吓得也突然飞了，浑身是汗。

看看你，也喝成这样！没找错门跑到别人家里去吧？！女人打俏地说。我听见她的男人咯的一声打了一个巨大的饱嗝，比放屁声还响两倍。接着他说：你还别说，我真走到了旁边的那幢楼里去了，同一个单元。敲了半天门，没人在家。我就又开始瞎寻思，家里别藏了个什么男人。急得我就死劲敲，差一点把门砸了。后来，旁边邻居出来了，才知道走错了。你看，这事闹的。

我靠、靠、靠！砸我家的门？NND！要是我在家，就算我小腿再怎么细，也必定一脚踹过去。我躺在床底下，猛烈地、疯狂地默骂。

还没骂完，头顶上咣的一下，床底的天棚像天塌了一样压在了我的头上。他躺到床上了。那是怎样的一个分量啊。我隔着床垫就感到了生命中的不能承受之重。感觉上，那是一个可以参加国际大赛的巨大的屁股，简直就是泰山压顶。

接着更可怕的事情发生了。一个巨屁，晴天霹雳般地在我头顶炸开。力量直接穿透50公分厚的床垫，在我的太阳穴上形成了一个高压带。一分钟之后，还震得我耳朵嗡嗡直响。如果连这种屈辱都能忍的人，还有什么不能忍呢。

我怒火中烧。恨不得自己是一条恶狗。要是我长着狗牙，还用忍吗，肯定一口咬穿床垫。

还好，响屁不臭。就听见那男人用巨无比的恶心声音说，宝贝，你洗得真滑溜啊。白嫩白嫩的，我申请舒服一下。

女人说，那你去洗洗先。边说，她用脚轻踢了一下床下的地板，给我示意呢。我看见那白皙的脚趾头还冲我点了点头，就是什么也说不了。我准备好了，只要那男的一进浴室，我就会像狗一样窜出去。谁知那男人说，我刚在桑拿洗过了，宝贝，不是告诉你了吗，今晚我陪了几个客户。

女人被噎住了，半天没有吱声，大概是被那男人紧紧抱住了。头顶的床上传来一阵蠕动和翻滚。听见女人低声说，别了，今晚，我不太舒服。男的咦了一声说，看，挑逗我情绪是不？是哪个小骚货打电话，让我赶紧从桑拿院回来的？还说想得都受不了了？啊？！

哇塞！怎么不是我呢？市面上的靓女实在不能算少，但又漂亮又风情的极品女人就极少。突然就想起了她刚才的样子，现在她就在我的上面呢。哇！我有一点开心了。吃不着，能听戏也好，又不花钱。我偷偷地乐着。原来偷窥和偷听也是一件挺令人兴奋的事呐。

上面开始不断地翻腾了。想到我上面的是她，而她上面的是她的他，心里很不舒服。嫉妒吧。床垫在吱吱地作响。折腾了好一会儿，听见那女人忍不住了说，快点呀。

听起来那男的底气不足，有些理亏，所以就很小声地、赖赖唧唧地咕噜着说：今晚酒喝多了，老有点不听使唤。

哈哈哈！我在床底下笑翻了。不敢出声，默默地狂笑，又要瘪嘴强忍。哑笑着，身子一颤颤的。上面倒是忍住了，可是一不小心，下面漏了气。卟的一声，像打开了香槟酒瓶似的，一股生力军就从我的山沟里冲了出去。虽然没有刚才他放的响，但是声音很纯正。一辈子我还没放过那么标准的屁声呢。

绝响。而且原版。

宝贝，你放的？那男的说，挺脆的哈！女人扑哧一下，嘎嘎地大笑起来。一边还说，不是我，难道还是那条野狗啊？她话里藏刀，我知道在骂我呢。

人家响屁不臭。但我就不同了。二十秒钟之后，浓郁的气味就从床下蔓延并升腾起来。那味道，简直了。怎么说呢？我看见几个蚊子逃命般地狂飞出床底。估计永远也不会回来了。我自己都非常的不好意思。臭的气味不是没闻过，就是没有闻过这样的恶劣的臭。绝了。

果不然。就听见那男人，哎呀呀，哎呀呀，连叫了几声说，宝贝，晚上你吃什么东西了？是不是洋葱坏了？咋整的，这味道，太强了！估计蟑螂也得跑。

那女人肯定是有苦难言。先是一声不吭，后来大概实在忍不住了，就说要去厕所。可是，那男人比她还快，说他尿急憋不住了，先去。我就趁那男的上厕所的空当，从床底爬出来，溜出去了。那女人在门口对我悄悄说：大哥，还是你有办法，服了。

急问，爱因斯坦死前说的一句话是什么

1. 说的是：我觉得我还可以再抢救一下……

2. 轻轻地我走了，正如我轻轻地来~ ~

3. 记住……我要的是“雕牌”棺材！

4. 留得青山在，不怕没柴烧。

5. 我又要回去了 ~~~~ 我又回来了 ~~~ 啊哈哈 ~~

6. 二十年后又是一条好汉！

7. 我想染头发，要做负离子喔！

8. 回家了，欢迎你们串门去！

9. 晚上见（这个最寒）！

10. 有什么问题给我 QQ 留言，QQ：×××××，还是 5 位号的哟！

11. 好想再活五百年！

12. 护士，能……亲我一下吗？

13. 帮忙最后看一眼，我发型乱了吗？

14. 这辈子最大的遗憾就是~~~跟别人玩CS没一次赢过！

15. 我想唱歌……我想参加快乐男生！

1. 警察：说，你叫什么～？
犯人：我叫成龙。
警察：你怎么不叫陈真，给我把态度放端正了，好好说你叫什么？
犯人：我叫陈真。

2. 小白兔蹦蹦跳跳到面包房，问：老板，你们有没有一百个小面包啊？
老板：啊，真抱歉，没有那么多。
“这样啊……”小白兔垂头丧气地走了。

第二天，小白兔蹦蹦跳跳到面包房：老板，有没有一百个小面包啊？
老板：对不起，还是没有啊。
“这样啊……”小白兔又垂头丧气地走了。

第三天，小白兔蹦蹦跳跳到面包房：老板，有没有一百个小面包啊？
老板高兴地说：有了，有了，今天我们有一百个小面包了！！
小白兔掏出钱：太好了，我买两个！

3. Q：什么时候人有两个嘴巴？
A：有两个人的时候啦，呵呵。

Q：有两个人掉到陷阱里了，死的人叫死人，活人叫什么？

A：叫救命啦，哈哈。

Q：白色的马叫白马，黑色的马叫黑马，黑白相间的马叫斑马，那么黑色白色红色相间的马叫什么马？

A：是害羞的斑马，呵呵。

Q：人为什么要走去床上睡觉呢？

A：因为床不会自己走过来！

Q：烤肉最不希望发生什么事？

A：肉跟你装熟。

Q：老板，你这不叫牛肉面吗？怎么连牛肉都没有？！

A：人家还叫老婆饼呢，难不成你买的时候还送你一个老婆？！

Q：世界上什么动物最容易摔倒？

A：狐狸！因为狐狸狡猾么。

Q：狗什么时候越变越小？

A：狗跑走的时候。

4. 小宇：我家的金鱼昨天又死了一条（沮丧...）

小春：有什么大不了的，我家鱼缸里的鱼天天死天天换！

小宇：为什么？！

小春：我家是开餐馆的！

小宇：……

5. 飞机上，一位空中小姐问一个小女孩说：为什么飞机飞这么高都不会撞到星星呢？

小女孩回答道：我知道，因为星星会闪啊！

6. 自然课老师问：为什么人死后身体是冷的？没人回答。

老师又问：没人知道吗？

这时，有个同学站起来说：那是因为心静自然凉。

7. 请问：忘情水是谁给的？

回答：啊哈 ~~~

理由："啊哈，给我一杯忘情水 ~~~~"

8. 班上有个男生成绩好，但上课时不专心听课。

某天上物理课，物理老师忍无可忍，叫该男起立，对该男说：你怎么这么多毛病啊？

只见该男慢悠悠地答道：我有毛，没病！！

9. 市调员：小朋友，你家里有没有养小狗，小猫，小兔子，或是小鸟？

小孩：没有，我妈就生了我一个！

10. Q：什么动物最厉害？

A：猪，因为猪（珠）算高手。

Q：什么动物最容易被贴在墙壁上？

A：海豹（报）。

Q：胖子从 12 楼掉下来会变什么？

A：死胖子。

Q：吃饱饭了谁会帮你添饭？

A：飞龙嘛，因为飞龙在天（添）。

Q：一只小狗在沙漠中旅行，结果死了，问他是怎么死的？

A：他是憋死的，因为沙漠里没有电线杆尿尿。

Q：一只小狗在沙漠中旅行，找到了电线杆，结果还是憋死了，为什么？

A：电线杆上贴着"此处不许小便"。

Q：一只小狗在沙漠中旅行，找到了电线杆，上面没贴任何东西，结果还是憋死了，为什么？

A：很多小狗在排队，没等到。

Q：一只小狗在沙漠中旅行，找到了电线杆，上面没贴任何东西，排队也排到了，结果还是憋死了，为什么？

A：因为后面是两个漂亮狗 MM，他不好意思。

11. 百万富翁开着豪华的加长“林肯”轿车经过一个村落时，看见路旁有两个乞丐正在拔草吃，百万富翁随即停下车。

“你们为什么吃草？”

“我们实在是没有钱……”一个乞丐答道。

“真是的，上车吧，到我家去。”

“我家里还有老婆和两个孩子……”一个乞丐嘟囔道。

“把他们叫来！”富翁指了指另一个乞丐，“还有你，把你的家属也叫来。”

“我家人口可多，除了老婆外，还有五个孩子。”另一个乞丐说道。

“没关系，都叫来，快去！”

就这样，两个乞丐和他们的家属都上了车，好在是加长车。行驶途中，一个乞丐的老婆感激地说道：“老板，您人真好，连我们这样的贫穷的人您都能请到家。”

百万富翁答道：“没什么，我刚刚从国外回来，家宅一直没人照看，院子里的草坪可能有一米多高了，你们可以吃个够。”

12. 阿松和阿柏无事闲聊互道岁月不饶人。

阿松：回忆儿童时代，过得最快乐的是儿童节。

阿柏：过了十年就是青年节。

阿松：再过十年就是父亲节。

阿柏：再过几十年就是老人节了。

阿松：又再过几十年……

阿柏：清明节。

13. 国战如火如荼，公会团长为了激励士气来到了大草原前线……

公会团长问：情况怎样？

团员弓箭手报告说：报告团长！前方 20 公尺的帐篷旁有一个拜索斯的弓箭手，不过他的准度很烂，这几天射了好多次，都没有射到人。

团长听完便问：既然发现敌国的弓箭手，为什么不把他干掉？

团员弓箭手说：报告团长！不好吧，难道你要让他们换一个比较准的吗？

14. 我和朋友搬家的时候，新家里没有电视机。两个人很无聊，我们就假装桌子上有电视机，然后两个假装手里有遥控器，还能换台。这个王八蛋不停地换台，我说他，他还不听，后来我们就打了起来。

15. 这位跳水运动员的动作难度很大，他做了一个转体三周接前空翻三周半接后空翻一个月。

16. 小明：你有没有看过乌龟摇头？

康康：（摇头）没有。

小明：那你有没有听过笨蛋说有，白痴说没有，智障不说话的故事？

康康：……

17. 众士兵：渴……渴……

曹操：大家再坚持一会！我曾经到过这个地方，记得附近有一座梅林，再走一会可能就到了。

众士兵：噢 ~~~~~~ 有梅子吃呀 ~~~~ 噢 ~~~~~

半个时辰后，曹仁：主公！探险队找到了大量的水源！

曹操：哈哈哈哈，大家听到了吗？终于有水喝啦！

众士兵：不去……一定要找到梅子……

18. 一日，佐罗到情妇家与情妇幽会。情妇问佐罗：要是我丈夫回来了，怎么办？

佐罗：没事儿，你丈夫要是回来了，我就从窗户跳下去，我的马会在下面接我的。

情妇：要是听到三声敲门，就是我丈夫回来了。

佐罗：我知道了。

过了一会儿，天下雨了。突然传来"咚、咚、咚"三声敲门声。说时迟，那时快，佐罗从床上飞身跃下，一转眼，已经从窗户跳出。

情妇见佐罗已走，便去开门。只见门前站着一匹马，对她说：你告诉佐罗一声，外面下雨了，我在楼道里等他。

19. 我们都知道女生每个月都会来，又把来的那个称做"好朋友"，但你们知道为何要这样称呼呢？把好朋友这三字拆开不就很传神了吗——"女

子月月有”！

20. 某女校闹鬼。有天被小红遇上了。

鬼说：学妹……你看……我没有脚……我没有脚……

小红：那有什么。学姐你看，我没有胸，我没有胸……

21. 一架客机正在飞行中，忽然被一小股气流冲击，乘客们慌作一堆，以为世界末日即将来临，一位年轻漂亮的姑娘站起身来，鼓足勇气向大家说：各位男性乘客，你们谁能在我死之前让我尝试一下做女人的滋味?

话音刚落,他后座的一位男士站起来说：我来！说罢小伙子把T–shirt脱下来，露出健壮的肌肉，年轻的姑娘害羞而赞赏地望着这位英俊的男士，想象着他的下一步行动，只见那个小伙子把 T–shirt 扔给姑娘，命令似的说：熨平了它！！

22. 小驴问老驴：为啥咱天天吃干草，奶牛顿顿精饲料?

老驴叹道：咱爷们比不了，我们是靠跑腿吃饭，人家是靠胸脯吃饭！

23. 小明明天要考试，但晚上却在看电视。

小明妈妈就担心地问：书都看完了吗？明天要考试啊！

小明就爽快地回答：妈，我看完了。

小明妈妈就很开心地赞扬小明：乖，那明天你一定考得很好呢。

小明哭着说：妈，我是说……妈，我看，完了。

24. 有一对男女正在吃晚餐，那个女生一直问那个男生：你爱不爱我?

男生看了女生一眼又继续吃晚餐，女生很生气又再问了一次：你爱不爱我?

男生终于说：爱。

女生又问：那你要怎么证明?

忽然男生从口袋里拿了三十元出来，且问女生：你有没有十元?

女生拿了十元给了男生，男生就把四十元放在桌上。

过了一会儿……

女生很生气地问男生：你到底要不要证明你爱我啊?

男生说我已经证明了啊！！！

四十摆在眼前！

25. 小明上完厕所回到教室跟老师说：厕所有好多蚂蚁。

老师忽然想到蚂蚁的英文 ant 这个单词，于是测试小明：蚂蚁怎么说？

小明一脸茫然地说：蚂蚁他……什么也没说……

26. 某日，龟爸、龟妈及龟儿子一家决定去郊游，他们带了一个山东大饼和两罐沙丁鱼，便出发到山上去了。苦爬十年，终于到了！它们席地而坐，卸下装备准备吃饭。结果，却发现没带开罐器！

龟儿子：……那我回去拿好了。

龟爸：乖儿子！快！爸妈等你回来一起开饭，快去快回喔！

龟儿子：一定要等我回来！不可食言喔！

于是龟儿子踏上归途……光阴似箭，岁月如梭，转眼间已过了 20 年，龟儿子却尚未出现。

龟妈：老伴……要先开饭不？我超饿的说……

龟爸：不行！我们答应儿子的！嗯……再等他五年，不来就不管他了！

转眼就是五年，龟儿子仍未见踪迹。龟龟爸妈不管了，二老决定开动，拿出大饼正准备开吃……突然，龟儿子从树后探出头来……

龟儿子：靠！我就知道你们会偷吃！骗我回去拿开罐器？我等了二十五年，终于被我等到了吧！我最恨人家骗我了！

27. 石头和年糕打架，一生气就把年糕踢到大海里了……

讲个故事，从前有一对恋人私定终身，但是男生需要服兵役，便和女生定下誓言，给了女生一枚钻石戒，并许诺在三年后的今天与那女生碰面，到时候，那枚戒指将作为婚戒。

好不容易三年过去了，女生一直在等男生，却一直等不到，她伤心过度，绝望地把钻戒扔入大海，远走他乡。其实，那男生也一直在等那女孩，可是女孩记错了约会地点，于是便永远地成为了遗憾。男生伤心欲绝……过了几年，男生出外钓鱼。猜猜看他钓到了什么？

……

年糕！

28. 一个伐木工人去应征工作。

工头：前面的树林你去试试看，看你一分钟能锯几棵树。

过了一分钟……

工头：哇……一分钟二十棵！太厉害了，你以前在哪工作的？

工人：撒哈拉森林。

工头：没听过，我只听过撒哈拉沙漠。

工人：对啊，后来改名字啦！

29. 一个男人周五下午离开家去上班。当天是发薪日，因此他没有回家，整个周末在外面与朋友们狂欢，并花光了他的全部薪水。

周日晚上他终于回到家里后，火冒三丈的妻子正等着他，连珠炮似的对他的所作所为骂了将近一个小时。最后，妻子停止了唠叨，问他：要是你也连续三天看不到我，你作何感想？

他回答：我倒感觉挺好的。

周一过去了，他没看见妻子。

周二和周三也过去了，他还是没有看见他妻子。

到了周四……

肿消了一些，他终于勉强能从左眼角看到妻子一点点了。

30. 妻：我真是瞎了眼踩到狗屎才会嫁给你。

夫：我才真是瞎了眼踩到狗屎才会娶妳。

狗屎：我好倒霉喔！躺在哪里都被你俩给踩到！

31. 有一天有个婆婆坐车，坐到中途婆婆不认识路了。

婆婆用棍子打司机屁股说：这是哪？

司机：这是我的屁股。

32. “爸爸，”小儿子说，“我今天可不可以留在家里？我觉得不舒服。”

“你觉得什么地方不舒服？”爸爸问道。

“学校。”小儿子回答。

33. 老师：你终于来了！为什么昨天没有来上课？

学生：因……因为，我妈从楼梯上摔下来了……

老师：喔！原来如此，妈妈受伤了所以你没来。

学生：不是……是我爸受伤。

老师：为什么你妈从楼梯上摔下来你爸会受伤？

学生：因为……我爸在外面有女人。

老师：什么？那跟你妈从楼梯上摔下来有什么关系？

学生：因为他们打架……我妈摔倒没事，我爸被我妈打伤。

老师：喔……那么因为你送爸爸去医院，所以没来上课？

学生：不是……是外面的女人送我爸去的。

老师：那你为什么没来上课？

学生：因为我睡过头了……

老师：那跟你妈从楼梯上摔下来有什么关系？！

学生：没有啊，我……我只是顺便提一下。

34. 一个阴霾深夜，一群女校学生在宿舍里玩碟仙，突然她们不住地尖叫！！！

楼上的学姐急忙跑进她们的寝室，赫然看见她们桌上的碟子以奇快的速度打转着。速度快得惊人，也快得骇然。

“糟了！你们做了什么？”学姐意识到情况不对急忙地问。

“我们……”学妹们说。

“我们只是问它最快能转多快？”

35. 一天，小芳在路口等小叶骑摩托来接他。

没多久，一辆摩托车停在小芳前面，小芳马上跳上后座，（搥着安全帽）“怎么这么晚？都超过 30 分钟了耶！”

骑士把安全帽的罩子打开：“小、小姐，我是来问路的，请不要打人。”

36. 有一个小护士第一天上班，看到特护病房里躺着一个外国老头，她就走过去想看看病人是否有什么要求。老头很费力地向她说了一句话，然后呼吸越来越急促，她没听明白就走更近了一点，老头又把他的话重复了几遍，但一次比一次微弱，最后咽了气死了。

第二天老人家属问到老人死前留下了什么遗言，小护士把老人的话一个字一个字地学给他们听，结果翻译过来就是：“对不起，你踩到我的氧气管了。”

1. “同学们看着清洁的教室，擦着额头上的汗水笑了……”（用于描写大扫除之后）

2. 问：“小朋友，谢谢你，你叫什么名字？”（用于扶老人过马路等好人好事之后）

答：“我叫红领巾。”黄金必杀句 ~~

3. 小明，小红，小刚，小李，小 ×……其实中国人名字很好起的 ~，李守银，史三八都是名人呢……

4. “今天天气晴朗，万里无云，我们来到了 ×× 公园春游。首先映入眼帘的是假山。”

“在夕阳的余晖下，我们依依不舍地离开了 ××，我会永远记得这快乐而有意义的一天！”为什么每次春游回来都要写周记？

5. “我爱我的家，更爱我伟大的祖国。”

“望着缓缓升起的红旗，我的崇敬之情油然而生。”

6. “买东西的时候阿姨多找了我两角钱，我低头看到胸前飘扬的红领巾，就退回去了。”再然后就是：“我低下头，发觉胸前的红领巾更加鲜艳了。”

7. “今天是我第一次洗衣服，今天是我第一次洗碗，今天是我第一次叠被子，今天是我第一次……” 第一次果然都很有纪念价值。

8. “在我的记忆里，有这样一段故事，如最亮的星星一般……”

9. “我的脚像灌了铅一样……”

10. “下课了，有的……有的……还有的……我们的课余生活是多么的丰富啊！”

11. “无数革命先辈抛头颅洒热血，才换来了我们今天的幸福生活，和他们比起来，我的心里惭愧极了……” “五星红旗，是用烈士的鲜血染红的。” 童年过得真血腥 ==

12. “一天，小强走在上学的路上，王老师骑车在下班的路上……又是 ××× 的一天。” 好平静的一天……

13. “每当遇到困难想退缩时，脑海中忽然闪过 ××（张海迪大姐姐等）的身影，比起她我的这点困难算什么。” 显然那时候我们跟他们是完全不认识的，怎么这么爱装熟？

14. “十一届三中全会以来……” 终于长大了……

15. “烛光下，看着妈妈布满老茧的手那么灵巧地帮我织毛衣，我的泪水再也忍不住地流出来。”

16. “红的像火，粉的似霞，白的胜雪！”

17. 举例子：牛顿、爱因斯坦、居里夫人、爱迪生。
让老师吐血的举例四大名人。

18. “不经历风雨，哪得见彩虹？若非一番寒彻骨，哪得梅花扑鼻香。”
描写毅力的常用句式。

19. 怀念我们的老师。“今天是教师节，老师们是蜡烛，燃烧自己，照亮别人。”

“他们是‘灵魂的工程师’”“古诗云：春蚕到死丝方尽……”

“那天，小王老师使尽了全身的力量给我们上了最后一节课。可是小王老师只教了我们一个学期就患癌症死去了。我们是多怀念他啊……”小学时为了感人，很多老师就这样患绝症死了。

20. “今天路上捡了一角钱，交给了警察叔叔。心里别提有多高兴了，老师也表扬了我，乐得我一蹦三尺高（顶级经典）。毛主席说：做一件好事并不难，难的是天天做。”

21. “在灯光下，看着妈妈的白发，我……泪流满面……我一定要……”（80后的妈妈们基本30多岁就都长白发了）

21. “小红是我的同桌，弯弯的眉毛下一双水灵灵的大眼睛，仿佛会说话一般。”只要是写眼睛，水灵灵的准没错。

1. 地理老师上课时讲到龙卷风：那个龙卷风刮啊刮的，就把啥子内裤什么的刮下来了……后来此人当了政教处主任，无语。还有，他训话时说：你们上数学课不要做英语课的卷子，上英语课也不要做数学课的卷子，你们上数学课要做数学课的卷子，上英语课才做英语课的卷子，上什么课做什么课的卷子。当时全班都想 × 他一刀……

2. 临班语文老师，讲语文选择题：同学们，为什么不选 a 啊，对，因为 a 不对；为什么不选 b 啊，对，因为 b 不对；为什么不选 c 啊，对，因为 c 不对。所以这道题应该选？同学齐声高喊 d。对，我们讲下一道题。

3. 班主任是美女哦，比我们大没几岁，每次都是脸上装作受教育的样子，心里 YYing……初中时候，我们下课挖蚯蚓准备去钓鱼，不想上课被老师发现，她用全年级都能听见的声音尖叫：你们上课玩蛔虫！

4. 高中的一位体育老师点名时说：没来的举手！

高中军训时，老师嫌我们走得不齐，冲我们大喊：中间的同学用旁光看两边的同学，就齐了！但是偶在想尿道怎么办？

5. 物理老师说：我在上面搞得满头是汗，你们在下面没有一点反应，将来肚子里没货，可不要怨我噢。男生狂笑……

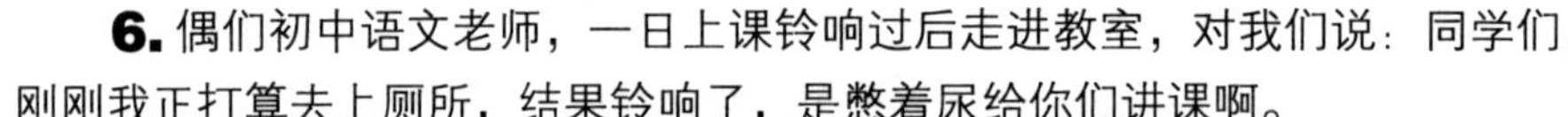

6. 偶们初中语文老师，一日上课铃响过后走进教室，对我们说：同学们，刚刚我正打算去上厕所，结果铃响了，是憋着尿给你们讲课啊。

7. 一学生说看不见黑板上的题，我们数学老师（刚毕业）就说：你眼瘸了吧？！我现在还是在奇怪这话的意思。

8. 偶初中的班主任，教语文的：这篇文章狗屁不通，只能通猪屁~~~！

初中一个老师突然检查学生的个人卫生，对着一个指甲长的同学说：个人（自己）把你那个指甲啃了，啃快点。

9. 一天老师上我们期待已久的生理卫生课，（女的）只说了一句话：我要说的你们都知道（书上的），你们想知道的我不会说，自己看，不许说……一直到下课。

10. “哪位同学有问题就大胆地提出来。”一成绩不好的女生站起来问了个简单的问题，老师先骂一顿，然后说：同学们就要像这位同学一样勇于提出问题。同学们巨寒。

11. 地理老师叫一个同学回答问题：哎！哎！！后边那个，就是抠鼻子眼的那个！！

12. 大学的书记说：大学里谈恋爱那是给别人养老婆。外语老师听后说：要知道你们以后的老婆这时候也正被别人养着。

某强人手机里保存的牛叉短信

1. 老夫妇去拍照，摄影师问：大爷，您是要侧光，逆光，还是全光？大爷腼腆地说：我是无所谓，能不能给你大妈留条裤衩？

2. 老婆语录：允许你喝醉，允许你勾妹，但晚上必须给老娘归队，如果你敢伤我的心，伤我的肺，老娘一定把你的第三条腿打残废，让你的DD永远打瞌睡。

3. 两个饺子结婚了，送走客人后新郎回到卧室，竟发现床上躺着一个肉丸子！新郎大惊，忙问新娘在哪？肉丸子害羞地说：讨厌，人家脱了衣服你就不认识啦！

4. 俩老夫妻某日吃晚饭时突发奇想：裸餐！找找从前的感觉！脱光后老太婆道：我还有反应耶！前胸还和年轻时一样发热！老头斜了一眼道：耷拉到汤里了！

5. 四只老鼠吹牛。甲：我每天都拿鼠药当糖吃；乙：我一天不踩老鼠夹脚发痒；丙：我每天不过几次大街不踏实；丁：时间不早了，回家抱猫去咯。

6. 天是蓝的，海是深的，男人的话没一句是真的；爱是永恒的，血是鲜红的，男人不打是不行的；男人如果是有钱的，和谁都是有缘的，男人靠得住，猪都会爬树。

7. 一群蚂蚁爬上了大象的背，但被摇了下来，只有一只蚂蚁死死地抱着大象的脖子不放，下面的蚂蚁大叫：掐死他，掐死他，小样，还TMD反了！

8. 小孩把妓院养的鹦鹉偷回家，一进门，鹦鹉便叫：搬家啦！看见他妈妈又叫：老板也换啦！看见他姐姐又叫：小姐也换了！看见他爸爸又叫：我靠还是老客！

9. 漫漫人生路，谁不错几步！家庭要照顾，情人也得处！家里有个做饭的，外面养个心善的，对桌坐个好看的，远方有个思念的！保住二，守住一，发展三四五六七！

10. 一只小狗爬上你的餐桌，向一只烧鸡爬去，你大怒道：你敢对那只烧鸡怎样，我就敢对你怎样，结果小狗舔了一下鸡屁股，你昏倒，小狗乐道：小样看谁狠。

11. 传说今晚，阴魂不散，死光又现，鬼魂四处转！愿鬼听到我的呼唤，半夜来到你床头，苍白的脸，幽绿的眼，干枯的手抚摸你的脸，代我向你说一句：晚安！

12. 男人，总是笑容满面，两眼放电，不是发病犯贱，就是坑蒙拐骗！女人丰胸细腰，放荡风骚，不是掏你腰包，就是放你黑刀！这年月男怪女妖，小心中招啊！

13. 你走在路上，一母狗扑向你从你的脚上咬了一块肉，迅速吞下去，你伸脚正要踢它的时候，狗含着泪说：你打吧，反正我肚里已经有了你的骨肉！

14. 老鼠没女朋友特别郁闷，终于一只蝙蝠答应嫁给他，老鼠十分高兴。别人笑他没眼光，老鼠：你们懂什么，她好歹是个空姐。

15. 朋友问蝙蝠怎么会下嫁给老鼠，蝙蝠眼含泪花，意味深长：唉！那天他吃了伟哥，火力壮，一下蹦上天花板，让他得了手。

16. 我花一毛钱发这条短信给你，是为了告诉你——我并不是一个一毛不拔的人。比如这一毛钱的短信就是我送你的生日礼物。

17. 蚂蚁懒洋洋地躺在土里，伸出一条腿，朋友问你干吗呢？蚂蚁：待会大象来了，绊他一跟头。

18. 喜鹊来，妈妈说这是喜鸟是客；燕子来，妈妈说这是益鸟是客；乌鸦来，孩子问你也是客人吗？乌鸦叫：Yes，吾乃黑客！

19. 某美女发现口红太重，拿湿纸巾擦拭后扔到路上。一老头拣起，端详半天突然醒悟，追上说：姑娘，这超薄的就是容易掉呀！

20. 黄瓜失恋痛哭，茄子安慰她：爱情不单只是甜美和沉醉，还有心碎、还有流泪。唉！谁让你爱上洋葱的？

21. 一女奇丑，嫁不出去，希望被拐卖。终于梦想成真，却半月卖不出去。绑匪将其送回，她坚决不下车，绑匪咬牙一跺脚：走，车不要了。

22. 飞机上，一只鹦鹉对空姐说：给爷来杯水，猪也学鹦鹉，对空姐说：给爷来杯水，空姐大怒，将鹦鹉和猪都扔下了飞机。这时鹦鹉对猪说：傻B了吧，爷会飞。

23. 有个老农在地里锄地，一只乌鸦飞过，拉了泡屎掉在老农脸上，老农抬头大骂：× 你妈！出门也不知道穿条裤衩！乌鸦说：靠！你丫拉屎穿裤衩呀！

24. 小明告诉妈妈，今天客人来家里玩的时候，哥哥放了一颗图钉在客人的椅子上，被我看到了。妈妈说：那你是怎么做的呢？小明说：我在一旁站着，等客人刚要坐下来的时候，我将椅子从他后面拿走了。

25. 一天在拥挤的公车上的一段对话情形如下：一个站着的怀孕妇人对着他身旁坐着的一位男子说：你不知道我怀孕了吗？（想要他让座……）只见男子很紧张地说：孩子不是我的！

26. 仅仅是一阵风也罢了，偏偏是这样永恒，仅仅是一场梦也罢了，偏偏是如此真实，你低头不语，我却难以平静，我终于禁不住要对你说：下次放屁时，说一声！

27. 一日，某君的老婆生小孩，他急急忙忙跑到医院看望，等了 n 个小时，产房里传来了哭声，他高兴大喊，我做爸爸了！这时医生满脸愁容走出来，告诉他，小孩子先天畸形。某君呆在那，还没明白什么原因，忽然产房里传来了他老婆的喊叫：都怪那天杀的，看贴老不回贴，报应呀！

华丽丽的空姐糗事一箩筐

1. 飞机落地了，由于广播的乘务员老想着赶班车去东直门，于是广播成了：女士们，先生们，我们的飞机已经抵达首都北京东直门机场。

旅客疯了……

2. 飞机抵达纽约，应该是肯尼迪机场，最后广播成了：我们已经抵达纽约肯德基机场。

3. 回到北京，落地前乘务员要做好签封工作，刚签封完就有旅客要可乐，乘务员说：我们都封了。结果客人很不理解：我就要个可乐，你们就疯（封）啦？！

4. 飞机机械故障延误了，过了一会又可以走了，旅客问为什么？乘务员说：没事儿，就换了一个敢开的机长。

5. 飞机落地了，还在滑行，旅客就都站起来拿行李，为了安全，要广播：女士们，先生们，我们的飞机还在滑行，请您坐好，并关闭头顶上方的行李架。结果一着急广播成了：女士们，先生们，我们的飞机滑得还行……这时候，“叮……咚”内话响了，机长说：谁夸我呢？！

6. 乘务员广播：女士们，先生们，请您坐在跑道上，系好安全带，我们的飞机马上就要起飞了……

7. 话说，飞机起飞的时候，轰鸣声甚大，坐在头等舱的乘乘对另一乘乘说：看，那个旅客的鼻毛露出来了！另一乘乘没有听见，大声问：什么？！

最先开口的乘乘又大声重复一遍，对方还是没有听到，只见那个旅客走过来，说：小姐，她说，我的鼻毛露出来了！！

8. 一天乘务长和一乘务员迎客，上来一名外国黑人，乘务长小声地对乘务员说：你看那外国人可真黑啊～！（笑）

第二秒钟外国黑人回头对那个乘务长说：就你白！

9. 乘乘：我们有雪碧可乐矿泉水，请问你需要喝什么？

旅客：饮料！

10. 乘乘：今天为您提供的热早餐有面条和点心，请问你需要哪一种？

旅客沉思半晌：米饭！

11. 乘务员正在供餐，到一位旅客前问道：先生，我们有鸡肉米饭和鱼肉米饭，请问您吃哪种？

旅客答道：排骨！

乘务员又重复一遍，旅客依然答道：排骨！

这时，乘务员问：我们有鸡排骨和鱼排骨，您吃哪种？

12. 呼唤铃响。空姐：您好，请问有什么可以帮您的吗？

旅客：能要一杯水吗？

空姐：当然可以，矿泉水吗？

旅客：有果汁吗？

空姐：有，橙汁和桃汁请问需要哪一种？

旅客：有可乐吗？

空姐：有，需要加冰吗？

旅客：那给我一杯茶吧！

13. 一位后舱旅客上卫生间，站在卫生间门口一阵猛摇，乘务员好心提醒：先生，请往里推。只见那位乘客用食指轻轻一戳，乘务员又说道：推！乘客再戳。

乘务员：用力推！乘客一愣，猛吸一口气，对着卫生间一阵猛吹！乘务员们笑倒一片……急忙帮他开门道：您太经典了，我是说用力推，不是用力吹！

14. 厨房乘务员手拿两壶咖啡给客舱送去，一位旅客指着窗外问话：小姐，这是什么湖啊？乘务员答道：咖啡壶。旅客笑倒一片……

15. 乘务员：请问牛和鱼您喜欢哪种？

乘客：好的，我要牛和。

乘务员：是牛，和鱼。

乘客：哦，那我要和鱼。

16. 乘客男第一次坐飞机，按动呼唤铃。乘务员：先生，请问有什么需要帮助吗？

乘客男默然。

乘务员：这是呼唤铃，如果有什么需要再按它，我们会帮助您！

乘客男点点头。还没等乘务员回到座位，只听呼唤铃又响了，只见乘客男站起来，嘴对着呼唤铃大声喊道：可乐——加冰！！！

17. 一架载着两百多名乘客的飞机平稳地飞行在高空。这时，广播里传来机长愉快的声音：女士们，先生们，我是你们的机长，欢迎大家乘坐我们的航班，我想告诉大家的是……啊！天哪！！他发出这声恐怖的叫声后，广播里就没有声音了。

所有的乘客都吓坏了，连空姐也害怕得说不出话来。

过了一会，广播终于又响了，还是机长：女士们先生们，对不起，方才让大家受惊了。这里确实发生了一个小小的意外，但不是飞机，乘务员给我倒咖啡的时候，不小心把咖啡撒在了我的衬衣上，不信你们来看，都湿透了！

这时，机舱里响起一个乘客怒气冲天的抱怨声：衬衫湿了算什么，你看看我的裤裆！！

18. 乘务长在机门口迎客，上来一位年轻小伙儿：欢迎您登机，请问您是什么座？

小伙子：我是天蝎座，您呢？

乘务长：我是巨蝎座，我是问您坐哪一个座位？

19. 有个很讨厌的男旅客拿到配餐中的苹果问乘务员：这个苹果怎么吃啊？

乘务员回答：啃皮。

20. 乘务员：您好，请问喝点什么？

旅客不好意思道：不喝，不喝。

于是乘务员小声地说道：免费的哦。

旅客：啊？免费的啊！我要一杯橙汁，一杯可乐，一杯咖啡，还要……于是边说边从包里拿出一个瓶子说道：再给我灌点豆浆在里面！

21. 一个旅客捧着吃得干干净净的餐盘（连根菜叶都没剩下）说：小姐，你们的餐食太差了，简直就是狗食！！

22. 广州旅客喜欢问：小姐有没有奶茶？

海南人：亚子汁（椰子汁）。

北方人：要酒。

小朋友：冰激凌。

女孩：酸奶。

让我们无语的人：小姐，有燕窝吗？

更无语的：脑白金有吗？

23. 乘务员：鸡肉米饭和猪肉米饭请问要哪种？

旅客：我们两个要猪，他要鸡！

24. 旅客：我要一杯可乐。

乘务员不确定地问：你是可乐吗？

旅客：不是！

乘务员：那你是？

旅客：我是人，我要可乐！

25. 某日，飞行中。

一安全员看一旅客开手机，马上走过去严肃地说道：不要在手机上打飞J！

26. 旅客问：小姐，这是波音什么型号？

答：空客320。

旅客：我问你是什么型号？

答：320。

旅客：（比较大声）我问你是波音什么号？

答：是空中客车320。

旅客：你怎么这么犟呢！是波音几几几？

答：320。

旅客：你说波音320不就行了，乘务员连这都不知道！

27. 空乘：先生您是喝橙汁还是喝苹果汁？

答：你们这儿的橙汁有苹果味儿的吗？

28. 飞机上，乘务员在收餐盘，大多数乘客都递上餐盘便于乘务员收取。一靠窗的乘客无动于衷，乘乘伸手够不着，便对他说：麻烦您把餐盘递一下好吗？那乘客傲慢地说道：你是服务员，还是我是服务员？乘乘答道：我是服务员，但我不是长臂猿！

29. 旅客问：小姐，有指甲刀吗？

乘务员说：您当我是小叮当啊？

1. 执子之手，方知子丑，泪流满面，子不走我走。

2. 西游记告诉我们：凡是有后台的妖怪都被接走了，凡是没后台的都被一棒子打死了。

3. 你有什么不开心的事？说出来让大家开心一下。

4. 我那么喜欢你，你喜欢我一下会死啊。

5. 我又不是人民币，怎么能让人人都喜欢我？！

6. 令人不能自拔的，除了牙齿还有爱情。

7. 当生活心怀歹毒地将一切都搞成了黑色幽默，我顺水推舟把自己变成了一个受过高等教育的流氓。

8. 时间太瘦，指缝太宽。

9. 小姑娘们梦中都想找一匹白马，睁开眼发现满世界都是灰不溜秋的驴，悲痛欲绝后，只能从驴群中挑个身强力壮的，这样的驴就被命名为：经济适用男。

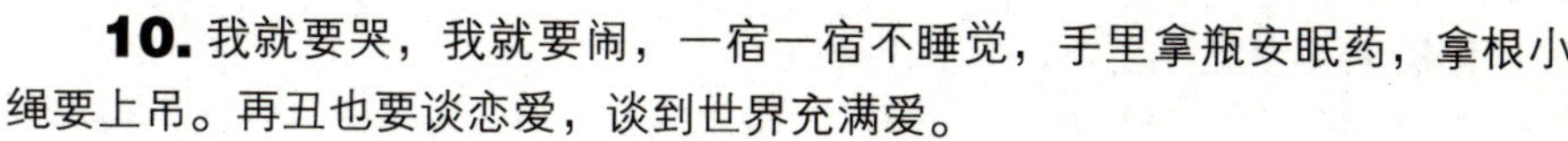

10. 我就要哭，我就要闹，一宿一宿不睡觉，手里拿瓶安眠药，拿根小绳要上吊。再丑也要谈恋爱，谈到世界充满爱。

11. 我们的目标：向钱看，向厚赚。

12. 我是你转身就忘的路人甲，凭什么陪你蹉跎年华到天涯？

13. 挤公交是包含散打、瑜珈、柔道、平衡木等多种体育和健身项目于一体的综合性运动。

14. 老娘法眼一开就知道你是个妖孽了。

15. 两手插口袋，谁都不爱。

16. 手拿菜刀砍电线，一路火花带闪电。

17. 单身并不难，难的是应付那些千方百计想让你结束单身的人。

18. 幸福是什么？幸福就是你吃鱼，我吃肉，看着别人啃骨头。

19. 念了十几年书，想起来还是幼儿园比较好混！

20. 我当年也是个痴情的种子，结果下了场雨……淹死了。

21. 很多人说婚姻是爱情的坟墓，但是能够入土为安的爱情总比暴尸街头要好。

22. 有空学风水去，死后占个好墓也算弥补了生前买不起好房的遗憾。

23. 据说，人只有两个选择，忙着死或是忙着活，我想我有了第三种选择：忙着等死。

24. 春困夏乏秋无力，冬日正好眠。

25. 思念不能自已，痛苦不能自理，结果不能自取，幸福不能自予。

26. 小时候我以为自己长大后可以拯救整个世界，等长大后才发现整个世界都拯救不了我。

27. 如果你注定不能给予我期待的回应，那么就保持在安全距离之外吧。

28. 请不要把我对你的容忍，当成你不要脸的资本。

29. 女子无才便是德，我一定是太缺德了。

30. 诸葛亮出山前也没带过兵啊，你们凭啥要我有工作经验。

31. 用嘻哈的蓝调精神来过二胡一样的生活。

32. 鸵鸟的幸福，只是一堆沙子。

33. 老天，太蓝！大海，太咸！人生，太难！工作，太烦！和你，有缘！想你，失眠！见你，太远！

34. 喝药递瓶，上吊给绳，跳楼的挥着小手绢送行。

35. 铁杵能磨成针，但木杵只能磨成牙签，材料不对，再努力也没用。

36. 少年不胡作妄为，大胆放肆，试问老年时哪来的题材话当年。

37. 作为一个怪兽，我的愿望是至少消灭一个奥特曼。

38. 学问之美，在于使人一头雾水；诗歌之美，在于煽动男女出轨；女人之美，在于蠢得无怨无悔；男人之美，在于说谎说得白日见鬼。

39. 我以为我很颓废，今天我才知道，原来我早报废了。

40. 不成熟男人的标志是可以为了理想壮烈地牺牲，成熟男人的标志是可以为了理想卑贱地活着。

41. 生活就像宋祖德的嘴，你永远都不知道下一个倒霉的会是谁。

42. 人又不聪明，还学别人秃顶。

43. 我以神的姿态，闪耀在这美的瞬间，凡人勿扰……

44. 年轻的时候，我们常常冲着镜子做鬼脸；年老的时候，镜子算是扯平了。

45. 要努力！！为了你的奥迪我的迪奥。

46. 我是白领：今天领了薪水，交了房租水电，买了油米泡面，摸了口袋，感叹一声，这个月工资又白领了……

47. 执子之手，将子拖走。子说不走，好吧，关门放狗！

48. 他就是一盆水，倒入你的米堆里，若干年后，清水变成了醇香的酒，而你变成了一堆废弃的烂米，不是没用了，还可以拿来喂猪的。

49. 我不是天桥上算命的，唠不出那么多你爱听的磕。

50. 真的猛士，敢于直面自己未化妆的脸。

51. 天山童姥——外表正太，内心却有三百六十五道裂痕，每道裂痕上书春夏秋冬四字，沧桑到妖。

52. 世事往往如此，想回头也已经来不及，即使你肯沦为劣马，不一定有回头草在等着你。

53. 曾经和朋友一起仰望星空，随之我们泪流满面，他是因为失恋，我则是因为扭伤了脖子。

54. 其实你我都一样，人人都在装，关键是要装像了，装圆了，有一个门槛，装成了就迈进去，成为传说中的性情中人，没装好，就卡在那里了。这就是卡门。

1. 从前有个人钓鱼，钓到了只鱿鱼。

鱿鱼求他：你放了我吧，别把我烤来吃啊。

那个人说：好的，那么我来考你几个问题吧。

鱿鱼很开心地说：你考吧你考吧！

然后这人就把鱿鱼给烤了……

2. 我曾经得过精神分裂症，但现在我已经康复了。

3. 一学生在美国考驾照，前方路标提示左转，他不是很确定，问考官：Turn left？

答：right.

于是……挂了。

4. 有一天绿豆自杀从5楼跳下来，流了很多血，变成了红豆；一直流脓，又变成了黄豆；伤口结了疤，最后成了黑豆。

5. 小明理了头发，第二天来到学校，同学们看到他的新发型，笑道：小明，你的头型好像个风筝哦！小明觉得很委屈，就跑到外面哭。哭着哭着～他就飞起来了……

6. 有个人长得像洋葱，走着走着就哭了……

7. 小企鹅有一天问他奶奶：奶奶奶奶，我是不是一只企鹅啊？

奶奶：是啊，你当然是企鹅。

小企鹅又问爸爸：爸爸爸爸，我是不是一只企鹅啊？

爸爸：是啊，你是企鹅啊，怎么了？

小企鹅：可是，可是我怎么觉得那么冷呢？

8. 有一对玉米相爱了，于是它们决定结婚，结婚那天，一个玉米找不到另一个玉米了，这个玉米就问身旁的爆米花：你看到我们家玉米了吗？

爆米花：亲爱的，人家穿婚纱了嘛……

9. 音乐课上，老师弹了一首贝多芬的曲子。

小明问小华：你懂音乐吗？

小华：是的。

小明：那你知道老师在弹什么吗？

小华：钢琴。

10. 主持人问：猫是否会爬树？老鹰抢答：会！主持人：举例说明！老鹰含泪：那年，我睡熟了，猫爬上了树……后来就有了猫头鹰……

11. 俩屎壳郎讨论福利彩票，甲说：我要中了大奖就把方圆50里的厕所都买下来，每天吃个够！乙说：你丫太俗了！我要是中了大奖就包一活人，每天吃新鲜的！

12. 甲：那个人在干什么？

乙：他在发抖。

甲：他为什么要发抖呢？

乙：他冷呀。

甲：哦，原来发抖就不会冷拉。

甲：……

13. 有个香蕉先生和女朋友约会，走在街上，天气很热，香蕉先生就把衣服脱掉了，之后他的女朋友就摔倒了……

14. 一个香肠被关在冰箱里，感觉很冷，然后看了看身边的另一根，有了点安慰，说：看你都冻成这样了，全身都是冰！结果那根说：对不起，我是冰棒。

15. 从前有一个棉花糖去打了球，打了很长时间，他说：好累啊，我觉得我整个人都软下来了……

16. MM 找大学迷路了。遇见一位文质彬彬的教授。

MM：请问，我怎样才能到大学去？

教授：只有努力读书，才可以上大学。

17. 小姐：现在生意不好做呀！

老大：为什么？

小姐：禽流感……

18. 一女遇劫匪颤抖曰：俺是 ×× 学校的，刚毕业，工作都没找到，真的没有钱……劫匪听后竟然痛哭流涕，妹子，俺也是 ×× 学校的，你拿好学生证，前面抢劫的还是 ×× 学校的，你放心，阿拉绝不抢自己人！

19. 一个盲人乞丐戴着墨镜在街上行乞。一个醉汉走过来，觉得他可怜，就扔了一百元给他。

走了一段路，醉汉一回头，恰好看见那个盲人正对着太阳分辨那张百元大钞的真假。醉汉过来一把夺回钱道：你 TMD 不想活了，竟敢骗老子！盲人乞丐一脸委屈说：大哥，真对不起啊，我是替一个朋友在这看一下，他是个瞎子，去上厕所了，其实我是个哑巴。“哦，是这样子啊。”于是醉汉扔下钱，又摇摇晃晃地走了……

20. 刚刚看师姐的电脑屏幕上方有个类似新闻滚动条的东西，上面的文字过得非常快。

偶好奇问：这是歌词吗？

师姐：是呀！

师姐：怎么过得这么快？都没看清！

师姐：周杰伦的！！

21. 橡皮、老虎皮、狮子皮哪一个最不好?

答：橡皮。

因为橡皮擦（橡皮差）。

22. 问：3 个头一只脚的是什么东西?

答：3 个头一只脚的怪物！！

23. 问：蚂蚁去沙漠，为什么沙子上没有留下他的脚印，而只留下一条线呢?

答：因为它是骑自行车的！

问：蚂蚁从沙漠回家了，他没有通知任何人，但是他家人却知道他回来了！为什么啊！

答：看见他停在楼下的自行车……

24. 有一天一个女吸毒犯被抓到警局，警察看见她的手上有刺青，就问她：你干吗把你男朋友的名字刺在手上，他叫小良是不是?啊?是不是?快说！说……他有没有吸毒啊?快说。

只见那个女吸毒犯抬起头带着愤怒的眼神对警察说：这是‘恨’啦！

25. 一天，小美和她男友开车出去兜风，车快没油了，刚好旁边有个加油站，开过去的时候，突然一阵狂风把她男友的帽子刮跑了。

小美的男友对她说：我去捡帽子，你帮我加油。

男友刚跑开不远，就听到小美在他后面大喊：加油！加油！

26. 一只猩猩经过树林，不小心踩到了长臂猿的粪便，好心的猩猩帮猿打扫了粪便。

过了不久他们相爱了，别人问你们是怎么走到一起的?

猩猩回答说：是猿粪（缘分）！

27. 有一只鸭子叫小黄，有一天它过马路时被车撞了一下，大叫：呱！从此它就变成了小黄瓜……

28. 有一只企鹅，他的家离北极熊家特别远，要是靠走的话，得走 20 年才能到。有一天，企鹅在家里呆着特别无聊，准备去找北极熊玩，与是他出门了，可是走到路的一半的时候发现自己忘记锁门了，这就已经走了 10 年了，可是门还是得锁啊，于是企鹅又走回家去锁门。锁了门以后，企鹅再次出发去找北极熊，等于他花了 40 年才到了北极熊他们家……然后企鹅就敲门说：北极熊北极熊，企鹅找你玩来了！结果北极熊开门以后你猜他说什么？“还是去你家玩吧～”

29. 某清晨，以严厉著称的某长官问晨练小兵：你冷吗？

小兵：不冷！

长官恼：那你颤颤什么？

小兵答：冻的！

30. 小明：阿康，问你有一只鲨鱼吃下了一颗绿豆，结果它变成了什么？

阿康：我不知道，答案是什么？

小明说：嘿嘿！答案是“绿豆沙（绿豆鲨）”，你很笨喔！

31. 老师问一同学怎么减少白色污染？

同学答：把饭盒做成蓝色。

32. 有个人，他肠胃不好。一天，他来到胃病医院看病，对医生说：我吃什么拉什么，吃西瓜拉西瓜，吃黄瓜拉黄瓜！

医生想了想，对他说：我看你只有吃屎了！

33. Q：非洲食人族的酋长吃什么？

A：人啊！

Q：那有一天，酋长病了，医生告诉他要吃素，那他吃什么？

A：吃植物人！

34. 有一天，老师带一群小朋友到山上采水果，她宣布说：小朋友，采完水果后，我们统一一起洗，洗完可以一起吃。

所有小朋友都跑去采水果了。集合时间一到，大家都回来了。

老师：小华，你采到什么？

小华：我在洗苹果，因为我采到苹果。

老师：小美你呢？

小美：我在洗番茄，因为我采到番茄。

老师：小朋友都很棒哦！那阿明你呢？

阿明：我在洗布鞋，因为我踩到大便。

35. 老师在课堂上对小明提问，小明站起来却一声不吭。

老师：小明？

老师：小明？？

老师：小明！你怎么回事啊？你到底知不知道答案啊？好歹吱一声啊！

小明：吱～

36. 如何让饮料变大杯？

念大悲咒。

37. 从前从前有一只鸟，它每天都会经过一片玉米田，但是很不幸的，有一天那片玉米田发生了火灾，所有的玉米都变成了爆米花！！！

小鸟飞过去以后……以为下雪，就冷死了……

38. 小明在一次车祸中失去了一条腿，小明在一次车祸中又失去了一条腿，又一次车祸中小明失去了他的另一条腿，一次车祸中小明又失去了他的一条腿……

其实，小明是一只狗。

39. 一天，A、B、C 三个人一起出去玩，走在路上闲晃了很久。

后来 A 就说：好无聊，我好想去打 B。

然后 C 看了 A 一眼，就把 B 拖到巷子里去打。

40. 三只小兔拉便便。

第一只是长条的。

第二只是圆球的。

第三只居然是三角形的。

问，它答：我用手捏的。

41. 小明回家时，隔壁的狗突然跑出来咬他，他一气之下拿起竹子要打它，狗的主人看到小明打他的狗，就不高兴地说：打狗也要看主人，没听过吗？

这时小明就说：好！我会一边看着你，一边打你家的狗。

42. 虫虫：小花，你用我的铅笔了吗？

小花：没有，我没用。

虫虫：你真没用？

小花：我真没用！

虫虫：唉，你是第 17 个承认自己没用的人了。

43. 蚂蚁从喜马拉雅山上摔下来后是怎么死的？

答案：饿死的。因为太轻～所以飘下来要很久……

44. 从前，有一只马！它跑着跑着就掉进海里。

所以，它变成了一只“海马”！

这只马的另外一只马朋友，为了要去找掉到海里的马，结果却掉到河里。后来，他就就变成“河马”。

第三只马是只白马。它为了要找失踪的两个朋友，来到了交通混乱的城市。它连续被好几台车子给辗过，使得身上出现好几条黑条纹。结果，它变成“斑马”了！

第四只马为了找寻前面三个的同伴，有一天，它来到一间工厂，结果被改造成“铁马”。

但后来，那些马还是难逃被吃的命运，通通被做成了“沙琪玛”，肆虐所及，所有马儿无一幸免，成了一个无马的世界……

然后，有一群人看到这篇笑话后忍不住说：‘马’的～真冷。

最后，为了纪念这个笑话，有人将它编订成课，我们叫它“马赛课”！

45. 小明欠地下钱庄 20 万，苦苦哀求对方多宽限几天，钱庄的人说：明天一定要还，不然的话……剁掉 2 根手指；后天的话……再剁 4 根；第 3

天的话……

小明：是不是不用还了？

钱庄的人：NO，到时候你就变成小叮当了。

46. 有个人一天碰到上帝，上帝突然大发善心打算给那人一个愿望，上帝问：你有什么愿望吗？

那个人想了想说：听说猫都有 9 条命，那请您赐给我 9 条命吧！

上帝说：你的愿望实现咯！

一天，那个人闲着无聊，想说去死一死算了，反正有 9 条命嘛。就躺在铁轨上，结果一辆火车开过去，那人还是死了，这是为什么呢？

因为，那辆火车的车厢有 10 节。

47. 一个家伙到医院去检查，并做了许多测试。

医生说：有好消息、也有坏消息！看过你的测试结果后，我发现你有潜在的同性恋倾向！！而且难以根治！

这个家伙说：我的天啊！那好消息呢？

医生腼腆地说：我发现你还蛮可爱的耶！

48. 一个猎人带着猎狗去打猎，在林子里遛了一天都没有猎物。天黑了，不甘心的他还是不停骑马在林子里转，马忽然说：你都不让我休息，想累死我啊？！

猎人听到吓了一跳，立刻从马背上滚下来，拉着猎狗就逃跑，跑到一棵大树下喘气时，狗拍拍胸口对他说：吓死我了，马居然会说话！

于是猎人当场被吓死了。

49. 狼、老虎和狮子谁玩游戏一定会被淘汰？狼！

因为：桃太郎（淘汰狼）。

50. 一天 A 拣了一面镜子，对着镜子照了照说：这里边的人好面熟啊！

B 说：是吗？我看看（接过镜子），哎，这是我啊！连我你都不认识了啊？

51. 番茄 A 和番茄 B 去逛街。

B 问 A：我们去哪?

A 不回答。

B 又问：我们去哪?

A 还是不回答。

B 又问了一次。

番茄 A 转过头对番茄 B 说：我们不是番茄来的吗？为什么我们会说话呢?

52. 从前，有一只白猫和一只黑猫。一天，白猫掉到水里去了，黑猫把它救了上来，白猫对黑猫说了一句话。

Q：这句话是什么?

……

A：喵。

53. A：你知道我昨天晚上在网吧干吗么?

B：在干吗?

A：上网呗。

B：……

54. 两只苍蝇去吃饭。

小的问大的：大哥，为什么我们每天都要吃屎?

大的说：吃饭的时候不要说这么恶心的东西！！

55. 一猴子吃花生前都要先塞进屁股再拿出来吃。

对此管理员解释道：曾有人喂它桃子，结果桃核拉不出来，猴子吓怕了，现在一定要量好再吃。

56. 医院为防止病人出逃外设 100 道墙，两精神病患者仍欲逃出医院，于夜黑努力翻墙，至第 30 道墙下，“累了么？”“不累。”于是二人继续向外翻。

至第 60 道墙下，“你累了么？”“不累。”于是二人继续向外翻，至第 99 道墙下，

“你累了么？”“累了！”

“那好，我们翻回去吧！”

57. 小明：在某个溪边，有大宝、大雄、大志、大伟共四个男孩脱光光在玩水，突然有人在溪边电鱼，这四个男孩都被电到了！猜一种电器用品。

阿康：嗯……不知道耶～

小明：答案是“电视机”（电四鸡）！嘿嘿！

58. 母鸡在孵蛋，有个蛋从它屁屁钻出来了。

母鸡：你干吗?

鸡蛋：你放屁好臭……

59. 有个人的名字叫“杜子藤”。

老师点名时问“杜子藤呢？”

同学说：“他肚子疼。”

60. 我女朋友约我去她家看电影。到了她家之后，她用签字笔在墙上写了“电影”两个字，我们两个就坐在马桶上看了起来。

1. 有一天，两根雪糕比赛游泳，游啊游啊游啊，到最后两根雪糕都融化了。

2. 四个人在屋子里打麻将，police 来了，却带走了五个人，为什么？
——因为他们打的人叫“麻将”。

3. 小明踩到大便，为何没有弄脏鞋子？因为他没穿鞋子 ~~~~

4. 六岁的小芳很可爱，常常被班上小男生求婚。
有一天，小芳回家后跟妈妈说：MAMA！今天小强跟我求婚要我嫁给他……
妈妈漫不经心地说：他有固定的工作吗？
小芳想了想说：他是我们班上负责擦黑板的。

5. 小明刚上小学，第一次月考完，妈妈很紧张他的成绩。
母：小明啊，这次考试考得如何啊？
小明：哎哟！那些都是骗小孩的程度啦！
母亲听了一阵窃喜，想必一定考得很好才会这么说，接着追问下去……
母：那你考很好啰？
小明：因为我还是小孩啊，所以我都被骗啦～

6. 很久很久以前，有一只流浪的小狗他为了维持生命，在街上四处寻找食物。它穿越了无数的城市，走遍了大街小巷，最后它来到了一个沙漠前，它想穿越沙漠，于是它就走啊走～走啊走……累得口干舌燥，最后它终于躺下了，说了一句话：我怎么累得跟狗一样？

7. 小朱受邀到小文家中做客。

在小文家中，只见小文都以“亲爱的”来称呼老婆。

小朱见状很感动地说：你真的是不容易耶！结婚快 10 年了，你还是这样甜蜜地称呼你太太。

“其实，”小文小声地说：“我忘记她名字很久了。”

8. 患者：医生，我咳得很厉害。

医生：你多大年纪？

患者：七十五岁。

医生：二十岁咳吗？

患者：不咳。

医生：四十岁时咳吗？

患者：也不咳。

医生：那现在不咳，你要等到什么时候咳？

9. 某精神病院又被一群病人烦着要出院，于是院长放宽了规定，凡是想要出院的病患，一定要通过下列的考验。

院长：眼睛在哪里？

病人：眼睛在这里（指着眼睛）。

院长：鼻子在哪里？

病人：鼻子在这里（指着鼻子）。

院长：耳朵在哪里？

病人：耳朵在这里（指着耳朵）。

只要能正确地指出位置，病人即可出院。

某日，甲病人申请出院，也通过了上列的考验，于是便高兴地回病房收拾行李准备出院，同房的乙病人惊讶地叫着：不可能，不可能，你的病情比我还严重，我都没法子通过，你怎么可能通过呢？甲病人说：嘘～不要告诉别人，我是用背的！

10. 一天，王先生发现自己 5 岁的儿子小明行为有些古怪。

快到傍晚的时候，他一个人站在窗口向外挥手，口中似乎还念念有词。

王先生悄悄走到小明身后，却听到小明说：公公再见，公公再见……

王先生向窗外一看，什么人都没有。一连几天都是如此，每到这个时间，小明就站在窗口，重复着那句让王先生毛骨悚然的话。

终于，王先生忍不住了，他把儿子叫过来：小明，你每天这个时候都在跟谁说再见啊？

"公公啊。"小明一脸天真。王先生一听头皮都炸了，"哪……哪个公公？"

"太阳公公啊～"

11. 父亲给儿子讲故事：从前有一只青蛙……

儿子：有科幻故事吗？

父亲：从前在太空里有一只青蛙……

儿子：有限制级的吗？

父亲：嘘～小声点，别让你妈听见。从前有一只没穿衣服的青蛙……

12. 什么地方的用户最喜欢关机？

宁波。因为有人说：对不起，您拨的用户已关机……

13. 一天，茄子走在大街，忽然打了一个很大的喷嚏。它抹了把鼻涕生气地说：又在拍集体照了！

14. 手机用户最喜欢去哪？

吉林通化。"对不起，您拨打的用户正在通话。"

15. 病人：医生～快给我看病！我有健忘症！

医生：你什么时候发现你有这种病的？

病人：什么病……？

16. 甲：你年薪多少？

乙：800 万。

甲：那一个月有 80 万哦。

乙：是的，这是基本工资。

甲：不错嘛，做什么的？

乙：做梦的。

17. A：你姓啥？
B：我姓魏。
A：魏什么啊？
B：不为什么，我爸姓魏我就姓魏～

18. A：谁都生活在黑暗中？
B：小叮当（因为他伸手不见五指）。

19. A：26个字母去掉e和t，还剩几个字母？
B：21个，因为ET是坐UFO走的。

20. 爷爷对孙子说：你知道金庸写的十四本书可以连成一副对联吗？飞雪连天射白鹿，笑书神侠倚碧鸳！

孙子不屑地说：你知道JK罗琳写的七本书可以连成一句话吗？哈哈哈哈哈哈哈……

21. 话说有一只小白兔在跑步，它跑两步就向右转头，再跑两步又向右转头，又跑两步还向右转头，为什么？

因为它喜欢……

22. 达·芬奇密码的上面，是达·芬奇账号，你知道达·芬奇密码的下面是什么吗？

是达·芬奇验证码。

23. 在二十楼和二楼向下跳的区别？
二十楼：啊啊啊啊啊啊啊啊啊啊～啪
二楼：啪～啊啊啊啊啊啊啊啊啊啊

24. 三毛为什么执意要拔掉一根头发？
因为三毛想梳中分。

25. 为什么在海边不能讲冷笑话？
因为会引起海笑（啸）。

好笑话是疲惫生活的强心剂

1. 某年春运期间，火车异常拥挤，某君趁停车将屁股伸出车窗外便便。

车将启动时，列车员做最后巡视时大喊：秃头叼雪茄烟的那小子，把脑袋缩回去！

2. 蛔虫父子趴在屁眼向外看，儿子问蓝色的是什么。

父：蓝天。

儿：那绿色的呐？

父：大地。

儿：外面的世界真美好，为什么我们要呆在屁眼里？

父庄严地说：因为这是我们的祖国！

3. 悬崖上一只小老鼠挥舞着短短的前爪，一次又一次跳下去，努力学习飞翔。

旁边母蝙蝠看着它摔得头破血流，忧心地说：它爹，要不告诉它，它不是咱亲生的。

4. 有个人第一次在集市上卖冰棍，不好意思叫卖，旁边有一个人正高声喊：卖冰棍！他只好喊道：我也是。

5. 母蛤蟆为躲避一追求她的公蛤蟆而躲进狗洞里，公蛤蟆耐心地守在洞口，不一会从狗洞钻出一只耗子，公蛤蟆伤心地说：难怪你不爱我了，原来狗给你买貂皮了。

6. 拉登与萨达姆在海边散步，忽然有记者拍照，一见镜头，拉登做了V字手形，萨达姆问：登哥，我们胜利了吗？拉登小声曰：胜利个屁，我是告诉美国，别炸了，就剩我们俩了啊！

7. 一个士兵练习爬树，忽然他从树上掉下来，军官问他为什么掉下来，他说有两只松鼠跑到他裤裆里去了，这我还忍了，可是它们进去了说：咱们把果子分了吧！

8. 某学校学生趁下课十分钟出校门，买2杯奶茶和2个芋头。眼见上课钟快响了，情急之下就对老板说：老板我要两个奶头！

9. 老鳖调戏河蚌，河蚌很生气，张嘴咬住老鳖，老鳖忍痛拖着河蚌来回爬，青蛙见了敬佩地说：乖乖，鳖哥混大了，出入都夹着公文包了。

10. 真正的浪漫求婚应该是这样的：一位风度翩翩的男子请了10位同事吃饭，其中就有他心仪的mm。吃到一半时，他忽然站起来走到mm身旁，然后把mm坐的椅子整个搬了个90度面朝自己，而此刻mm嘴里塞满了各种食物。

这时，他突然从兜里掏出4沓钱说："这是4万元订金，你愿意嫁给我吗？"mm当即就惊呆了，激动的泪水夺眶而出，她呜咽着掏出验钞机，片刻后说："这些都是真的——我愿意！"

11. 获奖通知：在校长的领导、教务处的支持、后勤部门的配合、指导老师的教诲下，我校三位同学获得由天津各高校联合举办的**杯作文竞赛一等奖，由于篇幅有限，获奖同学姓名将另行通知！

12. 售票员拼命地把最后一名乘客推上车后，乘客却转过头好心劝道：大姐，您就别挤了，实在上不来咱就等下趟车吧！

13. 学校招聘会上，米其林（就是做轮胎的）的一道笔试题：为什么鸟站在高压线上不会触电？

我寝室一同学回答：因为它穿着米其林牌橡胶鞋！

结果他是全校唯一被录用的本科生……

14. 大学军训时遇一教官，全班被他“修理”得很惨。军训结束，为庆祝“解放”，大家热情地把敬爱的教官抛向空中，当他幸福地下落时，却发现下面的人都已经走光……

15. 一头猪对另一头猪说：别人都说我们是猪，咱们还是分手吧！

16. 隔壁那小子终于发誓要减肥了，毕业招聘会上，有人对他说：哥们，让一下，你挡着我手机信号了～

17. 编辑：你去写一篇既打破世俗伦理，又包含江湖门派间多年恩怨情仇，同时情节还要扣人心悬，大有血雨腥风呼之欲来这样的微型武侠小说。第二天交工，全文只有十个字：秃驴！竟敢跟贫道抢师太～

18. 一新生在哈尔滨下火车时被掏包。沮丧间，见不远处有人在向他招手，等他过去时那人已不见踪影，只剩地上放着他刚才被掏的钱包。新生急忙打开查看，发现除了钱之外，身份证、银行卡、尤其是新生报到证等东西竟然都还在，旁边地上还留着一行粉笔字：生活虽艰，盗亦有道！

19. 出门逛街，发现一店铺里挂满了各式各样的衣服，门口玻璃上贴着：开店大酬宾，高档西服 30 元 / 套，衬衫 5 元 / 件……心中莫名高兴：这么好的事情终于被我赶上了！于是急着往里冲，就在进门的一瞬间抬头看到：干洗店！

20. 今天去学校领毕业证，兴奋之余拉住一路过的哥们问：哎，这学校叫什么来着？那哥们狠狠瞪了我一眼道：我怎么知道，我才上大一！

21. 辛苦忙碌了一天，于是每晚回窝推开房门时总有那么一丝期待——突然一个人从门后跳出来，然后嬉笑着把我双眼蒙住……当然是乱想啦 *^_^*，真有的话也许会是贼！

22. 新生开学，一哥们背着行李来我们宿舍，他问躺在下铺睡觉的老大：你上铺没人住吧？老大迷迷糊糊也没在意，随口答道：没有！那哥们听后使足全身的力气把一大包行李扔到了上铺——结果上铺没床板！

23. 我曾跟一个女生告白，不过惨遭拒绝！

"我已经有喜欢的人了……"

"谁？"

"金城武！"

原来我的情敌是金城武啊，看来我只能放弃了～哎，不对，我也喜欢武腾兰啊，但我知道这辈子我都只能在电脑屏幕前看她卖力演出，见她本人是绝对不可能的，所以这马子根本就是在编理由搪塞我！

"可是，你应该知道金城武永远都不可能喜欢你啊～～～"我说出实情，希望能将她拉回现实。

她用同情的眼光注视着我，缓缓说道："那也是我对你的答案！"

24.MM1：谁的手机响？

MM2：那是我在唱歌，哈哈哈～

MM1：哦，我以为是振动呢！

25. 以前在玉泉路那边上课，路上卖光盘的妇女很多。一同学有天出去，被一妇女纠缠，问曰：光盘要不？没理会，继续走。追，又问：人和动物的要不？只见偶同学把头一抬，二目盯之，曰：人和大象的有没？妇女大骇，遂逃！同学追之，急呼：人和蚂蚁的也行！

26. 和宿舍一 MM 去图书馆自习，这时有个男生过来问她借东西，我同学开口就道：不好意思，我是有男朋友的，你还是去别处借吧！

27. 导师：你没女朋友干活怎么还总是拖拖拉拉的？

学生：找到女朋友就好了！

导师：为什么？

学生：这样就可以解放双手搞科研了！

28. 我北大一同学他们宿舍来个蒙古的，大一报道时互相介绍，蒙古学生说：北大学费真贵，卖头牛交的学费！宿舍另外五个孩子听了都挺同情他，在生活上多加照顾，能请吃饭就请，毕竟人家为了上学把家里的牛都卖了，太不容易了！

第二年开学，蒙古同学又说：北大学费真贵，卖头牛交的学费！宿舍同学又为他担心起来，毕竟中国西部的经济状况的确让有良知的知识分子忧心忡忡……

第三年开学，蒙古同学又说：北大学费真贵，卖头牛交的学费！终于有人忍不住问他：你家到底几头牛啊？

蒙古同学沉默了一会儿说：我也算不过来了，大概有几千头吧……

有一天，我在班里表扬了一位同学，说他这个“青翠欲滴”用得好。下一次交上来的作文，几乎每个人都用了“青翠欲滴”：“教室的一角里，有盆青翠欲滴的花”“爸爸拿起青翠欲滴的玉酒杯”“她穿上一件绿色的裙子，真是青翠欲滴”……有一个男生居然还写：“我的鼻涕青翠欲滴……”

读1年级时，老师要我用“有的……有的……”造句，我这样造的：我有的东西我姐没有，我姐有的我哥没有。全家倒成一片！

小时候老师留作业，用“能文能武”造句，同学造出：昨晚我在被窝里放了个屁，能文能武。

我语重心长地对老师说：今后一定要好好学习。

老师给我一个大号的叉字，我小学五年级的日记，老师要求字数的。

于是：

“×年×月×日天气×

今天我和好朋友××做××游戏。

第一盘他赢了；

第二盘我赢了；

……

第×盘×赢了。

今天可真开心啊。

我和同学某某某一起骑车出门玩，他的气门芯坏了，我就把我的拔下来给他装上。我俩一起高高兴兴地骑车回家了。”

我一初中同学曾经作文里写道：小时我家住在黄土高坡，黄土高坡上除了黄色还有很多别的颜色。老师当堂念出此文。全班同学全部倒地不起。

小时候的造句：我们要学习毛主席，长大了当国家主席。

老师打了个大叉叉。偶好久都不懂为什么这句话不对。

我走进了一家百货商店，啊，看来人民生活水平的确提高了，你看那位农民老大爷，左手一台电冰箱，右手一台电视机，一溜小跑。

今天是清明节，我们兴高采烈地去烈士陵园扫墓。一路上大家唱着快乐的歌……回去的路上，大家都留恋地说：下次还要来，这里真好玩。

我的记忆就像是一个装满珍珠的盒子，每一件事就像一颗珍珠一样美丽。原来奶奶家养有两只金鱼，我最喜欢虐待它们了，后来终于被我不小心弄死了。现在每当想起来，我都忍不住露出会心的微笑。

早上起来浑身上下脑袋疼。

“一轮红日映朝阳……”

“作为新时代的小学生，我们深知北京紧挨首都……”

1. 昨夜肚子饿，想煮点大米粥喝。因为宿舍小，所以电饭锅只能放地上煮，煮粥的都知道多少会溢出些粥来，于是地上……第二天中午，MM 来宿舍叫我起床，当她推门看到地上白白的一层黏稠状物体时，她眼噙热泪，一下子扑上来紧紧拥住了我，呜咽道：我决定了，今晚睡你这儿，以后咱不要再 SY 了！！！

2. 刚才经过一小学机房，突然发现他们窗户上贴了张纸，上面写着：防止火星飞入室内！

偶心想：这学校可够科幻的呀！后来一琢磨，哦～ @_@

3. 放假和一群高中小孩打扑克，一高一小孩输了，按我们事先规定，他回家后很认真地问他妈妈：妈，我是不是猪生的呀？他妈拿擀面杖追了他一天……

4. 一直以来，影响南京大学和东南大学合并的最大障碍是合并后的命名问题，南大坚持取南京大学的“京”字与东南大学的“南”字，叫“南京大学”；而东大要求取其“东”字与南大的“南”字，叫东南大学。双方长期无法达成一致，最终教育部出面，取东南大学的“东”字与南京大学的“京”字，叫——东京大学！

5. 昨晚 mm 削苹果吃，正削着，突然一声尖叫！我想一定被刀划到了，于是立马爱怜地让她过来，mm说没事，把血挤出来就好了，我心疼得哄了好半天。到mm把苹果切一半分我的时候，我说要看看手，她立马躲开：不给看，不给看，看了你就不心疼了……

6. 我站起身来给一孕妇让座，她疑惑地看了看我，忽然明白过来，然后哭笑不得道：同学，我这是胖！

7. 有人送芙蓉姐姐一面魔镜，芙蓉姐姐非常开心，马上来到魔镜面前。
芙蓉姐姐：魔镜魔镜告诉我，谁是这个世界上最美丽的女人？
魔镜：反正不是你～
芙蓉姐姐：那世界上还有谁比我更漂亮？
魔镜：贞子，赵本山，爱因斯坦，张飞……
芙蓉姐姐生气了，把魔镜胖揍一顿。

芙蓉姐姐：魔镜魔镜告诉我，谁是这个世界上最美丽的女人？
魔镜：应该就是你～
芙蓉姐姐：那世界上谁是第二漂亮的女人？
魔镜：贞子，赵本山，爱因斯坦，张飞……
芙蓉姐姐又生气了，把魔镜又胖揍一顿。

芙蓉姐姐：魔镜魔镜告诉我，我这张妖媚性感的脸什么时候最耐看？
魔镜啪的一声变成天文望远镜：啥也看不清的时候最好看！
芙蓉姐姐：魔镜魔镜告诉我，我这身冰清玉洁的身材什么时候最有气质？
魔镜啪的一声变成哈哈镜：身材变形的时候最有气质！
芙蓉姐姐：魔镜魔镜告诉我，我全身哪个部位能火爆得让男人流鼻血？
魔镜：拳头！
芙蓉姐姐太生气了，把魔镜再胖揍一顿！

芙蓉姐姐：你到底是不是魔镜啊，冒牌的吧？
魔镜：我本来是魔镜，可被你照了几天后，我已经变成照妖镜了！

8. A：请问中国第一大BBS是哪个？

B：中国第一大 BBS 其实就是我们伟大的万里长城，因为每块砖上都记载了游人们的留言！

9. 我哥们在单位很受老板器重。一天老板问他：你有什么梦想啊？

哥们想了下答道：我想自己开家公司……

老板不屑道：这个太遥远，说个现实点的～

哥们又想了想，然后小心翼翼地说：我想……我想加薪……

老板听了哈哈大笑道：这个更遥远！要说个现实点的！！

10. 舍友：求求你，答应让我追求你吧！

女孩：可以，等你胡子长得像我头发这么长时我就答应你，并且你想对我做什么都行！

听罢，舍友仰天号啕：等我胡子长到那么长时，那我想做什么都不行了！！！

11.A：他是你男朋友？

B：恩！

A：真丑！清华的？

B：是……

A：啊，那就不丑了～哪个系的？

B：法学院的～

A：哦，那还是丑！！！

12. 古代，想知道一个山洞有多深，一般会往里面扔块石头，然后根据石头滚落的声音估计洞有多深。这天，一人在山上闲逛，突然发现有个山洞，他就开始琢磨这洞有多深，恰巧身边有块巨石，于是他就找来一根木棍，利用杠杆原理把石头弄进去。只听——砰！砰！砰……说时迟，那时快，只见一头牛发疯地飞奔过来，并一下子跳进了山洞！

他坐在洞边百思不得其解～不一会儿，一农夫过来问：小伙子，看没看到我的牛？

“看见倒是看见了，可牛自己跳进山洞里了……”

“噢，怎么可能呢？俺将俺的牛拴在一块大石头上啊～～～～～～”

13. 和女友去旅游，晚上在酒店住下。夜，房间里电话响，一娇滴滴的女声问："请问先生需要服务吗？""滚，不需要！"刚挂，电话又响，还是问是否需要服务，再骂！不一会，电话又响起，这下女友恼了，抄起电话说："你别再来骚扰了，我已经比你先到了！"这招还真灵，一晚上再没有骚扰电话打来……快到天亮时，电话铃再次把我们吵醒，女友十分生气地拿起电话嚷道："别打了，姑奶奶我都陪一晚上啦！！"

谁知不一会儿房门就被敲开，两警察手拿证件站在门口威严地对我说："说！昨晚来的那个小姐在哪里！！！"

14. MM：什么时候我皮肤像剥了壳的鸡蛋就好了 *^_^*

GG：现在就像啊～

MM：真的？（花痴状）

GG：恩，茶叶蛋！

MM 一怒之下把 GG 打成个皮蛋！

15. 学生：麻烦你给我取 50 块钱～

工行小姐：我这里只能存不能取。要不这样，我给你存五十块钱，你到门外提款机取一百。

学生：好吧。

学生掏出一张一百的给小姐，小姐把钱抖了抖，然后问：存一百还是存五十？

学生：％＃◎！

16. 今年寒假 mm 来我家，家里买了只全羊，一早上我妈跟我说："这羊还有两个'蛋'，你吃不吃？吃我就去做，不吃就扔～"这时 mm 在旁边若有所思道："哦，原来还是只母羊呢～"

17. 一男一女从人才交流会归来在公车上偶遇。

MM：都知道交大 GG 厉害，那你身上也一定有什么特长吧？

GG 赞道：妹妹真是慧眼呀！你是怎么看出来的呀～～～

18. 校订票处：现在车票极为紧张，你要的那班火车票如果没有，你服

从调剂吗？

我：服从。

第二天拿到票后我怒了：我订的是到山东的票，为什么给我到山西的！！！

校订票处：你不是说服从调剂吗？

19. 早上收到陌生号码发来的短信：祝你姐姐新年快乐，越长越漂亮~

纳闷了好久，回复过去：你哪位？

答：你姐姐！

20. 系里演《火烧邱少云》这个片断，大家用红绸子当火焰，越舞越高，渐渐地就把“邱少云”盖住了……也不知道是谁的“创意”，等“火焰”平息时，大家一看演员换了——黑人哥们儿躺在舞台上！

1. 坐空调直达快客回家，满车的红男绿女都疲惫地倒在座位上。昏昏然中，大家被一记超级毒辣闷臭屁给熏醒了。大伙先是紧皱眉头，很快有人拼命捂住口鼻，当气味浓度越来越高时，大家开始骚动，并恶狠狠相互对视！有人试图开窗户透气，才绝望地发现完全是徒劳的，因为车窗是密闭的。每个人都在挑战忍受极限……终于有个学生憋不住了，大喊："停车！偶要下去！"司机说："高速路，不能停！"那学生又喊："求你，偶真憋不住了！"司机依旧不理睬。终于，那学生大吼一声："那就怨不得偶了，偶要来个响的啦！"

2. 一定得选最好的简历模版！用 Havard 的 Model，写就写最牛逼的实习，排名直接第一，GPA 最少也得 3.65，什么 CPA 啊，CFA，ACCA 啊，能敲的都给它敲上。手机 24 小时开机，震动带响铃的那种，电话一接通，甭管醒着睡着，都得跟人家说："May I have an interview，sir？"一口地道的英国伦敦腔，倍儿想要 Offer！

衣柜里再添一套名贵西服，衬衣用 Armani 的，一条领带就得上百美金；再整两双意大利皮鞋，Jim 造型设计，就一个字，贵！理个寸头就得百儿八十的，周围的同学不是申麦肯，就是投摩根，你要是申一中金，你都不好意思跟人打招呼！

你说这样的牛人一个月得给多少钱？我觉得怎么着也得两万左右吧？两万左右？那是年薪！！！一千块钱起，你还别嫌少，还是税前！你得研究学生求职心理，愿意拿两千块钱一个月的学生，根本就不在乎再少拿一千！什么叫成功求职？成功求职就是申什么职位都申最贱的，不申最好的！所以我们找工作的口号就是：不求最好，但求最贱！！！

3. 当他细密的胡楂贴上她温润的双唇时，她娇躯微颤，呼吸骤然停滞，她推开他，用一种摄人心魄的语气轻轻问：今晚……你吃了几颗蒜？！！

4. 有人在走廊里喊："刚才我看见流星了！"听罢，我立刻趴在窗边注视着星空，希望捞一次许愿的机会。等啊等，等啊等，就在眼皮即将打架之际，突然，眼前出现一道亮光！"流星"两字还未说出口，我就生吞吞又咽了回去——"楼上谁那么缺德往下扔烟头啊！！！"

5. 四级考试，有个同学准备掷骰子做选择题。
他说 1234——ABCD！
问：掷到 5、6 咋办？
曰：奖励再投一次！

6.p 头朝下练倒立，路人甲看见骂了一句："nnd，又在装 b！！！"

7. 我用 google 搜索"为什么星期日不叫星期七"，结果 google 告诉我——"百度知道！"

8. 期末临考了，奉劝大家不要看不太吉利的电影，譬如《大红灯笼高高挂》……

9. 今天听一个东北二人转，其中有一句唱词是这样的：
大姑娘那个紧啊
那个紧啊
那个紧啊
那个锦绣河山～
老太太那个松啊
那个松啊
那个松啊
那个松树常青……

10. 早晨，寝室那牛人发短信问我江苏移动的面试去不去。我当时就纳闷：他平时根本瞧不起人，怎么今天突然对我这么重视起来？哦～也许因为他现在正忙于考研，放弃与我竞争了吧？出于客气，我回短信：你比我厉害，还是你去吧，我不打算去了。他马上回了一条：那你把西装借我穿吧！

11. 用联想手机照相：变焦基本靠走，对焦基本靠扭，遮光基本靠手，虚化基本靠抖，测光基本靠瞅，防抖基本靠肘！

12. 年龄稍大一点的爷爷奶奶千万不要登陆百合站，因为等到百合网页打开的时候，恐怕您已经不在人世了……

13. 高考刚恢复不久，某宿舍夜谈，大家问新疆的学生考多少分来的，只见新疆学生一脸疑惑地说："我也没考啊，在新疆，考试都是比射箭。百米外立个牌子，上写'清华'，离近点再放一个靶子，上写'北大'，然后一人有三次机会，我前两次射清华都失败了，最后为了保险，射了最近的一块牌子，就是这学校……

14. 标题：我生病了，系领导的探望让我泪流满面……

内容：还没睡醒，眼睛睁不开，直流眼泪！

15. 两种农作物麦和稞，请问哪个的种子比较小点？答：麦比较小，因为科（稞）大！

16. 把下面四句话的内容用关联词连接：

1. 张海迪姐姐瘫痪了；2. 张海迪姐姐顽强地学习；3. 张海迪姐姐学会了多门外语；4. 张海迪姐姐学会了针灸。

正确答案：张海迪姐姐虽然瘫痪了，但她顽强地学习，不仅学会了多门外语，而且还学会了针灸。

一孩子写道：虽然张海迪姐姐顽强地学会了针灸和多门外语，可她还是瘫痪了。

一更猛的孩子写道：张海迪姐姐不但学会了多门外语，还学会了针灸，她那么顽强地学习，终于还是瘫痪了……

17. 今天和一个姓李的同学骑车去买东西，一路遇红灯，皆闯，我怒斥：表乱闯红灯！李回：偶是李闯王，缪办法～

今天和一个姓李的同学开车去买东西，行至杨浦高架，突然想起没带钱，李直接把车调头往回拐，我怒斥：这里不能掉头！李回：偶是铁拐李，缪办法～

今天和一个姓李的同学骑车去买东西，伊一路狂飙，追也追不上，我怒斥：你没听见我喊'骑慢点等等我'吗？！李回：偶是李小龙，缪办法～

今天独自骑车买东西，看路上一学生骑车狂飙，偶十分PF，追上去问：兄弟你叫什么名字呀？他回头：偶是李——呀！（没看见前面的卡车）砰！！！（撞上了）

18. 班里有个同学真的就叫杨伟，有一回他病了，一同学因早上去医院看他而迟到，遂站在门口被老师怒斥之！他委屈道：我是去医院看杨伟（狂汗！）才迟到的……班里炸了！

19.MM：这届世界杯上最帅的几个男人有谁呀？

我：贝克汉姆、费戈、克林斯曼、巴斯滕和我^_^

MM：'和我'是谁？

我：……

20. 去中国银行ATM机取钱，看前面一个哥们一次只取100，连着取了三次，看样子还要继续，挺烦躁的～这时他转过来很抱歉地对我说："不好意思，还得让你再等一会。我要取1000元，可这个变态的取款机一次只让取100元！""啊，不会吧？"我走上前，见ATM机屏幕上显示：本机只提供100元纸币。

21. "喂，110吗？楼主失踪了！"

"啥？失踪多久啦？"

"都几天不见啦！"

"哦，那你是他什么人？"

"我是他粉丝，你告诉他，他再不出来，我就上他家找他去啦！好，就这样啊，拜拜～"

22. 寝有某男，常自比潘安宋玉。一日手机收短信：请发送 ×× 到 ×××× 参加中国帅哥认证活动——中国帅哥认证委员会敬上！此君大喜，回之，果顷有回复，急阅，昏厥：谢谢您为灾区儿童捐款 30 元人民币，继续捐款请回复 ×× 到 ××××

23. 偶在家里很少做汤，做也只做过西红柿鸡蛋汤，记得那次备受老公称赞，说跟烙饼配起来超好吃，昨天想起九头鸟的蘑菇汤不错，于是买来蘑菇，切点肉丝葱丝，照葫芦画瓢熬了一锅汤。

老公端起碗来狼吞虎咽，我问：汤好喝吗?

答：恩，好喝，好喝，西红柿鸡蛋汤真好喝！

24. 大连 406 路公交车（相当于武汉 521）到站，上来一群人后只有一个男生没座，于是他在靠后的地方扶把手站着。谁知车刚开一小段，司机突然来了个急刹车！再看那男生从车的最后面一下扑到最前面司机身上。两人顿觉尴尬，就在这时，男生对司机说了一句话，全车人都笑了——“大哥，刚才我投币了啊～”

这次俺带纸了

1. 你以后不要再喝醉了，昨天又有人看到你端着个酒杯追着一头猪，嘴里还大叫：是不是兄弟？是兄弟的干了！！

2. 我是一棵孤独的树，千百年来矗立在路旁，寂寞地等待，只为有一天当你从我身边走过时，为你倾倒，砸不扁你就算白活了。

3. 如果秋天走了，我会在雪地里等你；如果世界走了，我会在天堂里爱你；如果我走了，会让她来照顾你。真的，她的养猪技术不赖！

4. 我知道你讲卫生，每次上完厕所都要洗手，而且洗得很仔细。突然一次你没洗，我很奇怪：怎么没洗手？你答曰：这次俺带纸了！！

5. 我每天都会向佛祖祈求得到一枝持久盛开的玫瑰花，等到九百九十九朵的时候一起送给你并动情地说：小样儿，我就不信招来的蜜蜂不蛰你！！

6. 胡萝卜见客户，恭敬地递上名片，客户看名片问：你怎么叫高丽参啦？胡萝卜小腰一挺，“人家哈韩了嘛！”

7. 今天你醒来，枕边躺着一只蚊子，身边有一封遗书：我奋斗了一晚，你的脸皮厚得让我无颜活在这世上！主啊，宽恕他吧！我是自杀的。

8. 一年内，有一个男子连续写了800多封情书给女友，结果他的女友终于宣布要结婚了，新郎就是给她送这些信的邮差。

9. 理发师边帮客人修脸边聊天，聊得正起劲不注意把客人眉毛剃去一边。理发师问：您的眉毛是否要留？客人：要留！理发师：唉呀！怎么不早说，已经剃去一边了！

10. 丈夫：亲爱的，我被开除了。就因为一点小事，太不公平了！妻子：为什么？丈夫：我昨晚下班忘了关老虎笼子。可他们也不想想，谁敢偷老虎！

11. “你知道为什么近来男人们都喜欢留着夫人一样的长发？”“因为，假如你的情人或妻子在他们衣服上发现了长发，他会笑着说‘这是我的头发！’”

12. 你在精神病院实习，忽一神经病患者手持一把菜刀向你追来，你转头就跑，直到跑到一条死胡同，心想这下完了，那个病人说：“给你刀，该你追我了！”

13. 某球员连接球都接不稳。练习传接球时，另一球员给他传了一个好球，怕他接不稳，于是喊了一声“接稳”，结果球砸在他头上，只听他说“和谁？”

14. 当你一个人空虚寂寞时，铅笔也许是你最好的玩物。你可以用小刀割它，削它，砍它，同时可以发泄自己，高声吼着：我杀笔，我杀笔，我杀笔了！！

15. 天空是那么明净，阳光是那么明媚，大海是那么一望无垠，你站在蔚蓝的海边，我拿小棍捅了你一下：“嘿，这小王八，壳还挺硬！！”

16. 妇产科医生开业第一天妻子问他：今天如何？医生道：不算太坏，虽然产妇和婴儿没保住，但总算把婴儿的父亲救活了。

17. 那年在树下军训，教官对同学们说：第一排报数。你惊讶地看着教官，教官又大声说了一遍：报数！于是，你极不情愿地转过身去抱住了树！！

18. 山谷里传来你的声音，我往下眺望，在山的拐角发现你，是你！真的是你！你和一老翁在一起，我激动地跑过去说：大爷，借驴用用！！

19. 无子西瓜研制成功，频繁参加各种庆功会、报告会，风光无限。其他西瓜十分羡慕，一西瓜愤愤：美什么呀？都没下一代了。

20. 相机手机打仗，一相机兴奋跑来：报告首长，抓住一手机！相机头头一看，怒：咋把咱卧底抓来啦？这可是会照相的手机啊！

21. 知道吗？我真的是好想带你出去体验一下 ktv 的魅力啊！知道什么是 ktv 吗？就是 k 你一顿，t 你一脚，最后我再做个 v 的手势耶！

22. 我狠下心离去的那一刻，你在我身后无助的哭泣和撕心裂肺的痛楚，让我刹那间明白我是多么的爱你，我猛地转身哭着把你抱紧："这头猪我不卖啦！！"

23. 话说箭有金箭、铁箭、铜箭，你偏偏要学银箭！话说武功有十八种360 招，你偏偏要学醉箭，于是不久江湖上出现了你：醉银箭！！

24. 第一次见到你，就觉得有种早已认识的感觉，我从没有说过这么肯定的话，你可能不会相信，但这是真的，你真的很像我家……走失了的那头猪！

25. 那天我看见你了，你坐在大太阳底下，好不自在，我问你在干吗，你神秘一笑：小点声，等我晒黑了就没人说我是白痴！

26. 龟兔赛跑，猪做裁判，你说是龟跑得快还是兔子跑得快？一天回家，四个孩子正在吵闹。太太见我回来很高兴："你终于回来了。"我也高兴以为孩子们怕我。谁知太太接着说："家中只有你听话，乖！快去帮我买袋盐。"

27. 你就要去他方远行，真诚的朋友为你送行，凛冽的寒风挡不住我俩的友情，我握住你的手说："好好改造，争取减刑！！"

28. 听着！我要追你！我就认定你了！我一直以来要找的就是你了！这次机会我绝对好好把握的！我一定要追到你为止！死苍蝇！

29. 被告向他的辩护律师许诺说：如果你有本事使我可以只蹲半年监狱，那么你将得到额外的 1000 美元酬金。结果，他终于如愿以偿，律师一边收钱一边说：这可真是棘手的活儿啊，本来法官们想无罪释放的。

30. 哦！下雪了！我真想变成一片雪花飞进你的怀里。我飞进了你的脖领。飞进了你的袖口。飞进了你的……你怎么没拉拉链！

31. 一群公河马冒着被鳄鱼吃掉的危险渡河向母河马求爱，过河后，发现都被鳄鱼阉掉了，唯一只幸免，那只解释道：傻了吧，叫你们都是蛙泳，而我是仰泳。

32. “您知道吗？我丈夫在乒乓球决赛中受了伤。”“可从来没有谁看见过他打过球啊？”“是的。他是在看比赛中喊坏了声带。”

33. 一女士去拍快照，拍完后便去取自动冲洗的照片，看完惊叫：我怎么照得像只猴子！后面的妇人冷冷道：那是我的，你的还要等。

34. 有人说你是猪！我严肃地批评了他！哪能这样呢？怎能人家长得像什么就说人家是什么呢？

35. 班长：你们习武的目的是什么？阿强：为了强身！猛哥：为了报国！大兵：为了破解女子防身术……

36. 众公鸡追母鸡引颈长鸣，一公鸡眼睛红红不语，母鸡心动。新婚，母鸡：你真酷，当时咋不叫？公鸡：那天喝多了……怕吐。

37. 请别再往下看啦，关机吧，真的没什么好看的，求你啦，真的要看？不后悔？好吧，这可是你自己要求的？？你是猪！

38. 玉帝：现在天界开庭审理二郎神的哮天犬强暴嫦娥的玉兔一案，传被告！嘿！哮天犬！叫你呢！还在看短信！还傻笑！

39. 今天晚上有流星雨，听说到时会有一只大猪从天上飞过，可惜我要睡觉，你就好了，有那么多人看着你飞！你拿白云做衣裳，向小鸟借对翅膀插上，你箭一般地飞到我的面前，告诉我——鸟人就是这个模样！

40. 约翰看了游泳池的招聘救生员的广告后前去报名。游泳池的老板问约翰有何特长，约翰回答说：游泳池深 2.1 米，我身高 2.17 米。

41. 一滴水在海洋中渺小，在沙漠中伟大；丹顶鹤在鹤群中渺小，在鸡群中伟大；你在人群中渺小，在猪圈伟大！

42. 你知道吗，我昨天碰到一个弱智，我从来没见过这么笨的人？至于到底有多笨？这么跟你说吧，他可能比你的智商还低！

43. 今天是你的生日，所有女厕和女浴室均免费向您开放，欢迎光临！

44. 昨天我和朋友打了一个赌，我说：世界上没有比猪还笨的了。结果，我输了，这都怪你！

45. 啊！你的皮肤如此富有光泽，你散发的香味如此难以抗拒，让我狠狠咬你一口吧，我亲爱的——红烧肉。

46. 祝身体健康，牙齿掉光！一路顺风，半路失踪！一路走好，半路摔倒！天天愉快，经常变态！笑口常开，笑死活该！

47. 一个电工走入手术室，对一位戴着氧气罩的垂危病人说道：喂！你听好，好好深呼吸，我需要停电五分钟！

48. 一只猪和一只企鹅被关在零下 20℃的冷库里，第二天企鹅死了，猪没事。为什么？你不知道？对了，猪也不知道！

49. 你是阿莲?！我算一下：三寸金莲，四寸银莲，五寸铜莲，六寸铁莲……哇，一尺二寸就是阿莲！！

50. 你知道吗？我昨晚梦到你了，我们漫步在小河边，相互依偎着，你低头凝视着我的眼睛，深情地说了三个字：汪汪汪。

51. 一群燕子在房檐下啄泥筑巢，垒成后燕子们在房顶大叫，院里的孩子好奇，去问爸爸。父答：唉，包工头躲起来了，没给人家工钱。

52. 蟋蟀嘟嘟叫，蜘蛛问你声咋变了？蟋蟀：感冒了，拨号音不对，所以上不去。这时蜘蛛突然摔下来，蟋蟀：啊？宽带也掉线？

经典口误，肚子笑痛了

1. 同事问我：克林顿的老婆是希拉克吗？

2. 有一次我向人借钱，本来想说的是：等我取了钱就给你。
结果说成：等我有了钱就娶你。

3. 同学叫于京波，一日来信，宿舍门卫在宿舍门口大叫：干凉皮、干凉皮的信！

4. 我们语文老师：请大家把书翻到 120 块钱。
全班皆晕，后这位老师得绰号“财迷”。呵呵 ~~~~

5. 有一次朋友在家看碟，光盘质量不好。朋友说道：怎么这么多马克思啊。半晌后才明白他是说马赛克！

6. 一个哥们结婚，给他红包。哥们客气地说不用。
我说：那哪行，一年就一次，一定得拿着。

7. 初中时分角色朗读《白毛女》。
一男生（杨白劳）：扯了二斤红头绳，给我喜儿扎起来……
老师：又不是包木乃伊……

8. 偶打饭的时候，执著地指着菜花说：来份土豆。

大妈问：菜花？

偶继续指着菜花说：土豆。

大妈又问：到底是土豆还是菜花？

偶急了说：这不是土豆……厄，菜花吗？

现在想起来也够让人吐血的，sorry 了，卖饭的大妈。

9. 去买糕点，本来想说：来两个黄梨派加一个蛋挞，结果说成了：来两个黄鹂鸣蛋挞……

10. 大学时我们班有个女生叫刘芸。一次，别班的同学给她捎来一封信。信封上她的“芸”字中下半部“云”上面一横，由于写得太潦草，横变成了点。结果那同学拿着信就在我们楼道里叫“刘芒，谁叫刘芒，有你一封信。”全楼道的人都跑出来看刘芒（流氓）了。结果那叫刘芸的女生就无奈地被叫了四年的流氓。

11. 曾经有一段时间家里闹耗子，我妈就买了耗子药来维护家庭安宁，但是一个耗子都没药倒。一天大老早的，我妈起床看了看门旮旯里的耗子药，自语：这药怎么没有人吃啊？全家晕倒……

12. 英语老师教语法，下课前问大家：我都讲完了，大家还有明白的么？我们齐声答：没有了！

13. 有次大热天的打麻将，突然停电了，只好买了蜡烛继续战斗。过了半个小时，实在热得受不了了，一人说：还是开电风扇吧，热死了。另一人接口：不能开，开了会把蜡烛吹灭的。

14. 俗话说：杀人放火，欠债还钱。

15. 物理课上老师讲到放射性元素，说：放射性元素很危险，你们人类一定要远离它！！

16. 吃不到葡萄就吐葡萄皮。

17. 在公司接了个电话，是制衣公司推销的，不停地说给某某大公司做过统一服装之类。本人逮到对方说话间隙，冲口一句：我们公司统一不着装！

对方几秒后悄声说了声“打扰了”，挂断。

18. 晚自习回宿舍，路遇一天仙 mm，遂尾随。

一直想搭讪，却无胆上前，直到天仙 mm 即将走入女生楼，牙一咬，跨步上前，大声问那位 mm：同学，请问你是女的吗？

后来……后来我享受了该天仙 mm 两年的白眼。

19. 同学的毕业作品是用大红布做成凤凰状缝在黑色的袍状服装上。

答辩的老师问：为什么凤凰要用红色而不是其他颜色？

那位同学一激动就脱口而出：因为凤凰欲火焚身！！（估计是想说浴火重生）

三秒后，来看答辩的同学笑得肚子都扭了！

20. 苍天呀，大地呀，窦娥比我还冤呀！

21. 帮 lp 买卫生巾，结果到商店看了半天也不知道买什么，于是就随便拿了一包问店主：老板，这个好用不？老板（男的）呆呆看了我五秒钟，说：这个我也没用过！

22. 小时候，爸爸看我写作文。有个很简单的字写错了，爸爸笑着跟我妈说：我发现你的儿子很笨。我急了，大声跟我爸说：你的儿子才笨！ –_–b

23. 兵来土掩，水来将挡。

24. 我们的高中班主任又一次怒斥我们上课不好好听讲的时候说道：你们以后再这样，就别怪我翻脸不是人了！

25. 数学老师的招牌动作是举起两根手指，对我们说：同学们，学好数学关键就是三个字——多做练习！！

26. 一日，跟我爸妈还有弟弟去拜观音，我没怎么睡醒，往前一站就说：受苦受难的观世音菩萨啊……

爸妈：-_____-|||

弟弟：-_____-||||

菩萨：t_____t||||||

27. 大二上 foxpro 课时，一个老师开始点我们上课有多少人。

1，2，3，4，5，6，7，8，9，10，勾……（突然停住了）

爆汗，火车站留言簿竟然也这么牛×

本人纵横铁路N条，没事喜欢翻看火车站售票处或者候车厅内的顾客留言簿。每次翻看，都感觉中国人民的语言魅力之无穷。

下面摘取十个比较经典的，以博一乐：

1. 蚌埠站

今天我在售票处门口吐了一口痰，有个带红色袖标的老太太上来说吐口痰罚款五元。于是，我给了他十块钱，又吐了一口：不用找了！

2. 南京站

我想要8号售票窗口售票员MM的电话号码，知道的请联系我。号码：13××××××××

（另一笔迹）你个小×养的混哪的，敢跟老子抢女人！

（又一笔迹）两位大哥从唐朝坐时光机来的？

（我笑翻了当时）

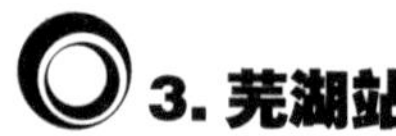

3. 芜湖站

售票员长得太丑了！

4. 衡山站

敢问贵站有厕所吗？

5. 武昌站

笔呢?

车站回复：因为用以留言的笔被盗窃损坏多支，本站不堪重负，遂决定由留言者自带笔，不便处请您原谅。

6. 合肥站

我是黄牛，现有至上海、北京、南昌、广州等多张车票出售，有意者请拨打 13×××××××××。

经典回复一：大哥，空号啊。

经典回复二：我还以为能回家了呢。

车站回复：希望你是开玩笑的，否则请到公共安全专家部门自首，联系电话：110。

7. 北京西站

北京时间 15 点，我会在第四候车厅进门左手边第三排第 17 个座位底下放置 BoB 一枚，连有红蓝两根线。安全答案在 ×× 垃圾桶内，请拿至 ××（哪个地方忘了）的车票来换。

8. 南昌站

麻烦告诉我你们的 2239 哪次能不晚点。

车站回复：请向铁道部反映，本车站不予解释。

9. 明光站

求求你们查次票吧！

10.

你们的服务态度太差了！（全国各大小车站）

此句经典之处在于所占留言簿分量之大，波及范围之广，叹为观止。且所书之人，义愤填膺，往往将愤怒指向不是太厚的纸张，划破数十页。更有甚者，极力展现艺术家般的绘画功底，将乌龟王八，本·拉登，猫和老鼠画得栩栩如生，跃然纸上！

车站经典回复：我们已着手改善，并对个别有较差表现的工作人员予以批评，我们对本站工作疏忽给您带来的不便表示歉意。

春运期间，大家注意安全。

巨搞笑的调戏 BF 的爆笑短信

1. 昨天晚上睡觉，跟 BF 抢他的胳膊～

BF 抵死不从！

我急了，就冒出了一句：老衲，你就从了师太吧！

BF 笑翻。

2. 第二天早上短他：你的肉体在哪里？

他回：快到南京了！

哦，请你好好照顾你的肉体，我比较关心他！祖国河山是否一片大好？

再回：结婚人挺多！人民安康……

3. 我：早上好，先生需要什么特别的服务吗？

他：需要。

我：晕！台词错了，重来～

他：你们有什么特殊服务呀？

我：※ *&^$$#+*^$^$##

4. 某日，我早起，给他留了 500 元钱放在桌子上（他的卡刚被吞）。

上班后，估摸着他已起床，就短他：BABY，桌上是给你昨夜的服务费。

他回：全套服务才 500 块呀？人家出台一次都是 1K 呢，何况你买了俺的 zhong。

5. 有天晚，洁面后贴黄瓜。

男友打来电话～我按掉，回：宝贝儿～正贴黄瓜呢～嘴巴封住了～一会吧。

回：MD 便宜那黄瓜了！告诉他那是我专利！

回：别闹～贴黄瓜不能笑的！

回：好在它也姓黄，算了，不跟它一般见识啦～

我笑喷～贴在脸上的黄瓜全掉下～～～

6. 好消息：《新婚姻法》规定，一个女人可以找 4 个 BF，一个负责繁殖，一个负责外交，一个负责家务，一个负责夜生活，即日起开始实行，我准备娶 3 个，你先挑做哪个？

我回：夜！

7. 上班无聊，给 BF 短信：喂喂喂，说你呢，别流着哈喇子瞅着美女出神，没见过美女似的，丢人现眼。

BF 回复：锤子，老子正对着狗狗小白呢。

8. 最近一次晚上发给他：大爷要呼呼了，跪安吧～～～

他很配合地回：喳！

9. 每天晚上都要打电话或短信后才睡。

我：好了，要睡觉了，亲一个！

他：啵！

我：再亲一个！

他：啵！

我：还要亲一个！

他：啵！

我：还要嘛～～～

他：……流氓！！！

完了爆笑，搞得我都睡不着了～～～

10. 我：到家了吗？好好休息啊。

他：我有二奶照顾，你放心啊！到家睡觉！晚安！

我：好！代我谢谢二奶哦！晚安！

11. 他出差。

我发：在小老婆那甜蜜呢？

他回：不是，在三老婆这呢，大老婆你先睡吧。

12. 我发：天冷，出门多批件袈裟。

他回：多谢师太。

13. 我：晚上自己解决啊！（我的意思是晚饭）

BF：用手啊？（不知道他想哪里去了）

我：不要想歪，我是说吃饭～

BF：NN的，老婆坏坏哦～

14. 我：BF我在便便，你在吃饭吗？

他：……

15. 我：我在楼下了，有好多吃的。

BF：（很兴奋）真的啊，我马上来接你。

过了一会。

BF：人呢？怎么没看到。

我：我在我家楼下啊。

16. 俺：小弟弟，来姐姐家，姐姐给你一根棒棒糖。

他：好！

俺：没点矜持！之前教你的哪去了？

他：那好，给我两根我才去！

俺：#@#￥%

他：好闷啊！

俺：那我们来玩色医生叔叔给无知少女检查身体的游戏吧。

他：表，人家要玩怪老师课后留下小妹妹的！

俺：%@#￥%※

17. 他：偶在地铁上看见美女了。

我：……怒。

他：她还跟我搭讪呢。

我：她跟你说什么？（吃醋）

他：离我远点！！！！！

我：崩溃～

18. 那天闲来无聊，发短信给男友：BF，我爱你！

不巧发错了，发给了前男友。

20 分钟后，有了回音：虽然有点突然，但是很高兴，你终于想通了。

我晕～～～

19. 这句常是 BF 发过来说：小妞，给大爷我笑一个！

我回：客官请自重，小女子卖身不卖艺！

20. 我发；小妞来给大爷笑一个！

他回：哇哈哈哈哈，你这剽悍的小妞。

我回；严肃点，看我回去收拾你。

他回；我刚不都笑了么，你为啥还要收拾人家呀？

我回；笑得太大声，吓到本大爷了。

21. 我：朕有新欢了，爱妃自谋生路去吧～～

他：你敢！跟你没完。

（马上转换角色）

我：奴婢不敢，奴婢愿侍奉终生～

他：来，给大爷跳个舞～～

22. 我：臣妾今晚不能来侍寝，也请陛下早些歇息，养足精神，明日再来翻臣妾的牌子。

他：朕有后宫佳丽三千，此事爱妃不必太过忧虑，还须耐住寂寞：）

我：看来今晚非杀回来投毒不可！

他：说笑说笑，借朕几个胆子也不敢翻别人的牌子，况且朕的后宫牌子

虽多，写的可都是一个人的名字：）

23. 我：老板，在哪儿 HIGH 呢?
他：小姐还没到，不成你先来客串一下?
我：小姐没到有如花，我去帮你叫如花过来哈。
他：我要似玉，有了就叫我，没了我就到别家去。
我：有有有。咱们这儿有春桃夏柳秋菊冬梅，保证客官满意。
他：成。都叫上吧。对了，几折啊?

24. 我：老板，在哪玩哪～
他：只玩你，今天是什么颜色?（内裤）
我：本小姐今天客满，下次客官请赶早。
他：哼！

25. 我坐他腿上，食指勾他下巴：妞儿，给爷来个曲儿。
他：-_-！
我：怎的? 怕爷我付不起银子?
他：爷您每次吃白食儿之前，都是这么说的！

1. 陪 MM 逛街，一眨眼的工夫，MM 就买了七八袋东西，嘴里还说着：才多长时间买这点东西，谁让你走这么慢啊，太阳都快下山了，衣服还没买呢。GG 在一旁一把鼻涕一把泪：神啊！快救救我吧……

2. “小华由于考试作弊被开除了。”“怎么回事呀？”“考生理卫生时。他数自己的肋骨，结果被发现了。”

3. 顾客问新上班的职员有没有榔头，他说没有；正巧被老板听见，大怒，并规定以后不能说没有，而要找一个替代品。少顷，一美貌少妇入，欲购手纸若干，职员答：亲爱的小姐，手纸目前缺货，但……上等的砂纸要吗？

4. 某男甲，貌似潘安，某男乙，面部凹凸不平，一日，与某女共谈。

甲说：乙，苍蝇不敢落在你脸上。

乙问：为何？

甲说：怕崴脚。

女笑。

乙说：苍蝇也不敢落在你脸上。

甲问：为何？

乙说：你的脸太光滑，苍蝇怕劈叉。

5. 男：我好喜欢你喔……我真的很喜欢你……我可不可以亲亲你？

女：不要脸……

男：那我亲嘴好了……

6. 既甜又年轻的女教师生活一向十分严谨，她应一位体育老师——她相当倾慕的人——的邀请，到郊外去骑马，不久，他们一块在湖边的一棵树下休息，她经过和自己良心的一番挣扎后，终于为体育老师所屈服了，两人鱼水之欢后，女老师啜泣着说：如果我的学生知道我做了两次罪恶，我有什么面子再见他们？

“两次？”男士迷惑地问道。

“是！”女老师抹着眼角的泪水，“你还要来一次，不是吗？”

7. 一个人骂另外一个人：我真想狠狠地往你脸上吐一泡狗屎！

想起当年俺们宿舍一哥们抢别人的包子吃，边吃边说：就这玩意儿，只配塞屁股。

想起小时候，小学老师骂一个学生：我一巴掌就把你踢出去了！我们想笑不敢笑。

一个同学抚摸另一个的脑袋，被玩弄的就反抗，说：没事在这里手淫什么。

俺们几个中学同学有一次骑车出去，一个同学去踹另一个较胖同学的脚，同时还想骂他两句，说道：我伸出一只猪蹄，飞起一脚。

我们宿舍一女孩拨弄着另一 mm 的刘海：瞧这乱的，狗爪子刨过似的。

8. “现在开始训练项目，第一组去杀鸡，二组去偷蛋，我去给你们做稀饭！”一名老兵翻译道：“一组射击，二组投弹，我给你们做示范！”

9. 女佣 A：我真可怜，每天都要一直说‘是，太太；是，太太。’

女佣 B：我更可怜，每天都要不停地说‘不，先生；不，先生。’

10. 一女人向邻居告状：您的儿子竟然骂我是一头老母猪。

邻居回答：真对不起，我经常告诫他，人不可貌相！

11. 一老伙计丢车，当他把新买的一辆车放在楼下时，他上了三把锁并夹了一张纸：让你丫偷！！第二天车没丢，并且多了两把锁和一张纸，上写着：让你丫骑！！

12. 西城上，诸葛亮一曲奏罢，余音绕梁，听得城外的十五万魏军如痴如醉。诸葛亮：谢谢大家，每位请交门票费一两。片刻之间，十五万人逃得一个不剩……

13. 阿呆做体检，护士叫他去验尿验大便。结果去了很久，护士奇怪：你到底会不会验啊？阿呆：尿我已经咽下去了，只是大便有点困难。

14. 5 深爱着 2，表达爱意时却遭到拒绝，5 大吼：为什么？这一切都是为什么？2 不好意思地说：俺妈说了，我们不能找个挺着啤酒肚的。

15. 小鲤鱼问妈妈：爸爸干啥去啦？鱼妈妈愤愤：哼！打官司去了，挨千刀的厨师请你爹洗桑拿，幸亏你爹眼神好，发现那是油。

偷听小夫妻对话

婚前

女：你原先有过女朋友？

男：十年生死两茫茫，不思量，自难忘。

女：死了？怎么死的？

男：山无陵，江水为竭，冬雷阵阵夏雨雪。

女：喔，是天灾。那这些年你怎么过来的？

男：满面尘灰烟火色，两手苍苍十指黑。

女；唉，不容易。那么你看见我的第一感觉是什么？

男：忽如一夜春风来，千树万树梨花开。

女：（红着脸）有那么好？

男：糟粕所传非粹美，丹青难写是精神。

女：马屁精——你有理想吗？

男：他年若遂凌云志，敢笑黄巢不丈夫。

女：你……对爱情的看法呢？

男：只在此山中，云深不知处。

女：那你喜欢读书吗？

男：军书十二卷，卷卷有爷名！

女：这牛吹大了吧？你那么大才华，怎么还独身？

男：小姑未嫁身如寄，莲子心多苦自知。

女：（笑）假如，我是说假如，我答应嫁给你，你打算怎样待我？

男：一片冰心在玉壶！

女：你保证不会对别的女人动心?

男：波澜誓不起，妾心古井水。

女：暂且信你一回，不过，我正打算去美国念书，你能等我吗?

男：此去经年，应是良辰美景虚设。

女：不过……

男：独自凭栏，无限江山，别时容易见时难！

女：但是……

男：望夫处，江悠悠，化为石，不回头！

女；好了好了，怕了你……

婚后

女：结婚那么久，你还在想你原先的女朋友?

男：曾经沧海难为水，除却巫山不是云。

女：那为什么当年还和我结婚?

男：梦里不知身是客，一晌贪欢。

女：太过分了吧。我们好歹是夫妻。

男：夫妻本是同林鸟，大难临头各自飞。

女：那我们这段婚姻，你怎么看?

男：醒来几向楚巾看，梦觉尚心寒！

女：有那么惨吗?你不是说对我的第一印象……

男：美女如花满春殿，身边唯有鹧鸪飞。

女：不是这么说的吧，难道，你竟然……

男：昔日龌龊不足夸，今朝放荡思无涯。

女：一直以来朋友写信告诉我我都不相信，没想到竟是真的！

男：纸上得来终觉浅，绝知此事要躬行。

女：你原先的理想都到哪儿去了?

男：且把浮名，换了斟低唱。

女：（泪眼朦胧）你，你不是答应一片冰心的吗?

男：不忍见此物，焚之已成灰。

女：你就不怕亲朋耻笑，后世唾骂?

男：宁可抱香枝头死，何曾吹落北风中。

女：我要不同意分手呢？

男：分手尚且为兄弟，何必非做骨肉亲。

女：好，够绝。

续：男女互换先

婚前

男：你好靓丽哟？

女：晚妆初了明肌雪，春殿嫔娥鱼贯列。

男：你还待字闺中吗？

女：独立花前，更听笙歌满画船。

男：你这么漂亮怎么会没有男朋友呢？

女：春风一等少年心，闲情恨不禁。

男：你不会骗我吧，不是说你有过男朋友了吗？

女：绮罗无复当时事，露花点滴香泪。

男：喔，吹了。你很伤心吗？

女：往事已成空，还如一梦中。

男：痴情女子无情汉。你还爱他吗？

女：空持罗带，回首恨依依。

男：（面露喜色）你现在一人寂寞吗？

女：暝色入高楼，有人楼上愁。

男：（急不可耐）我们能交个朋友吗？

女：（面露羞色）洛阳春色待君来，莫到落花飞似霰。

男：（笑）喔，这样就好。你想我吗？

女：近来心更切，为思君。

男：那我们喝杯交心酒，喜结同心好吗？

女：舞徐裙带绿双垂，酒入香腮红一抹。

男：你我能长相守吗？

女：凭仗东风吹梦，与郎终日东西。

男：真的吗？

女：为君憔悴尽，百花时。

男：……

女：忆君肠欲断，恨春宵。

男：好，好。非你莫娶。

婚后

男：（电话）亲爱的你想我吗?

女：斑竹枝，斑竹技，泪痕点点寄相思。

男：（电话）真的吗？没骗我吧?

女：红烛背，绣帘垂，梦长君不知。

男：（电话）是吗？我也想你。

女：只愿君心似我心，定不负相思意。

男：（电话）亲爱的，对不起，我马上就要回来了。

女：月照纱窗，恨依依。

（出差回来，发现蛛丝）

男：结婚没多久，你怎么能和别人好上呢?

女：人不在，燕空归，负佳期。

男：你当我愿意出门在外吗？我还不是为这个家死命扒食吗?

女：月分明，花淡薄，惹相思。

男：不要说得这么好听，你们是怎样好上的?

女：风乍起，吹皱一池春水。

男：（强忍怒气）你和谁好上了?

女：两朵隔墙花，早晚连成理。

男：好啊，好啊，你居然和邻居这样丑的男人钩上！怎么钩上的?

女：且上高楼望，相共凭栏看月生。

男：哼，还挺有诗意。这样丑的男人你怎能看得上?

女：记得绿罗裙，处处怜芳草。

男：靠，我对你不也很好吗？我不是经常给你打电话吗?

女：终日望君君不至，举头闻鹊喜。

男：你就不能守守妇道，耐耐寂寞吗?

女：年少，年少，行乐直须及早。

男：（气得说不出话来）你，你……

女：便总有千种风情，更与何人说？

男：这样说你是后悔跟我结婚了哟？

女：罗带悔结同心，独凭朱栏思深。

男：你一点也不怀念我们以前的岁月吗？

女：剪不断，理还乱，别有一股滋味在心头。

男：那你还这样？

女：红杏枝头春意闹。

男：是你主动的？

女：一枝红杏出墙来。

男：（吐血，晕倒……）

女：莫莫莫，错错错。

MM在酒吧被搭讪后的必杀句

1.

对方明明不认识你，硬装一副老朋友的样子。

男：真的，我确定以前在哪儿见过你。

女：是啊，所以我都不去那里了。

2.

你不希望对方坐在你身边。

男：这个位子没人坐吗?

女：对，如果你坐下，我的位子也会没人坐。

3.

相谈甚欢后，他想邀你上床

男：去你家还是我家?

女：都去。你回你家，我回我家。

4.

碰到没话找话说的无聊男子

男：对了，你是做哪一行的?

女：我是杀猪的。

想用星座话题钓你，但是你没兴趣

男：嗨，美人儿，你是什么座的？

女：没事做。

像苍蝇一样盯着你身材的大色狼

男：你的身材像希腊神像一样完美。

女：对不起，今天不开放参观。

猛开黄腔吃你豆腐的轻薄男

男：如果我能看见你裸体，我会喜悦而死。

女：如果我看见你裸体，我大概会笑死。

想钓女人的老话

男：我年轻时你到哪儿去了？

女：忙着躲你呀！

1.

那天路过一路口，有放屁的欲望，正好有一个人在蹬摩托，我就想借此机会掩盖自己的屁声，哪知道声音过大，那蹬摩托的人以为发动开了，挂上挡就要走，那次我糗大了……

2.

我的一个朋友，新买了个手机。结果上公共厕所的时候不小心把手机掉到便坑里去了。不幸之中的万幸是便坑里面的东西很黏稠，手机没有没到里面去。正当他准备找东西捞手机的时候，有人给他打电话！恰巧他的手机又调的是震动，眼看着手机振颤着、慢慢地消失在了黏稠的、深深的便坑里……

3.

修理电脑时，一口痰吐到了主机箱里，结果电脑弹出发现新硬件。

4.

办公室三人，二男一女，大男 45 岁，小男 21 岁，女 30 岁。

三人之间没有竞争，所以关系融洽，相处得宜。

某日，女的上调，从这个办公室搬出去了，庆贺酒宴上，大男祝酒后，质问女人：你为什么要抛夫弃子？“抛夫弃子”引得全桌人哄堂大笑。

又一日，小男也上调了，庆贺酒宴上，先走的那女人的丈夫，酸酸地问大男：

听说上次酒宴上，先生语出惊人，这回有什么好说的?

大男愣一愣，说：还有什么好说的，俺奋斗半生，只落得如今妻离子散!

5.

重庆以前有个经典地名，叫做人和，取的天时、地利、人和的意思。

那边有个单位，挂的招牌很无敌：人和瘦肉型猪配种场。

6.

去华师大后门吃烧烤，烧烤摊前有一广告上书几行大字：

烤

牛肉串

鸡腿

鸡心

偶旁边一NB的MM很大声地读道：烤牛鸡鸡!

7.

一天，我和表哥去赶公交车，好不容易等来一辆，可车上的人太多了，前门根本就挤不上，我们只好在前门刷了卡，从后门上车，可车上的人实在太多，后门也挤不上。

于是，司机大哥就和我们商量：我先发动车，慢点开，你们跟在车后面跑跑。我和表哥这个纳闷啊：这算什么办法啊?可也没有办法，只有跟在车屁股后面跑，眼看车开出大概有十来米，忽然一个急刹车，车上的乘客把持不住身体，全部倒向车的前面去了，后门一下子腾出好大一块地方。这时，司机大哥得意地招呼我们：快上，快上……

8.

我在公交车里听到别人打电话到电台点歌，有一个男人打电话进去说：我是外地人，现在回家的车票买不到了，只好在北京过年了，我想点首歌。

主持人问他：你想点歌送给谁?

我当时还想这还用问，肯定是远方的父母亲人了，谁知道他却回答说：我想点一首陈小春的《算你狠》，送给火车站所有工作人员以及所有票贩子。

作文题目：我最喜欢的人
作者：一年甲班黄小洋

老师，基本上，你这题目出得让我有点困扰。为什么呢？因为我喜欢的人很多。

我喜欢的人之一就是隔壁家的那个早上见到我会对我笑的小女生，虽然我觉得我很帅，但是她和我比起来，年纪太小了，所以虽然我觉得她很可爱，但我还是比较喜欢成熟美丽且将头发烫成大波浪卷的女人。身材嘛，当然是要国际级一流标准，胸就是胸、腰就是腰、臀就是臀。至于脚嘛，基本上，我的要求不多，只要皮肤柔细、曲线优美、动感十足，这样就可以了。比起我老爸那个完美主义者，我想我的要求简单多了。当然，具备以上条件的女人，我目前还没找到，所以只能将就一下丁班的许诗诗，唉，我想，我是个宁滥勿缺的男人，这点，看我老爸就看得出来，他目前的伴侣啊，唉，摇头比较快！每天回家都把我老爸管得死死的，不准他在家里抽烟、不准他边洗澡边听电话、不准他过十二点还在处理公文，现在老爸如果要加班的话，还得打电话回家。不但如此，还规定他在家人生日时，一定要提早回家，嗯，这点我倒是蛮喜欢的啦，因为自从妈妈死后，我就再也没有和老爸一起过生日了，不用说生日，举凡和 ×× 日、×× 节有关的东西，我都不会见到老爸，所以我通常都是跑到同学家去过生日的。而且现在每天都见得到老爸，真是有点感动，想当年我一个月见不到他几次面的说，需要钱就去找提款机，买东西就用信用卡副卡，当时差点以为自己一个人也能在这世界上过活了。嗯，我离题了耶，老师，你不会因为这样而扣我分吧？你的作文我可是很认真地写呢！只是离题就扣我分，太没天理了。我相信你一定不会扣我分的！请不要辜负我对你的信任。

再来，我喜欢的人，就是坐我隔壁的豪哥，你一定觉得很疑惑，为什么我要叫一个和我同年的人为“哥”呢？其实，道理很简单，因为他是我崇拜的对象。有一次，我被六年级的人看不爽，六年级的人放话说每看到我一次就扁我一次，豪哥知道之后，就去海扁那群放话的人，还告诉他们不准动他班上的人。哈！从那次之后，我就开始超级崇拜豪哥，虽然他很笨，每次数学和自然总是离零分没多远，不过，他的语文已经到了完全可以不用上课就能考试的境界，谁叫他有一对搞文学的爸妈。

我曾经和豪哥提议要帮他罩数学和自然，可是被豪哥很凶地驳回，他说做人要正大光明，不可以做出违背自己良心的事。作弊会违背自己良心吗？不作弊的人才没有童年吧！将来长大他会后悔的，当每个人都在谈自己小时候作弊的糗事时，只有他一个人义正词严地说：我从来没作弊！我想，那一瞬间，全部的人一定会开始冒出三条小丸子的黑色效果线，然后开始吹起秋天的冷风还吹走一片枫叶。不过，虽然是如此，我还是喜欢豪哥，我会罩他的，在一些他正义的脑袋所没办法理解的世界。

我第三个喜欢的人，就是我老爸，不过，这家伙，我觉得很难实际说出为何我会喜欢他，所以我还是用反面述说的方式来说好了，以不喜欢来证明喜欢。我老爸是个恶心的男人，他会把自己下班的臭袜子脱下来盖在别人头上硬逼别人闻。之前还喜欢在浴室里边洗澡边唱一剪梅，他的歌声如果称得上好听，那用指甲划黑板的声音就叫天籁了。他还喜欢送人奇怪的东西，就是那种你收到会觉得很憋的东西，像我上次生日他就送我一只压下去会出现大便的猪娃娃，害我当场冷在那里。我老爸的奇怪事迹真得很多，如果我要一条一条地写，我想我把全班的作文簿全写光也没办法写完他的丰功伟业，所以，我老爸的部分还是跳过吧。

我还喜欢一个人，那人是我老爸的新欢，也就是那个致力于“改革”我家恶习的人（恶习是她自己说的，我倒觉得那是种家庭特色）那人是我老爸死皮赖脸狂缠才得来的人。基本上，个性有点烂，通常什么事情都是她说了就算，不容许别人反对。就连我的生活娱乐，看电视、睡大头觉，也都被她剥夺了，她不准我回家后就看电视，还规定我不可以看完卡通七点就睡觉，一定要准时九点睡。每个人回家还一定得说一句我回来了。把我家搞得像是德国一样，超级有规律。不过，她也是那种会让人又爱又恨的家伙，就整体上来说，算得上是不错了啦。不过，我还是很搞不懂，老爸怎么会喜欢上她，又凶、又严厉、又没身材，感觉上还是个禁欲派的修道人员。不过，身材这一点，唉，真的是害我当年还在幻想老爸到底会带什么样的新欢回家，依老爸的眼光和条件，一定是那种金发大波浪穿着红色紧身衣、细跟高跟鞋的超级大美女。没想到人生果然充满不可预测，计划永远比不上变化，唉，老爸居然带回来一个穿着普通T恤、被洗到变白的牛仔裤，以及白色球鞋，看起来完全和我的梦想没交集的家伙。

唉，打铃了，我还是写到这里就好，反正我喜欢的人也写得差不多了，再写的话，就会是那种小白小花路人甲之类的出现，所以，就写到这样就好。

1. 一个人在沙漠里快要饿死了，这时他捡到了神灯。

神灯："我只可以实现你一个愿望，快说吧，我赶时间。"

人：我要老婆……

神灯立刻变出一个美女，然后不屑地说：都快饿死了还贪图美色！可悲！说完就消失了。

人：……饼。

2. 蚯蚓一家这天很无聊，小蚯蚓就把自己切成两段打羽毛球去了。

蚯蚓妈妈觉得这方法不错，就把自己切成四段打麻将去了。

蚯蚓爸爸想了想，就把自己切成了肉末。

蚯蚓妈妈哭着说：你怎么这么傻？切这么碎会死的！

蚯蚓爸爸弱弱地说：……突然想踢足球。

3. 熊猫男要强 × 熊猫女，熊猫女奋力抵抗，誓死不从。

熊猫男失败后愤愤地说：我们都快灭绝了耶！

4. 有一天动物们在关公庙前面闻到很臭的味道。

蛇说：我这么小不会放这么臭的屁，一定是牛。

牛说：我是吃草的不会放这么臭的屁。

猪说：放屁的人一定会脸红。

忽然关公冲了出来，把猪打飞说：说了多少次了，我脸红是天生的。

5. 话说数千年以前，无论是公狗或者是母狗，他们小便时都是用蹲着的。直到唐朝，事情才有了转变……

唐太宗大家听过吧！他老人家养了一对北京狗，有一次唐太宗上华山祭天，带了这一对去……

祭到一半时，母狗突然内急，于是便跑到一棵树后解决，在祭天时这是非常不敬的行为，因此惹恼了玉帝，玉帝命令雷公打了一个雷，正好打在树上，树倒了，压死了母狗，公狗看了以后非常害怕……

从此以后，公狗每次在树下小便时，都会伸出一只脚，用力顶着树，以免树倒下来压到自己……

6. 你的1寸照片给我两张好吗？（一定要照得特清晰的那种）作为永久的纪念。我要把它贴在袜子上，这样别人一看，就知道是鳄鱼牌子的。

7. 我跟你说因为她跟我说叫我不要跟你说现在我跟你说你不要跟她说我跟你说过如果她问你我有没有跟你说你说我没有跟你说她说你是猪我说完了。

8. 八戒到韩国整容变帅哥。到舞厅找美女，激情后八戒问美女：知道以前我有多丑？我是猪八戒。美女大惊：二师兄，我是老沙！

9. 一人骑摩托车习惯反穿外套。一次遇到交通事故去世了。警察赶到后看到旁边有位老汉，就向老汉询问当时情况。老汉说：我看到他时，他还有气，我看到他的脑袋拧到后面去了，就把他的脑袋拧了回来，他就断气了。

10. 那天我看见你了，在超市。你悄悄地把手伸到条码扫描器上，只见屏幕上显示：猪蹄8元。你以为机器坏了，把脸凑过去看，屏幕上显示：猪头肉5元。

11. 某天你站在公交站台上哈哈大笑，引得路人像看稀有动物似的看你。其中一人问你为什么傻笑，你强忍住笑，得意地说：我把买票的耍了，买了票没有上车。

12. 一天你蹲在马路边上，仔细地望着一堆便便。你闻一闻，难道是便便？

你用手抠抠，好像是便便。你放进嘴里尝一尝：果然是便便！你好高兴哦：幸好没有踩到！

13. 某校老师颇恶，学生们遂设计整之。一日课上，一男生面露痛苦之色，捂腹轻轻呻吟。老师未加理会继续讲课。当老师转身板书之际，听到后面传来“呕……哇”一声。该男生同桌偷偷将一罐八宝粥倒于桌上。老师回头只见此生桌面布满黄白之物，污秽不堪。此时，另一男生拿起一只小勺，一勺一勺舀起来吃，还道：哇，这哥们中午吃的花生米嘿！老师见状，狂吐不止。

14. 一 MM 穿超短裙挤公交车，因为裙子太紧，两手又拿了许多东西，而公车车体较高，她根本无法跨上公车……排在后面的乘客开始骚动，叫她动作快一点，那小姐实在手足无措……

正在排队上车的人潮开始拥挤凌乱时……小姐灵机一动，用手悄悄地将裙子后面的拉链稍微拉开，好让裙子可以松点，能让她跨上公车。

不过，很奇怪的，拉炼拉下来，裙子却没有松，一点用也没有，于是她又尝试将拉链再往下拉，结果还是没有用，双腿仍然无法跨开大步，此时后面排队的乘客又开始骚动了……喊着：前面的！快一点！

就连司机也不耐烦了跟小姐说：你啊，快点上车！正当她实在没有办法无计可施时，突然后面的一位年轻人一声不响地就将那小姐一把抱上了公车，年轻小姐更糗了，她面红耳赤地质问抱她的男子：你怎么可以抱我，太夸张了，我们又不是朋友，我甚至不认识你！

这位年轻男子冷静地说：小姐！当你第 2 次将我裤子拉链拉开之后，我开始觉得我们已是很好的朋友了。

15. 有一位男士坐在一台最先进的豪华喷射客机，突然肚子剧痛，要拉肚子……但所有的男士专用厕所都客满。而他实在憋不住了，于是跟空中小姐拜托，让他用一下女生厕所。空中小姐有点为难，但还是答应让他去上，还很担心地一再交代他不要碰任何东西，拉完肚子就赶快出来。

于是他一阵慌乱进去女生厕所。当他拉完后，神情一阵轻松，发现马桶旁有三个按钮，分别写着 HW、HA、ATR，他很好奇；想想这么先进的厕所一定有什么特别之处，但又记起空中小姐的叮咛。不过，他还是很好奇，于是

按了第 1 个写着 HW 的按钮。

咦！竟然从后面喷出清洁屁屁的热水。好棒！原来是 Hot Water 之意。

他心想，真高级！连忙看第 2 个钮——写着 HA 应该就是 Hot Air 啰！果然按下钮后，送来徐徐热风。

真有意思！！那第 3 个写着 ATR 到底是什么意思?

于是他按下第三钮……突然一阵剧痛……$@#&！ *，两眼发黑晕眩了过去……

当他醒来时已在医院，护士小姐面色凝重地看着他说：先生，你醒了！这是你的 ××，我把它放在你的枕头旁，希望你节哀！

“哇哇哇！我的 ××！……！怎会这样？”

他大叫：“我不是在上厕所吗？怎么会这样？”

“先生，空姐说你误触了 ATR 钮，那是 Automatic Tampon Remover= 卫生棉条自动拔除。”

男人永远不敢讲的后半句……

妻子：你一生只爱我一个人吗？
丈夫：当然（不只爱你一个人）。

妻子：如果有一天没有我你会怎么样？
丈夫：我会哭（流下我幸福的眼泪）。

妻子：是不是因为有了我你才觉得生活有了色彩？
丈夫：对，因为有了你（我才明白什么叫迫害）。

妻子：是不是觉得我是世界上最好的女人？
丈夫：当然是（最不好的女人了）。

妻子：我是你的初恋吗？
丈夫：是（才怪呢）！

妻子：你在说谎吗？
丈夫：我发誓（我在说谎）。

妻子：我老了你会不会还爱我？
丈夫：你不会老的（在我眼中你从来就没年轻过）。

妻子：我和张曼玉在你眼里谁更漂亮？

丈夫：当然是你（差远了）。

妻子：如果地球上只剩下一块面包，并且还在你的手中，你会给我吃还是给你老妈吃？

丈夫：当然不给我妈吃了（也不给你，我自己吃）。

妻子：我现在是不是胖了？

丈夫：哪有的事呀！你很苗条（只有骨感，没有美感）。

妻子：如果现在有个男人很热情地追求我，你会怎么办？

丈夫脸色大变：谁？告诉我是谁？（我得好好感谢他一番，再请他吃一顿饭，然后把你好好打扮一下就送过去。）

妻子：瞧！你紧张什么呀！我在逗你呢！

丈夫低头不语。

妻子：怎么，生气了？小傻瓜！

丈夫：对！我生气了（为什么这不是真的）。

妻子：如果有一天我们坐上豪华轮行驶在海上，你会像杰克抱着露丝那样，扶着我在船头飞吗？

丈夫：我肯定会（毫不犹豫地把你从船头踹下去）。

妻子：如果有来生的话你会继续选择我做你的老婆吗？

丈夫：一定会（不选择你，我宁可选择你当我妈）。

妻子：后悔和我结婚吗？

丈夫：哪能（后悔极了，好几次夜里我都哭醒了，觉得自己太委屈自己了）。

男：聊吗？

女：不。

男：为什么？

女：忙。

男：忙什么？

女：玩。

男：玩什么？

女：游戏。

男：什么游戏？

女：好玩的。

男：什么好玩的？

女：烦。

男：烦就跟我聊。

女：滚。

男：地不干净。

女：靠。

男：给你肩膀。

女：找死啊。

男："死"在字典961页。

女：晕。

男：我有止晕药。

女：我服了。

男：服了药就不晕了。

女：大哥。

男：认你这个妹妹了。

女：拜托。

男：拜可以，不用脱。

女：我要疯了。

男：我打120。

女：你神仙。

男：不要迷信。

女：还让人活吗？

男：有了我你会活得更精彩。

女：55555555

男：三五香烟虽好，但有害健康。

女：去死吧。

男：我在网吧，不是死吧。

女：求你放过我。

男：好，告诉我手机号我就不说了。

女：要号干吗？

男：情人节到了。

女：那又怎么样？

男：你喜欢什么花？

女：我喜欢两种花。

男：哪两种？我送给你！

女：有钱花，随便花！

男：你真美！

女：我哪美？

男：想得美。

女：……

1. 王心凌《爱你》
S.H.E《我爱你》
Beyond《真的爱你》
李宗盛《我是真的爱你》
言承旭《我是真的真的很爱你》
点评：有这么这么复杂么？

2. 王菲《如果你是假的》
邓丽君《假如我是真的》
萧正楠《假如我是假的》
孟庭苇《真的还是假的》
点评：靠，能退货么？

3. 成龙《我是谁》
蟑螂组合《忘了我是谁》
蔡依林《你是谁》
许志安《忘了你是谁》
点评：你们都需要脑白金！

4. 萧亚轩《一辈子做你的女孩》
龙梅子《下辈子做你的女人》
点评：不错，成熟了！

5. 朴树《我爱你再见》
丁薇《再见我爱你》
点评：不送……

6. 苏永康《男人不该让女人流泪》
陈小春《女人不该让男人太累》
点评：多么体贴的小夫妻啊！

7. 姜育恒《爱我你怕了吗》
孙燕姿《害怕》
王力宏《不要害怕》
潘玮柏《我不怕》
赵薇《不怕》
郭美美《不怕不怕啦》
郑伊健《怕什么，什么也不怕》
点评：真是人多胆子大！

8. 董文华《春天的故事》
杨千桦《夏天的故事》
陈艾玲《秋天的故事》
马天宇《冬天的故事》
点评：真是天天故事会啊！

9. 王心凌《honey》
孙燕姿《honeyhoney》
萧亚轩《honeyhoneyhoney》
点评：到底谁是你 honey 啊？

10. 黄晓明孙俪《如果没有明天》
薛岳《如果还有明天》
点评：这到底是有还是没有啊？

11. 周华健《其实不想走》
邝美云《再坐一会儿》
胡灵《冲一杯茶》
李小龙《请你吃饭》
易丹《不醉不归》
骅梓《让我们走》
黎沸挥《说走就走》
罗美玲《不能说走就走》
李翊君《今天不回家》
艾敬《我要回家》
周华健《送你回家》
朱国豪《让我送你回家》
羽泉《没你不行》
孙燕姿《真的》
黄威尔《让她走》
点评：唐僧啊，赶紧走。

12. 陈慧琳《喂，有人在吗》
萧亚轩《没有人》
蔡依林《你是谁》
王力宏《你以为我是谁》
萧亚轩《最熟悉的陌生人》
点评：不好意思我打错了。

13. 张柏芝《说你爱我》
谢霆锋《不要说谎》
张柏芝《说你爱我》
谢霆锋《够了没有》
陈冠希《我知道你的秘密》
张柏芝《改天再聊》
陈冠希《越来越爱你》
谢霆锋《谢谢你的爱》

陈冠希 /Twins《三个人的舞会》
点评：结合 Y 照门看这个更有味道。

14. 蔡旻佑《我可以》
莫文蔚《你可以》
点评：可以干吗?

v15. 李玟《昨天》
刘德华《今天》
林俊杰《明天》
动力火车《明天的明天的明天》
点评：昨天今天明天。

16. 陈楚生《一夜》
谢军《又一夜》
信乐团《北京一夜》
蔡琴《最后一夜》
点评：到底是哪一夜?

今天我就站这儿了，你动动我试试看。别看你个子大，逼急了我直接拿块砖头拍你头。

换成北京话：今儿爷就站这儿了，你丫动我一试试。别看你丫个儿不小，逼急了老子拿板砖 hai（一声）你丫挺的！

天津话：近儿我揍赞借害儿了，你动我一四四，甭看泥葛大，必急了我自接那钻头拍泥脑袋！

天津话第 2 版：今儿矮，我你妈还揍载借害儿了，哎，你妈动我一四四，四四，逼急了我你 ma 拿砖头 xie 你 bk 的！

山东话：今日老子窝就站遮泥，泥赶招呼窝时时，甭看泥掌地镐，惹毛撩窝拿块半头专横你头上！

山东威海话：今日老子就站遮，泥赶渣呼试试，别看泥掌地镐，惹窝火了拿砖头冒你头上！

山东烟台话：劲儿个俺都咱儿介行（三声）了，恁（三声）敢攒七俺哥修子头儿四（二声）四。掰看恁（三声）块（二声）儿达，几了拿钻头害你哥小婢养的！

山东潍坊：今门儿我就站这里，你怪（一声）我一下试试，甭各看你过子大，惹草机了我拿砖头就砸你头杭（轻声）！

东北话：今儿你大爷我就赞介儿，你 ma 地动我下四四，别你 ma 看你个儿不小，能（四声）急了我拿砖头儿呼死你！

东北话第 2 版：今儿俺就咱俺戒个地方了，你敢上来你就四四，白看了

你长的 zuang，把我逼了急了，俺就拿了钻头 hai 你头向！

大连话：今天我就 tm 赞这儿了，你动我四四来，小样儿，你傻大个儿怎么，惹火了我那钻头 xie 死个 biang 的！

陕西话：今儿饿奏立到这儿，你娃司伙把饿动嘎子。保看你娃陪瓜子美，把饿兜急咧饿端直猫个砖赔到你萨哈！

青海乐都话：谨天脑（一声）就占（二声）刀这（二声）哈巴留，你把脑（一声）咚（二声）给一挂适当个。保球看你知么大自国爱，着粉留喝脑直接头大上一块（一声）板状拍球航道！

四川成都话：今天老子就站到这堂沟，你碰哈我告一哈。不要以为你长得莽戳戳的，毛了我直接捡块砖头焊你娃儿脑壳高头！

四川乐山话：各老子，试一哈嘛，把老子 rei 毛了，看老子咋个收拾你，不要看你弄木大块，把老子惹火了，老子拿一块石头给你焊起来。不信就告！

四川不知道哪里的话：今天老子就站到这个塌塌了，你热老子搞哈看，莫看你娃娃个头 zuai，把老子热毛老捞起砖头 han 到你娃娃脑 ko 镐头！

重庆话：今天老子豆站勒点老，你娃动动老子看。不要看你娃颗钻大，惹猫老老子直接汗块砖头在你娃脑壳高头！

重庆话第 2 版：今天老子逗站倒勒点儿，你碰哈我告哈，不要以为你 ri 妈长得哈莽哈莽的，老子毛了直接捡坨砖头儿 zhang 你娃脑壳高头！

重庆话第 3 版：老子今天豆是站到勒点咯，你崽儿 pang 哈我告哈呢，莫以为你够 ri 的长得登毒，把老子惹毛了，老子一砖头给你够 ri 的汗倒脑壳上来！

重庆话第 4 版：你个宝批，宝都定转老，老子今天豆站倒呢行，动都不得动一下，你有屁眼毒毒，豆过来动老子一下。不要看倒你龟儿哈起一砣，把老子惹毛老，随便手嗲块烂皮砖，整你龟儿冒烟！

上海话：今糟吴就列了个的，侬旁旁吴四四看诺。伐要看侬亩子嘎度饿，丝古港侬只册落吧吴萨了户气上来吴乃块纂豆尻伐色侬！

江苏镇江话：更早偶休站个块哩，泥狗动偶死死扣，费奥扣泥块豆大，比急乐偶哲接努块砖头震泥头让！

江苏盐城话：跟恩自恩就站在，你同恩望额子，茁望你长额这么大，急起来恩拿尊头含桑你！

江苏海安话：跟到我丘站格猜带点，你碰我试试看。别看你块头儿不小，逼急了老子拿砖头 se（第四声）格你！

浙江温州话：恩 gi 尼 gi 勒，尼似似东恩，fai 次你难头盖，dei 阿巴 juojiai 次阿巴掰勒居都噶尼都勒得！

温州话第 2 版：恩啊爸饶给尼门墙，尼圆胆动恩见见次，灰次尼个子逼恩大，抓难过起恩啊爸饶轴专阔尼 gi 头！

温州话第 3 版：給馁咡給口搞，你伺懂视似次。徊次你腩度改，逼夹了咡掰择头哈你头！

杭州话：跟早老子就暂了个的的，你碰碰老子是是看，表看你亏得都，凑社袄，袄照样情块砖头直接靠色你！

安徽话：老子今厅就站地块了，你你有种就搞老子阿，别看你骨子高，搞狠了老子一柱头砸辟带你！

武汉话：激日老子就站倒在这块，你动老子试哈子看，不要以为你有蛮大国块头，把老子逼急了老子捡块砖头擂死你地！

湖南话：今天我就站到噶里哒，你动我试哈看，莫看你胚子大，搞得我发宝哒拿块砖头就擂死你！

江西九江话：真着偶就辔在跌地，恩动哈偶勘勘啥，莫勘恩锅子比我大畏么一点，搞的偶发了铆，偶照样切砖头儿作 s 恩！

云南东川话：老子就天就站的制点，恨么你挝我嘛。毛看的你长得块，逗滋得老子拿大甲汗你！

贵州贵阳话：今天老子就站在 zi 点，si 儿你动我哈试哈？！ biao 看你是个哈大，把老子整毛哦老子一砖头给你勒脑壳 gang 过来！

广东话：今日我就企系呢度，你郁郁我试下。唔好睇你够大只，惹 nou 我就一砖头拍你头上！

广西玉林话：根日鹅到可还根路，你肉虾鹅体，某体你干大这，破到我我撇死你！

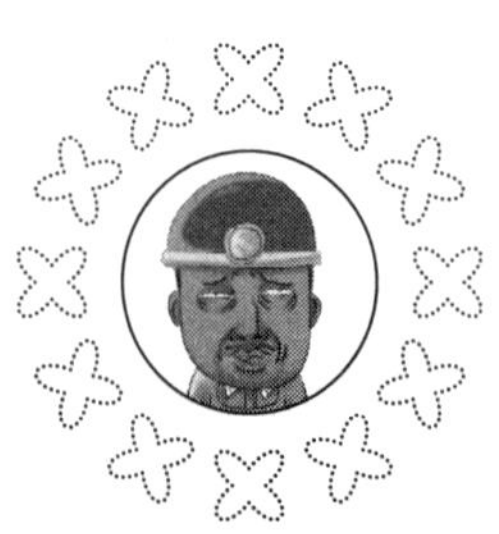

女同桌，有种你非礼我啊！

年轻的时候，我眉清目秀、皮肤白皙，每次上公共汽车都是大姐、大婶们骚扰的对象，有过分的还掐我的脸：“哎哟，多可爱的小宝宝，小嘴还吧嗒吧嗒说话呢。”我是想说：“靠，你丫下手轻一点。”从此在我幼小的心灵中埋下了对女性宿命的仇恨。

长大以后，我想终于翻身了，应该可以骚扰一下小妹妹，她们胆子比较小，不敢反抗，顶多说：不要嘛，轻一点。肯定无比地娇羞可爱。后来我把这个计划付诸实施，我和两个男生在一个胡同拦住了一个小妹妹，我恶狠狠地对她说：“刘小红，你再敢跟老师告状，看我怎么收拾你。”然后狞笑着扬长而去。第二天，刘小红带着学校的四大打女满校园追杀我，一直把我逼进了男厕所，她们在外面叫嚣：“有种你出来。”我立刻还以颜色：“有种你进来。”

关于刘小红的故事其实是真的，不同的是打小报告的不是她而是我，因为我是班长，有打小报告的义务。如果你成绩比较好、仪表堂堂、性格温顺，难免会承担这样丢人的角色，我不幸完全中标。不谦虚地说，小学一二年级我本来应该跳过去的，因为所有的知识我都学过了，每当碰见大家都回答不上来的问题，老师就会问我，你会不会？如果我说不会。老师就说，连你都不会，可见是太难了。

作为一名优秀的班干部，我还承担着“一对一，红帮红”的光荣任务，因此我的同桌是著名的刘小红，她是所有人眼里典型的坏学生，恶劣表现罄竹难书，抄作业、打架、逃课、欺负同学基本上是家常便饭。因为我离她最近，而且仪表堂堂、性格温顺，是最合适不过的靶子。比如她经常在起立的时候撤掉我的凳子，让我一屁股坐空，让我班长的尊严扫地；再比如她完全无视国际惯例，将我们划定的“三八线”视若无物，一张桌子她总要占三分之二强，偶

尔我会忍无可忍奋起反抗，两个人龇牙咧嘴地挤来挤去，但是输的总是我，因为我是个要脸面的人，怕被老师误会，你们还真亲密呀。

为了报复，我经常打她的小报告，可是罚站、留学、叫家长对她根本够不上心灵上的伤害，太习惯了。后来我想，唯一对她起作用的只能是以其人之道还治其人之身，用正宗下三路的江湖手段对决。

第一回合，我利用值日的机会，把垃圾倒进了她的书桌，想想她气急败坏的样子就非常之爽。结果转天她迟到了，溜进教室放好书包，完全没有注意抽屉里的垃圾，更气人的是，过了一会儿，她还从垃圾里捡出几张纸叠飞机玩，非常兴致盎然。

第二回合，我决定让战争升级，趁她不注意我在她铅笔盒里放了几只蚕，肉虫子可是女生的致命杀手，在江湖上从来没有失过手。只是结局同样令我沮丧，当她打开铅笔盒的时候，完全是如获至宝天上掉馅饼的表情，发现我在看她，她拎起一只在我面前晃了晃，“怎么样，怎么样，眼馋吧。”Oh my god！

几次拉锯战之后，我悲伤地发现刘小红是立于不败之地的黑道高手，而我顶多算刚刚入门，就在我几乎放弃的时候，机会意外地降临了。

期中考试的数学题非常难，有一道附加应用题考的是倍数的概念，大家全不会，刘小红和我商量：“你觉得应该用乘法还是除法？”我也完全没谱：“不知道，你准备怎么办？”她想了想说：“我豁出去了，就乘法吧。”我说：“好吧，我跟你了。”结果全年级只有我们两个人得了满分。我是好学生，得满分是理所当然的，而她是坏学生，大家理所当然觉得她是抄我的。接下来的班会变成了刘小红批斗会，大家申讨了刘小红的斑斑劣迹，并纷纷作证在考试的时候，刘小红有作弊的动机、条件和具体表现。在人证物证俱全的情况下，刘小红依然誓死顽抗、绝不低头。后来老师问我：“你说说，她有没有抄你的？”我犹犹豫豫地说：“她倒是没抄，就是跟我商量来着。”老师哈哈大笑，截断了我：“你太厚道了，商量不就是抄吗？”于是刘小红案盖棺定论。只是当我看着她倔强的表情，心里完全没有复仇的快感。

后来刘小红依然故我地抄作业、打架、逃课、欺负同学。在三年级第二学期，她退学了。好多年以后，我看了一部电影《闻香识女人》，那个孩子和我面临同样的处境，只是他更勇敢、更勇于担当，他的行为最终得到了那个道德体系的认可。而在我们这个鼓励告密和不公平的环境中，我是一个可悲的胜利者。

我想，如果再给我一次机会，我会按照江湖规矩来解决问题，竖起我的中指：刘小红，有种你丫非礼我！

1.

小童在姑姑家吃饭，姑姑做了鱼给他吃。小童边吃边说：这鱼真好吃，要是不放刺就更好了！

2.

三个女人在一场车祸中丧生，并且来到了天堂。当她们到了那里，天使圣彼得说：在天堂里，只有一个规矩——千万不要踩到鸭子。确认这 3 个女人了解后，她们进入了天堂。天堂里到处都是鸭子，几乎多到不可能踩不到的地步，虽然她们极力避免，但是第一个女人意外地踩到一只。

这时，天使圣彼得立刻带着一个这女人一生从未见过的、长得极丑陋的男人来到她面前，并告诉她：你踩到鸭子的惩罚就是要永远跟这个丑男人链在一起。

第二天，另外一个女人也不小心踩到了鸭子。这时圣彼得又带着另一个极其恶心的男人来到她面前，如同之前那个女人的下场。圣彼得把第二个女人跟他带来的丑男人链在一起。

第三个已经发现这个残酷的结果，而且她不希望永远跟一个丑陋恶心的男人拴在一起。所以她非常非常小心她的脚步，她战战兢兢在未踩到任何鸭子的情况下，平安过了几个月。

但是有一天，圣彼得来到她的面前，并带着一个前所未见的超级帅男。这个男人不仅高大壮硕还有漂亮的长睫毛。圣彼得把他们链在一起后，没对那个女人说任何话就走了。这个女人就问跟她链在一起的男人：我很纳闷，为什么我可以跟你永远链在一起呢？这个男人说：我不知道你的情况是怎么样，但

是我踩到了一只鸭子。

一只青蛙给牧师打电话，问自己的命运。

牧师说：明年，有一个年轻的姑娘会来了解你。

青蛙高兴地蹦了起来：哦，真的吗？是在王子的婚礼上吗？

牧师说：不，是在她明年的生物课上。

一楼住户不知从哪儿弄来一只大狗。初来乍到，它警惕性非常高，一有点响动就狂吠不已。我家在六楼，尽管每天上下楼蹑手蹑脚，但十有八九还是要被狂吠一通。我胆子小，狗一叫我就拼命跑，生怕它突然冲出来。

周日，我去接正在上英语培训班的小侄子到家里吃饭。刚进一楼，大狗照旧"汪汪汪"地叫起来，叫得我心惊肉跳。小侄子却一点也不害怕，扯起嗓子对着喊：吐吐吐。奇怪的是，"吐吐"几声后，大狗居然偃旗息鼓，不叫了，并且发出可怜的"哼哼"声。

回到家，我问小侄子用什么办法，居然能镇住这么凶猛的狗。小侄子洋洋得意地说：当狗对你汪汪叫时，它其实是在说 one，你就回 two，这时狗因为无法回你 three，非常惭愧，就不叫了。

上学的时候，有一天我在宿舍准备换裤子，刚抽掉裤带，不料进来几个女学生，没办法，我只好提着裤子来到隔壁宿舍。

我解开扣子正要脱时，不料又进来几个女学生，没办法，我只好提着裤子来到下一个宿舍门口。因为我双手提着裤子，又很着急，只得一脚踹开宿舍门，同时大喊：里面有没有女人？有没有女人？

只见屋里坐着一大堆女生，恐怖地望着我……

一天，两个正在热恋中的男女在路上，男孩带着女孩，女孩很漂亮，穿了一件很飘逸的白色连衣裙。男孩眼睛不太好——近视。

男孩骑着自行车带着女孩走在路上，两个人甜蜜地在一起。

一个十字路口，谁也没有注意到警察的存在，男孩骑车冲着警察就过去了。警察见状，大喝一声：你！下来下来。

男孩顿时从车上蹦了下来，女孩很冷静，看到这种情况，脑筋一转计上心来，对着警察说道：你看见我了吗？

警察一愣。

趁警察不注意，女孩向男朋友使了个眼色，男孩马上明白了。

警察又问男孩：她是你女朋友吗？

男孩说：你说谁呢？

女孩说：你看见我了吗？

警察毛骨悚然，对男孩说道：走，你赶快走！

7.

大巴司机驾驶装得满满的大巴要上桥，所以他一直踩着油门加速，等到发现前面有个老婆婆正过马路，踩煞车时已经来不及了！

只见老婆婆整个人趴在车前的马路上，一动不动，身旁流出一堆肠子，还开始渗出汩汩的血……

有的人开始尖叫，有的看得说不出话来，而司机脸色苍白，坐在位子上不敢下去，当车上的人都被吓傻了时，一件奇怪的事情发生了……

老婆婆抖抖地站起来，拿出一个破破的塑料袋，开始捡肠子，口里还喃喃地嘀咕：夭寿啊，刚买回来的肠子，这样怎么吃啊？

8.

弟弟很不喜欢妈妈煮的菜，偏偏喜欢吃泡面。妈妈就骂他：你不会出去买便当啊？吃泡面没营养！

弟弟顶嘴说：我就是喜欢吃，怎样？

“唉呀～妈妈跟你说，泡面真的不是什么好东西，你爸爸公司有一个年轻的小姐，为了都把钱存下来寄回家，所以早上吃泡面，中午吃泡面，晚上吃泡面。天天吃泡面，结果三个月以后她死了！”

弟弟（大惊失色）：真的假的？

“妈妈怎么会骗你？”

“真的喔，那她是怎么死的？”

“这个啊……买泡面时出的车祸……”

你才阉掉了

1. 部队驻扎在北极圈内。“根本不算冷，”一个老兵说：“我在阿拉斯加呆过，那地方才冷呢！连炉子里的火都冻住了，怎么吹也吹不灭。”

“这算什么！”另一个老兵不服气，“在我呆过的一个地方，在讲话时，话一出口就冻住了！这样一来，我们只得把冰冻的单词放在开水里融化，才能理解命令！”

2. 两个侏儒在各自房间做喜欢做的事，其中一个很快完事，只听另一个房间，1，2，3，嘿……1，2，3……嘿，早上起来他问那个侏儒：行啊，哥们，干了一夜啊？另一个回答：我靠，蹦一宿也没蹦上床！

3. 两老汉从未见过自行车。一日，见一妇女骑车。甲说：哎呀，那个女子弄根棍棍顶 PP 疼不疼啊？乙说：能不疼吗？没看她疼得两腿直蹬吗？

4. 狼入侵，小动物成立敢死队对抗。螳螂：我有双刀。刺猬：我满身都是暗器。天牛边晃触角边唱：哼！我有双节棍双节棍！哼哼哈嘿！

5. 一男子上车掏钱买票，结果带出一个避孕套。后面一女士喊道：这位先生，你二弟的工作服掉了！

6. 护士看到病人在病房喝酒，就走过去小声叮嘱说：小心肝！病人微笑道：小宝贝。

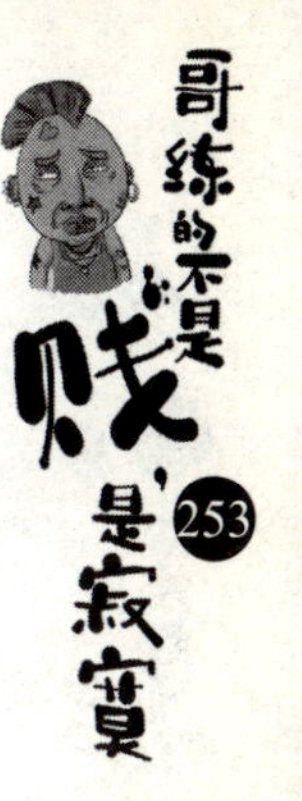

7. 有位大嫂在公共汽车上看到一位即将下车的男人掉了包烟在踏板上，于是赶紧对那男人说：同志，你烟掉了！男人大怒：你才阉掉了！

8. 某男入厕便秘，忽见一人飞奔而入，顷刻风雨交加。“哥们儿，真羡慕你呀，那么快。”“羡慕啥，没脱裤子呢！”

9. 王太太怀了四胞胎，并到处向街坊邻居炫耀，说怀四胞胎很不容易，平均要六万次才会发生一例。李太太很惊异：那你还有空做家务吗?

10. 有个顽皮的学生给同班的女生取外号叫胖猪，该女生哭着告到老师那里，老师答应对该男生进行批评教育，第 2 天上课，老师在班上讲话：我们班上有位同学太没礼貌了，随便给别的同学起外号，总不能人家像啥叫啥吧。

11. 天将黑未黑之际，我和缥缈妹妹在公园里的一棵大树底下。公园里景致优美，且不见人影，多诗情画意呀。

12. 我说：我心情不大好，你逗我高兴吧。

“好！”她笑脸盈盈。

“开始吧。”

“我用一只手使你高兴?”她柔声说。

我有点贪，摇头。

“我用两只手使你高兴?”她更加柔声地说。

我还是有点贪，我还是摇头。

“那我用两只手，再加一张嘴使你高兴?”她非常柔声地说。

我拼命点头，我心花怒放！！！！

叭，叭！！！我挨了两个耳光！！

啵，她啐了我一脸口水！！！

13. 齐达内：你猜我领到工资后会怎么办?

菲戈：交给老婆?

齐达内：不，是存到银行。

菲戈：这才是男子汉。

齐达内：然后把存折交给老婆。

14. 古蒂家有一只冠军狗，到处找狗打架都赢，无论是国内的国外的。因此它很嚣张，向别的狗挑衅，向它们乱叫……

一天古蒂牵着冠军狗在路上走着，看到劳尔牵着一条很大的狗，古蒂的冠军狗又跑过去乱叫。古蒂心想：如果我的冠军狗把劳尔的狗打败，那不是很威风吗？

于是他对劳尔说：让我的冠军狗和你家的狗打打怎么样？

劳尔：这个……不好吧？

古蒂：没关系，如果它真的伤到你家的狗，我会制止的。

劳尔：还是不好吧。

就在他们两个商量的时候，两只狗打了起来，结果冠军狗惨遭落败，败得极其狼狈……

古蒂一脸惊愕地问：劳尔，你家这是什么狗啊？

劳尔：这个嘛，它在毛没被拔掉之前人家都叫它狮子。

15. 老师：做任何事都要一气呵成，才能让人激赏。

学生：我懂了，以后我绝不放断断续续的连环屁。

16. 教授：一个傻瓜提的问题，10 个聪明人也回答不了。

大学生：难怪我考试总也不及格。

17. 果农发现一小孩在偷苹果：小捣蛋，你等着，我要去告诉你爸爸！

男孩抬头向树上喊道：爸，下面……有人找你！

18. 熊猫深爱着小鹿，表达爱意时却遭到拒绝。

熊猫大吼：为什么？这一切都是为什么？

小鹿胆怯地说：我妈说了，戴墨镜的都是不良少年。

19. 丑男拿着九十九朵玫瑰献给漂亮的女同事：嫁给我吧！我爱你！

女：算了吧！我对你没感觉。

男：请告诉我哪一点不好，我改。

女：你到底喜欢我哪一点！我改。

20. 晚饭后，母亲和女儿一块儿洗碗盘，父亲和儿子在客厅里看电视。

突然，厨房里传来打破盘子的响声，然后一片沉寂。

儿子望着他父亲说：一定是妈妈打破的！

“你怎么知道？”

“她没有骂人。”

21. 某条街上有个乞丐，每天都在那里乞讨生活。

一日某人忽然发现乞丐身边多了一个碗可又没人，觉得好奇，便上前去问：为什么你放两个碗。

那乞丐笑了笑道：丫不知怎么滴最近生意特好，所以开了家分公司。

22. 水说：让我日夜拥抱着你，一刻都不离开你！

鱼说：让我躺在你温柔的怀里，享受你的呵护！

锅说：丫都快煮熟了，还这么嘴贫！

23. 福尔摩斯和他的助手一天晚上在山坡上搭起帐篷露营，睡到半夜，福尔摩斯推醒旁边的助手，指着满天的繁星问道：看到这么多星星你想到了什么？

助手沉思了半晌，说道：天空真是无边无际，每颗星星都相当于一个太阳，而我们居住的地球在太阳系里只是很小的一颗行星，我们人类又是显得多么渺小啊！

“你这个笨蛋，我们的帐篷被偷了！！！”福尔摩斯怒道。

24. 吸血蝙蝠满身鲜血地回来，众蝙蝠甚是羡慕，问他从哪找来这么多鲜血，它把众蝙蝠带到一大树旁，问：看到大树没？众答：看到了。它：他×的，我就没看到！

25. 病人：我失眠。

医生：这些药丸，红色让你梦到德华，白色梦到阿伦，绿色梦到润发。

病人：那我全部服下去呢？

医生：那你可以见到国荣。

26. 江湖上知道你武功高强，但你不能骄傲，做到人中有剑，剑中有人，人剑合一，做到了这一点，你就不再是人，是剑人！

想起你，就让我一阵恶心

女生：

1. 我最近公司实在太忙了，没有办法挪出时间跟你约会。（我宁愿在公司无聊，也不要跟你约会！）

2. 我想过了，我不适合你。（你不是我想要的那种类型的！）

3. 我觉得我成熟度还不够。（所以当初才会选择你！）

4. 不是你的错，是我……（就是你的错！）

5. 我觉得我配不上你。（我宁愿配青蛙也不要你！）

6. 我觉得我应该等到事业有成再来谈恋爱比较好。（等我赚到一百亿的那一天吧！）

7. 我已心有所属了。（我家那只猫都比你可爱！）

8. 我无法给你完全的爱。（当然啊，都分给别人了！）

9. 爸妈说舍不得我。（天下的父母谁舍得把女儿交给你！）

必杀技：10. 我们只做好朋友吧！（这样我才可以继续利用你啊！）

男生：

1. 我最近公司实在太忙了，没有办法挪出时间跟你约会。（你好丑！）

2. 我想过了，我不适合你。（你好丑！）

3. 我觉得我成熟度还不够。（你好丑！）

4. 不是你的错，是我……（你好丑！）

5. 觉得我配不上你！（你好丑！）

6. 我觉得我应该等到事业有成再来谈恋爱比较好。(你好丑！)

7. 我已心有所属了。(你好丑！)

8. 我无法给你完全的爱。(你好丑！)

9. 我妈说舍不得我……（丑！）

而最多男性所使用的借口为：

10. 我们只做好朋友吧！（你实在太丑了！）

我真的想揍你一拳

服务员：欢迎光临肯德基，请问您要点什么?

客人：一个汉堡包。

服务员：辣的还是不辣的?

客人：辣的。

服务员：您要是再增加两块钱就可以换成双层汉堡，可以吗?

客人：好的，双层汉堡。

服务员：请问您还要点什么?

客人：薯条。

服务员：请问您需要大薯条、中薯条还是小薯条?

客人：中薯条。

服务员：请问您要几包?

客人：一包就可以了。

服务员：我们现在最新推出了薯条摇摇乐，您想试试吗?

客人：不需要，给我番茄酱就可以了。

服务员：两包番茄酱可以吗?

客人：要是可以的话，我想要两百包。

服务员：对不起先生，我们这里的番茄酱是限量供应的。

客人：那你跟我废话干什么!

服务员：对不起了先生，您还要点什么?

客人：饮料。

服务员：有雪碧红茶可乐芬达，您需要哪一种?

客人：可乐。

服务员：您要的是大杯中杯还是小杯还是瓶装？

客人：中杯。

服务员：需要加冰吗？

客人：需要。

服务员：加冰稍微多一点还是稍微少一点？

客人：差不多就可以。

服务员：那给您加稍微多一点可以吗？

客人：可以。谢谢。

服务员：不客气先生。我们最新推出的墨西哥鸡肉卷您不尝一尝吗？

客人：不了谢谢。

服务员：那么特价的劲爆鸡米花呢？

客人：也不要。

服务员：那么赠送机器猫的外带全家餐您要不要试一下？

客人：不需要，谢谢。

服务员：那好，您是在这里吃还是带走，先生？

客人：带走。

服务员：一共是二十一块零五毛，先生您有五毛钱吗？

客人：有。

服务员：好的先生，收您一百块零五毛，找您七十九块，差您两块钱，给您四张五毛的可以吗？

客人：好的。

服务员：谢谢您先生。欢迎您下次光临肯德基！

客人：可是我点的东西呢？

服务员：对不起先生，我们外带餐的包装袋暂时用完了，您在这里吃可以吗？

客人：……

服务员：先生您还有什么要求吗？

客人：我真的想揍你一拳！

服务员：那么先生您想使用左勾拳右勾拳还是组合拳呢？

客人：……

1. 士兵问连长：作战时踩到地雷咋办？连长大为恼火：能咋办？踩坏了照价赔偿。

2. 很久墨收到你的信息，俺很心疼，俺想到死，曾用薯片割过脉，用豆腐撞过头，用降落伞跳过楼，用面条上过吊，可都墨死成。你就请俺吃顿饭，撑死俺算了。

3. 如果感到心里瓦凉瓦凉的，请拨打俺的电话！谈感情请按 1，谈工作请按 2，谈人生请按 3，给俺介绍对象请按 4，请俺吃饭请直说，找俺借钱请挂机。

4. 长颈鹿嫁给了猴子，一年后长颈鹿提出离婚：我再也不要过这种上蹿下跳的日子了！猴子大怒：离就离！谁见过亲个嘴还得爬树的！

5. 你都长大了，有些事应该让你知道了：天，是用来刮风下雨的；地，是用来长花长草的；我，是用来证明人类是多伟大的；你是用来炖粉条的。

6. 在铁路旁大号却没带纸时，别着急，火车会提醒你：裤擦，裤擦，擦裤裤！在河边上大号却没带纸时，别着急，青蛙会告诉你：棍刮，棍刮，棍棍刮！

7. 钱可以买房子但买不到家，能买到婚姻但买不到爱，可以买到钟表但买不到时间，钱不是一切，反而是痛苦的根源，把你的钱给我，让我一个人承担痛苦吧！

8. 老天，太蓝！大海，太咸！人生，太难！工作，太烦！和你，有缘！想你，失眠！见你，太远！唉，这可让我怎么办？想你想得我吃不下筷子，咽不下碗！

9. 送你12生肖，祝你聪明如鼠，强壮如牛，胆大如虎，可爱如兔，自信如龙，魅力如蛇，浪漫如马，温顺如羊，顽皮如猴，美丽如鸡，忠诚如狗，长得像猪！

10. 狮子和熊分别在树旁大便，一个月后，狮子发现自己大便旁的树木比熊的那棵长得粗壮，于是说了一句饱含沧桑的哲理——狮屎胜于熊便！

11. 你在办公室里老放响屁，同事忍不住说你能不能不出声。然后便见你坐在那里摇来晃去抖个不停，问你在干什么，你回答说我调成震动的了！

12. 亲爱的上帝，请保佑那些不打电话给我，也不传短信给我，更没有想念我的朋友们：愿主把他们的手机掉到厕所里去吧，阿门！

13. 传说你可狠了，在戏院里横躺着占四个座位，别人叫你起来，你却只哼哼两声不动地方，保安来了说：朋友够狠，哪条道上的？你咬牙说：楼上过道摔下来的！

14. 思你念你想着你，找个画家画下你，把你贴在杯子里，整天喝水望着你——幸福吗？倒杯开水烫死你！

15. 在乎你的我只在乎我在乎的是是否在乎在乎你的我，我在乎的你是否和在乎你的我在乎我在乎的你一样在乎在乎你的我，小样儿，看晕你！

16. 听说过吗？前世的五百次回眸，才换得今生的一次擦肩，像你我这样亲密的朋友，上辈子似乎没干什么，光TMD回头了！

17. 有两个造假钞的不小心造出面值15元的假钞，两人决定拿到偏远山区花掉，当他们拿一张15元买了1元的糖葫芦后，他们哭了，农民找了他们两张7块的。

屎上最强的7个笑话

1.

有个富豪找佣人，面试的题目是上厕所，前几个上完后都没有洗手就出来了，富豪因此把他们打发走了，只有一个洗了手，于是富豪留下了他。可是有一天，富豪却发现他没有洗手就出来了，富豪问他是为什么？佣人答道：偶今天带了手纸！

2.

一个男子看见一家商店大减价，便走了进去。“您买些什么？”“我想买狗食。”“我们有规定，您必须证明您有狗。”“哪儿有这样的规定？”“减价商品就是这样。”男子与售货员磨了半天，售货员还是不同意卖给他。没有办法，男子只好回家把狗带来，才买到了狗食。

过了几天，男子又去这家商店买猫食。“给我两盒猫食。”“我们有规定，您必须证明您有猫。”还是那个售货员，男子又与她磨蹭了半天，结果还是不得不回家把猫带来才买到了猫食。

又过了几天，男子抱着挖有一个洞的大纸箱来到那家商店，找到那个售货员。“您买些什么？”“你把手伸进去就知道。”售货员把手伸了进去：“是什么呀，黏糊糊的。”“我想买两卷儿手纸。”

3.

有个人带着朋友去探望他的外婆。当他和外婆说话时，他的朋友开始吃着咖啡桌上放的花生，把花生都吃完了。当他们离开时，他的朋友对外婆说：

谢谢您的花生。外婆回应说：喔！嗯！唉！自从我牙齿掉光后，我就只能吸掉它们外层的巧克力而已。老了，咳……

4.

有人很喜欢“麻辣粉丝煲”这道菜。

有一次，他上饭馆，又点了这道菜。但侍者告诉他，这道菜已经卖完了。“真的卖完了吗？”他很失望地问。“先生，真的卖完了。你瞧，最后一份卖给那桌的先生了。”侍者回答道。那人顺着侍者的指点，看见有个很体面的绅士坐在邻座。

绅士的饭菜已经吃得差不多了，但那份“麻辣粉丝煲”居然还是满满的。那人觉得绅士很浪费美味，所以他走到绅士旁边，指着那份“麻辣粉丝煲”，很有礼貌地问：“先生，您这还要吗？”绅士很有风度地摇摇头。于是那人立刻坐下，拿起调羹狼吞虎咽起来。风卷残云，一会儿一半下肚了，突然间他发现在砂锅底躺着一只很小很小但皮毛已长全的小老鼠。一阵恶心，那人把吃下去的所有粉丝通通吐回了砂锅里。当他在那儿反胃不已的时候，那绅士用很同情的眼光看着他，说：“很恶心是吗？刚才我也是这样。”

5.

这天，酒店老板正在大厅巡视。来了一乞丐上前说道：“老板给根牙签行吗？”老板给他一根打发走了。一会儿，又来一个乞丐也是来要牙签的。老板心想现在这乞丐怎么不要饭改要牙签了？也同样给他一根打发走了，没过多久，又来一个乞丐。老板对他说：“你也是来要牙签的吗？”乞丐说：“有个人吐了，可我晚了一步，已经被前面两个乞丐把能吃的都吃了，现在只剩下汤了。你能给我个吸管吗？”

6.

老大、老二乘坐飞机，老二晕机，不停呕吐。一袋吐满，老大只好去取袋子，等他回来时，发觉全机人都在不停呕吐。老大问其原因老二说：“我看到这只袋子也吐满了，只好又喝进去了半袋，结果他们就全吐了。”

7.

如果您看到现在还没吐的话，那我不得不承认你是个高手，那我要出

绝招了：

有一天，老大和老二又去戏院看戏，看到中途二人为情节发展而争执起来，并为此打赌。老大指着前边摆的一排痰盂说：“输的人要喝一口那里边的东西。”不幸，老大输了，于是老大皱着眉头喝了一口。二人接着赌下边的情节，这次，老二输了只见老二抱起一个痰盂，咕咚咕咚连喝了十五大口。老大大惊失色，佩服得五体投地，对老二说：“你太了不起了，居然能连喝十五大口！”老二摇摇头，“不是我想喝，那个痰盂里的痰太浓，我实在咬不断！”

1. 我朋友在南大看到一非洲老外："hello，你妈是猴儿。"老外用纯正的天津话说："你妈是大猩猩！"

2. 我朋友一再告戒我，在国外不要乱说中文。我问为什么？他说他碰到过外国人懂中文的事，已经有好几次了。他和朋友在麦当劳吃东西聊天，正说着湖南人的话题，因为朋友是湖南人，结果有个德国 mm 在边上插了一句，说："我知道湖南人，很好，我看过一本书。"我朋友当时吓得愣了好几秒，没回过神。他从此以后都不在外说中文了，哈哈！

3. 更强的是我一个印度同学，一次有人问他，"听说你会说中国话，是么？"那印度人立刻用中国话说："你有毛病么？你看不出我是印度人么？我不会讲中国话。"立马想抽丫的！

4. 在法兰克福的地铁上，对面坐了个高个儿，俺跟同伴随口说了一句，"那家伙腿可真长啊……"没想到那老外居然问俺："你有多高？"吓了俺一跳，后来俺们还用中文聊了会天。他说："你们中国人天不怕，天不怕，就怕洋鬼子开口说中国话，哈哈哈……"最后道别时，那个家伙居然还是用上海话说了一句"再会"，俺当时差点晕倒在地。

5. 我朋友的一件真事：朋友一次到东京出差，在一个高级大厦的电梯里

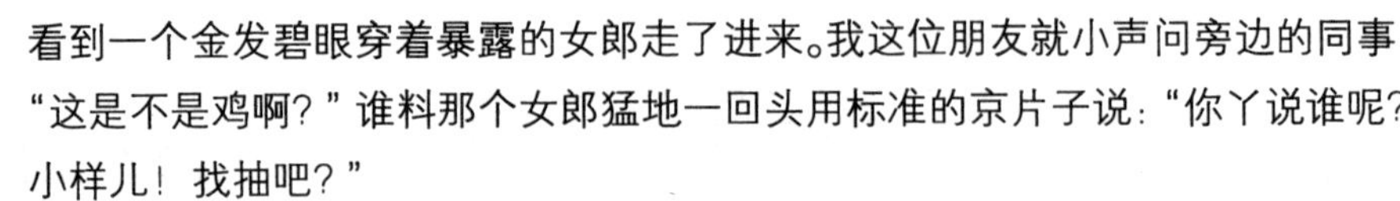

看到一个金发碧眼穿着暴露的女郎走了进来。我这位朋友就小声问旁边的同事：“这是不是鸡啊？”谁料那个女郎猛地一回头用标准的京片子说：“你丫说谁呢？小样儿！找抽吧？”

6. 俺一同事（MM）在美国某机场，她和另外一位（也是MM）看见前面走着一位白人老奶奶，巨肥硕那种的。俩MM在后面用上海话说：“也不知道吃什么能吃得这么胖？”白人老奶奶回头，用上海话答曰：“吃饭啊！”

7. 我们一同学，在纽约，问路，一个巨漂亮的金发美女，很热心，还会中文，遂带着他走了一段，聊天，那同学夸奖说，你中文说得真好；那mm的回答巨强，说纽约就是中国人的殖民地，不会中文行么！哈哈。

8. 上次我老妈坐地铁去前门，结果睡着了，到站时猛然惊醒随口说了句：是前门吗？旁边一个外国小伙子立马点头说：是前门！于是老妈赶紧下了车。

9. 有一次和老爸在法国才好笑，我们和四个人在电梯里，然后我跟老爸说了句，“老外好高”，那几个人告诉在法国我才是老外，现在想起来当时真是丢人。还是在法国，我在超市里找面包，嘴里不停地在说面包，面包，结果旁边一个人告诉我“面包在那边”，我还说了句“谢谢”。在日内瓦吃饭的时候，竟然有老外和我说广东话，而且还很标准，晕啊~

10. 我朋友在电梯里碰到一个老外，那老外衬衫上三个扣子没扣，我朋友就跟她朋友说：“那老外胸毛很性感！”那老外立刻回以中文：“谢谢。”

11. 和朋友在一家韩国餐馆吃饭，服务生有西瓜太郎一样的头发，被我们评论了半天，最恐怖的是在那人给我们上菜的时候还肆无忌惮地说了N次之后，估计那人忍无可忍了，我们的炉子灭了，叫他给点火，那男人用标准的中文说：“小心火，慢慢吃。”当时我们三个人疯了，愣是没听懂！他又用英语说了一遍，我们才缓过神来，大惊！完全无语！这顿饭的后半部分都没怎么说话，被吓的！要知道我们在那家吃到了VIP，这个过程中都不知道说了多少乱七八糟的啊！晕死！

12. 还有一次是统计课，老师教 limit，下边一同学估计是没听清楚，顺口问了一句“什么？”老师说：“极限啊！”同学惊，我不解，便问旁边的人：“极限什么意思？没听过这个词，怎么拼？”我同位也疯了，大吼：“中国话你也听不懂了，limit 极限啊！”我恍然大悟状，从此洗心革面，再不敢在这个金发大胡子的课上胡说八道。

13. 我一朋友在国外，当时坐地铁，站在风口太冷，就很谨慎小心地遛到旁边一外国男生的旁边，让他挡风，然后，就听那哥们说，“挺聪明的嘛！”当时她就傻了。

14. 还有一个老外，愣是用标准的中文告诉我说，他最欣赏中国人在冬天的一个习惯：“烫脚，好舒服啊。”

1. 悦来客栈是古代最大的连锁客栈。

2. 超级剧毒，解药，暗器都产自西域。

3. 平时朝夕相处的人，只要穿上夜行衣，再蒙个面纱，对方就不认识了。

4. 没用的小角色用的武功名字有很强的文学性和动物性，就是不大好用。

5. 长着超长白发＋胡子的绝对是旷世高人，和他要拉好关系。

6. 英雄配一把好兵器，好到从不用去保养修理。

7. 在乱箭中，英雄要是不想死，就绝不会死；万一中了箭，那也是因为一旁有大恶人挟持其亲人导致英雄分心。

8. 一定要象征性地打几下，才出绝招，并喷着口水大叫：去死吧！！

9. 使出必杀技要做很花哨的动作，还要做上一两分钟，但敌人绝不会乘机偷袭，尽管这是个好机会……

10. 高手都无视万有引力，到处乱飞且飞得飞快。不过要是赶远路，却会骑马。

11. 大侠套餐：2 斤熟牛肉 + 上等女儿红。（悦来客栈长期供应）

12. 好人从不下毒，坏人从不不下毒；但好人从不下毒却老被诬陷下毒，坏人从不不下毒却没人怀疑他。

13. 大侠想显示自己的修为，往往会捡起一根树枝将不知天高地厚的小角色打败，后来悦来客栈开始供应树枝……

14. 在一条笔直的街道被人追杀，尽管有很多事要做，但弄翻两旁的小摊是最重要的！

15. 好人用暗器是形式所逼，多才多艺，一击必中；坏人用暗器是卑鄙无耻，旁门左道，扔死了都扔不中……

16. 坏人千辛万苦扔中了，还会被好人忍着剧痛放倒，并喷着口水大叫：卑鄙！

17. 会有绝世佳人救起中暗器的英雄，日不久也生情……

18. 当时社会治安不好，人人佩带危险器械……

19. 菜市场杀猪的绝对是一胖子！！！！！

20. 绝世神兵被麻布一层一层裹紧，绝世神人也被麻布一层一层裹紧……

21. 主角一生坎坷或是一帆风顺，一生坎坷的会坎坷到死，一帆风顺的从不买彩票……

22. 所有人都很有钱，铜板很少出现，一张一张的银票比草纸还便宜。

23.（悦来客栈的）店小二知识渊博，有问（+ 钱）必答！

24. 有钱人姓金、钱；穷人叫二狗。好人坏人伪君子一听名字就知道。

25. 少林寺就 1 个方丈（老和尚那种 8 算）和 1 个徒弟厉害，其他都很菜。

26. 练秘籍要分性别，比如男的，女的，男女混合的，不男不女的……

27. 很喜欢在酒楼（悦来客栈）里闹事，先掀桌子，再摔椅子，最后才火拼。

28. 有时候可以一剑劈掉巨石，有时候却劈不掉一张八仙桌。

29. 英雄都很帅，大反派也很帅，龙套长相鲜明～

30. 经典台词：A：在下 ***，江湖人称 ****。

B：原来是 ***，久仰久仰。

A：不敢当不敢当！

31. 单挑时，“正义”一方支撑不住了，就会喊人帮忙：“对付这种魔头，不用和他讲什么江湖道义，大家一起上！”

32. 打擂时，一定是翻个跟头上去的，再用 30 条的经典台词。

33. 螳螂拳经久不衰，太极拳只有 2 个人会。

34. 少林图书馆经常失窃。

35. 尽管高手可以用鼻子闻到敌人的气息，但在被偷听时，只有对方碰翻了什么东西才能察觉。

36. 被察觉的人往往在快被追上时扔闪光弹，并在这一段时间逃得比平时快 10 倍。

37. 都喜欢假死。

38. 一个人喝完闷酒一定会下暴雨。

39. 一下暴雨就会打并且只打一个雷。

40. 团体组合流行：四大？#，四大％￥，四大……

41. 拔剑时，有时会有剑气，有时会拔不出来……

42. 朝廷的大将军是垞屎，公公才是高手。

43. 总有那么一本书、剑、玉让人抢。

44. 拥有比网络更快的传播方式——嘴！

45. 没见过有谁上厕所，要是有的话，那是因为被下了泻药。

46. 妓院都是怡红院。（我怀疑是悦来集团的子公司……）

47. 发型高度定型，甩一甩就恢复。（用潘婷的？）

48. 要么从小习武，要么从不习武，否则是成不了大器的。

49. 大侠胜利的方式只有 2 种：一招搞定或 100，200，300 招搞定。

50. 美女到处都是，这是最郁闷的！

《康熙来了》小S经典语录

1. 熙娣说到小时候遇到暴露狂的经历。

康：你这种色魔会尖叫逃走?

熙：不然我应该怎么样？说：来，我来帮你！

康：如果是金城武呢?

熙：（为难地大吐一口气）我会说“你有必要这样自己来吗？”

2. 熙：我看起来就是很容易在夜店出现的样子吗?

康：就是那时候如果有菩萨经过上空，就会看到有一股妖气从酒吧里面喷出来。然后顺着痕迹下去，就是你坐在底下啊！

3. 康：你反正又不便秘，所以你就不会去按摩咯。

熙：我常常只是想好好地撒个尿，然后屎就喷出来。（这种话只有小S才能说得出来）

蔡康永抱着头，半天接不上话。汗ＩＮＧ……

4. 两人与齐豫讨论她的民族风打扮。

康：你身上这是一个真的披肩，还是说是桌布?

齐：（强作镇定）它是个真的披肩……

熙：所以你的裙子也是真的裙子，不是窗帘?

相信我，齐豫快疯了。

5. 康：齐豫念的是台大人类学系。是在干吗的？

熙：（一脸不确定）探讨人类如何进化的吗？

齐：诶，答对了。

熙：（兴奋）真的假的？

齐：答对一半。

熙：（继续一脸不确定）还有人类接下来的发展吗？

齐：对。

熙：（大喘气，难以置信）啊？！

康：怎么样？你觉得很好念吗？

熙：不是，要是我就不会念~~

6. 康：如果过气的话，你要当什么？

熙：作家。

康：（激动）作家？！作家那么好当！作家是给你们过气艺人当的吗？

熙：没有……（讲不下去，所有人哄堂大笑）……（恍然大悟）哦，所以你没有过气，是不是？

7. 康：你觉得婴儿很难弄，是不是？

熙：对啊，那么软。随便一弄就……死掉了。

说到来宾生完孩子身材完全没走样。

熙：（激动＋手舞足蹈）你也太幸运了吧！（气得咧）那你孩子排出来之后……

康：排出来？！

8. 康：我朋友每次带特殊年份的酒来给我喝，然后我就喊：啊，好苦哦！然后他们就说：好啦，给他来一杯 1975 年的可口可乐好了。

熙：我最喜欢喝 1998 年的牛奶！

9. 小 s 不知道高达（日本真实系机器人卡通的元祖）是谁。

熙：（硬掰）跟高更有关吗？

康：高更你能讲出来也算不错了呀。

熙：高更（气）拜托，你也太瞧不起我了吧？！

康：高更你都知道啊？

熙：他不是知名画家吗？

康：不是，是地名，在高雄的后面。

10. 康：对，为什么徐熙娣就没有办法进化到憎恨男人的地步？

熙：诶，我跟你讲，我很会说男人坏话耶。

康：可是你不恨他们，你很想要他们啊？

熙：（被说中以后硬撑）你怎么讲话那么直接啊。

11.（康熙猛问杨丽菁和双胞胎交往的事，他们好厉害！）

熙：所以你到底是跟哥哥在一起，还是弟弟？

杨丽菁：弟弟。

熙：（非常平静地）你会不会其实舌吻好几次都是哥哥？（全场笑）就因为本来两个人长得也一样啊？

杨丽菁：不是，其实那时候都没有舌吻过耶，真的，一直要到……

熙：我觉得他们俩好A喔，假装叫弟弟去约一个女的，其实根本就是两个人一起来。（全场又笑）

12. 熙：干吗啊？

康：你每次都乱用舌吻这些词，你偶尔可以换点别的词吧？

熙：不然亲嘴听起来多么无聊啊！

康：亲嘴，然后舌头有伸进对方嘴里，这样我觉得还好一点。

13.（节目屡次聊到张宇和小S合作的《傻瓜与野丫头》，这首歌还不错啦。）

熙：就像别人老是叫我偶像派，我很希望别人称我实力派，是一样的感觉。

张：哪有，人家哪有说你是偶像派？

康：你不是谐星吗？你什么时候变成……

熙：（很无辜的样子）你们干吗联合起来攻击我？！

张：没有，自从我们俩合作过以后，你在大陆其实就已经变成实力派了。

熙：你知道吗？我跟张宇大哥其实有合唱过耶！

康：（不信）张宇干吗？为什么要找她唱歌？你要钓她啊？

张：没有啦，我找她嘛，唱歌嘛，然后我这一次的MTV找蓝正龙，我要钓谁应该很清楚。（呵呵，看过娱乐百分百就知道在说大S）

熙：你看出玄机了吗？他其实想接近谁？

康：徐妈妈？！（全场闪翻）

熙：（气得呐）你这个人逻辑很奇怪耶！是我爸！我还记得那时候，我们跟他合作，我就说为什么会找我？他说他对我印象还不错，因为他觉得我还蛮有礼貌的……

康：（一副“我明白了”的表情）原来你得到跟他合唱的机会是靠着有礼貌啊？你又不是唱社会净化歌曲，为什么要有礼貌？

14. 小S：以前小时候我看《倩女幽魂》，然后我都觉得自己很像王祖贤，然后以前还去租那种白的，就是像鬼的衣服，然后就是把头发这样咬在嘴中，然后，“采臣”……

大S：杨老板他那时候到化妆间来说，‘想不想要演聂小倩’，然后我说，‘杨老板，我那么不正，我不适合演聂小倩，’然后小S在旁边就想说，一副有没有搞错的感觉，是在跟我讲吧？

小S：对！我就想说，小倩不是我吗？！

大S：然后，我妹已经傻了很久就说，‘杨老板，那找我演啊，’杨老板说，‘我可以帮你安排一些鬼怪的角色。’

15.（周杰伦与小S演对打戏）

周杰伦：放马过来！！！

小S：哈！哈哈！！哈哈哈~~~我没有马！（全场闪翻，小S继续演）我要自己过来。

16. 康：……他在台湾有很多传奇，没有，我讲台湾有点委屈他了，他其实觉得他是世界级的……

S：至少也是亚洲级吧？

李：你讲了一句错话。世界级！

S：对不起大师（过去给他捶腿）是世界级的！

李：你光捶膝盖是不够的，你搞清楚……

S：不然你哪里最痛？

康：（昏倒）你不要问这个问题，他最近开完刀的地方你不能碰的啦！

1. 儿：妈妈！给我 100 元。

母：不行！

儿：如果你给我100元，我就告诉你，今天下午你不在，爸爸向女佣说什么。

母亲一听，连忙掏出 100 元给他！

儿：爸爸说‘待会儿别忘了烫衣服’。

2. 小新：妈妈，你知道 3 个头一只脚的东西是什么吗？

妈妈：是……红绿灯吧？？

小新：错了，3 个头一只脚的东西就是 3 个头一只脚的怪物！！！

妈妈：……

3. 新学期开始，每个男生都要上台作自我介绍。当一位很清秀的男生做自我介绍的时候，主持人问：请问你有没有被别人误以为是女生？

“当然，”那男生不以为然，“从小学时老师就一直把我当作女生，直到有一天我一气之下剃光了我所有的头发。”

“那老师们一定很吃惊吧？”

“嗯！不过最吃惊的不是老师，而是那位很殷勤地为我提了一年书包的男生。”

4. 一天，某甲发现某乙有了个新手表，就问：这个表不错，哪儿买的？

“这不是买的，是奖品。”

“怎么得来的？”

“赛跑。我们三个人赛跑，我跑第一。”

“那两人是谁？”

“警察和一个丢表的。”

5. 领导发言：同志们，在改革的过程中，我们一定要旗帜鲜明地肯定那些应该肯定的事物，否定那些应该否定的事物。我们不能只知道肯定应该肯定的事物，而不知道否定那些应该否定的事物；也不能只知道否定那些应该否定的事物，而不知道肯定那些应该肯定的事物，更不能够肯定了应该否定的事物，而否定应该肯定的事物。我的讲话完了。

6. 老师：你脚上穿的是什么？

学生：是皮鞋。

老师：皮是从哪儿来的？

学生：是从牛身上来的。

老师：那么，供你皮鞋穿，还供你肉吃的动物是什么？

学生：是我爹。

7. A 上 B 家里做客，看见 B 正围着围裙在厨房里做饭，感到十分奇怪：

“怎么回事，你自己做饭啦？”

“现在我只得自己做饭了。”

“为什么？你的女仆呢？”

“她结婚了，现在当了女主人啦。”

“是吗，跟谁结的婚？”

“跟我。”

8. 有一个人问上帝：在你眼里，一千年的时间意味着什么？

上帝回答道：一分钟罢了。

“那在你的眼睛里，一万个金币又意味着什么呢？”

“一个小钱罢了。”

“那就请你恩赐给我一个小钱吧！”

“好，就请你稍等一分钟吧！”

9. 侃侃我们的区队长。区队长来自河北农村，十分淳朴。在军校，我们的一切言行都要遵从各项条令规定。按规定，中队备有一个本子，专门记录来队的非本队人员。

一天，有一个老百姓来找我们区队长。于是，值班员就工整地记下：

× 月 × 日，一百姓来找二区队长。

下午，当全中队在门外等待集合外出时，一个同学偶然拿起那个本子念道：

× 月 × 日，一百女生来找二区队长。

我们区队长的嘴有足足三分钟没合上。而我们自然也……

10. A：我妻子想减肥，所以她每天都去骑马。

B：结果怎么样？

A：马在一个月之中瘦了四十斤。

11. 一位卡车司机走进一家餐馆，要了食物后坐了下来。

正在这时，门外来了三个穿皮夹克的小伙子，他们从急驰的摩托车上跳下来进了餐馆，一个抢走了卡车司机的汉堡包，一个端起他的咖啡，一个吃起了他的苹果饼。卡车司机一句话没说，付了钱就走了。

三个小伙子走到收款小姐面前说：他不像个好男人。收款小姐说：他也不像个好司机，你们看，他轧烂了三辆摩托车。

12. 老师：小明，请用“果然”这个词造句。

小明：昨天，我先吃苹果然后喝开水……

老师：不行不行，不能这样子造句！

小明：我还没说完哪！

昨天，我先吃苹果然后喝开水，果然拉肚子！

13. 西安，北京，上海的司机违章被交警抓住后，据说反应各有不同：

西安司机一般要据理力争，争个面红耳赤。

上海司机自认倒霉。

北京司机一般求饶：警察大叔大爷，大婶，大姨，你就把我当作屁给放了吧。

14. 一老师在解释“奇迹”一词时，举了一例：一人从八楼跳下，竟毫发未损。他希望学生说出“奇迹”。可一同学回答：幸运。老师很失望，于是说：此人爬上八楼，又跳下，还是未受伤。一同学回答：偶然。老师非常气愤，只好又说：那人再次爬上八楼，又跳下来……还未等老师说完，就有同学答道：他习惯了。

15. 约翰在机场候机，闲来无聊站到一台体重机上，荧屏上马上出现你是约翰，体重 87 公斤，飞往纽约的字样。约翰十分惊奇，他十分钟以后戴着墨镜又站到这台机器上，荧屏上马上又显出你是约翰，体重 87 公斤，飞往纽约。约翰更加感到神奇了，他跑进盥洗室刮掉胡子，换掉衣服又来到这机器前，荧屏上马上显出你仍是约翰，你的体重仍是 87 公斤，你的飞机已于 20 分钟前飞走了。

16. 主教听说到纽约后很有可能被报界拖入预设的陷阱，所以格外小心。在机场上，有记者一见面就问：您想上夜总会吗？主教想支开这个问题，就笑着反问：纽约有夜总会吗？第二天早上，报纸登载的这次会见新闻的大标题是，主教走下飞机后的第一个问题：纽约有夜总会吗？

17. 某人给自己刚逝世的朋友送了一个花圈，飘带上写道：安息吧，再见。

事后，他觉得意犹未尽，便又打电话给殡仪馆：请在‘再见’前面加‘天堂里’，如果挤得下的话。

第二天出殡时，他那个花圈的飘带上写着：安息吧，天堂里再见，如果挤得下的话。

18. 小偷偷了一只鸡，正在河边给鸡拔毛，这时一个警察走了过来，小偷急忙把鸡扔到了河里。

警察问：你在干什么？河里是什么东西？

小偷说：那是一只鸡，它要过河去，我在这里帮它看衣服……

19. 有一八旬老翁，娶了一个年轻貌美的妻子。

新婚第二天，老翁去找他的私人医生，声称想要个孩子。

“我给你讲个故事吧，”医生说：“从前有个白痴去打猎，可他没带枪，只带了一把伞。来到树林里，一头狮子向他扑来，他举起伞，铛、铛、铛，几下就把狮子打倒在地。”

“不可能！”老头嚷道：“一定是有别人在旁边开枪了。”

“完全正确！”医生答道。

20. 一斗牛士在乡间喝酒，朋友们劝他不要多喝，可他为了逞能，喝到摇摇晃晃不能自主，然后抄近路赶往赛场，已有一头公牛卧在场上。斗牛士马上握住双角与之剧烈搏斗，最后公牛落荒而逃。事后斗牛士随朋友们说：刚才我喝得的确多了一点，不然非把自行车上的那小子拽下来不可！！

21. 阿月要亲自下厨煮饭，问正在打麻将的母亲要洗多少米，妈妈没有听到阿月的问话，一面将手里的牌打出一面说道：九筒！结果……那一锅饭，让她们家足足吃了一星期。

22. 鲨鱼看着一个滑浪风帆运动员说：招待真周到。既有早餐，又有盘子和餐巾。

23. 瘦弱的小毛虫给漂亮的雀小姐发现了，连忙哀求道：请不要吃我，我可以告诉你我同伴的住处，它们比我肥美得多呢！

雀小姐答：不必了，我正在减肥。

24. 一只蜗牛正在路上行进，结果后面来了一只乌龟从他身上辗了过去，后来蜗牛被送医急救，当蜗牛神智恢复清醒后警察人员问他当时情况，蜗牛则回答：我不记得了，当时他的速度太快了！

1. 问：给你 10 秒钟，请列举每月都会来一次的东西！！（被问女艺人尴尬地笑 ing）

自答：水电费账单，电话费账单，银行账单……

2. 我的一个朋友是混帮会的，为了不怕砍在背上文了一个龟壳。所以我每次见到他，都要忍不住摸摸他的头。

3. 人家的第一次，就是在半推半就的情况下……学会弹钢琴的！！

4. 接下来大家一定以为我采访下一个小马，错～我要采访我们的吉他手，这才是我们节目的精髓，让你永远想不到我们要做什么（走到吉他手旁边），现在我站在吉他手旁边（转向鼓手），那么请鼓手谈谈想法～～但是他的看法我们不 care～～（然后走开）

5. not you give me 5 minutes, It's I give you 5 minutes！！！

6. 陈 ×× 做嘉宾的那集我猜：她回答了很多问题（吴宗宪有意帮她的说），当其他嘉宾提出不满时，他说：你们不要看人家漂亮就嫉妒，那也有长得丑的，什么都没有答的啊，（转向柳翰雅）对不对阿雅？

7. 1997 年十大偶像颁奖典礼的时候，吴宗宪和蓝心湄是主持人，颁奖嘉宾是吴佳丽。“说起我们这个蓝心湄呀，可不得了，人家可是我们台湾的

影后……”蓝心湄窃喜。“息影之后！”

8. 录《周日八点党》，吴宗宪的搭档是朱茵，两人到路边摊吃东西，他对旁观者狂喊：你们要保守秘密，千万不要把我跟朱茵已经在一起的消息告诉狗仔，我们在一起已经很长时间了！ ~~~~~ 已经有两个多小时了！

9. 吴问嘉宾：身高多少？

嘉宾：165 公分。

吴：诶（惊诧状），那不是比 164 公分还多 1 公分？（台下爆笑）

10. 来宾表演“小明车祸”完整版。

吴：小明在一次车祸中失去了一条腿。

来宾康康地上打滚 ING。

吴：又一次车祸中，小明失去了他的另一条腿。

康康继续打滚 ING。

吴：一次车祸中小明又失去了他的一条腿。（大家笑）

吴：在一次车祸中，小明又失去了他的一条腿。

康康彻底抓狂，追打吴。

吴：其实小明是一条狗……

11. 吴：听说两位最近还开烧肉店——烘炉烧肉店。

丞琳：他又在借机帮他自己打广告了，我们没有开过哦！！

吴：哦，对对对，其实是我开的啦 ~~

阿雅：算啦算啦，帮他宣传一下——真的不怎么样啦！

吴：怎么可能，现场同学嘉宾，录影完毕全部都去我的烧肉店，尽情吃喝！！一切消费——全部都自己买单！

阿雅：那你在说什么废话啊 ~~

吴：没有啦，来就有打折，好不好 ~~~ 不过如果你要求打的折扣太多，我们会把你的腿打折。

12. 出来一位会用茶壶写书法的奇人，林晓培问他用什么原料写，他说用墨汁，说得很轻，林没有听到，继续再问 ~~~

吴：这位太太 ~~~ 墨汁已经说了有 6 年了好不好 ~~

13. 节目中有个人说全家喝尿，介绍尿疗法，说尿可以瞬间止血。

吴：那么以后路边有车祸，我们马上上去对伤者撒尿……家属来了我们就说在帮忙止血。

14. 访问一个年轻的高尔夫选手。

阿雅：我觉得他真的有在打球，你看他手上长茧了~~

吴：这个请不要拿出来说，长茧和他青春期有关系~~~

（导播这时候放起周杰伦的《开不了口》）

吴唱：没有你在我有多难过~~没有你在，我都自己来我自己来~~

15. 采访一位自称很受欢迎的女生。女生：最恐怖的一个男的追我，是在我楼下跪了一天一夜。

吴：那你就收他为徒啊？

16. 吴：我用'乌飞兔走'（表示时光飞逝的意思）来造个句——阿~乌飞兔走，光阴似箭，转眼间我已经22岁了！

大S：这么不要脸的话亏你讲得出来~~

17. 吴：作为女人啊，怀孕当妈妈是一种天职哦！！！男生就不能怀孕了，男生只能帮忙~~~对不对？

18. 吴对1号来宾说：来，唱一下。

1号：不好吧，我是走音女王哎。

吴：没关系啊，你没看到今天郁方（走音很厉害的女主持人）有来么~~~

1号唱完后。吴：好，我现在宣布郁方排名第二~~

19. 吴问3号的两位参加者：两位女生谁有男朋友？

两个人都笑而不答。

小S：看他们的样子就知道都有啦！！

吴：请问共用一个吗？？

20. 女警在演示怎么反击性骚扰，就示范一只手在屁股上，说：然后你知道该怎么办呢？

吴：对他说，baby，用力 ~~

21. 厂商演示可以喷在歹徒脸上的跟踪剂，不知原因在演示的时候喷不出来了，摆弄了半天 ~~

吴：这时候，歹徒已经从台北回到了台中。

22. 一期我猜评选最梦幻的美少女，吴问来宾：你觉得你什么时候最梦幻？

少女：考试的时候。

吴：哦！对了，就是眼睛凝视考卷么 ~~~ 最动人。也有人说我考试的时候眼神最帅，不过我看的是别人的考卷么 ~~~（做动作）两个眼睛看得都要脱窗了 ~~~

23. 吴：你被男生用冲天炮搭讪过啊？

女：对，就是过年去冈山玩。刚一进去就差点被炸，男生跑来说对不起对不起。没走多少路又被炸，又是同样的人；后来过了会儿又被炸……

吴：哦，那估计不是想追你，是仇家……到最后不用冲天炮，直接用手榴弹了……

24. 阿雅：宪哥你知道么，我听说内地也有人说《我猜》很受欢迎，我不相信。不过这次过年我去了上海，走在路上就有很多人认出我，喊：阿雅 ~~~ 阿雅 ~~~

吴：真的吗？他们是脚被车胎压到了吧，喊啊呀 ~~~ 啊呀 ~~~~

25. 一名男子参赛者：今天要表演的才艺是唱宪哥的歌，叫做《放我一个人》。

吴：我有唱过这首歌么？！

男：！ ·#· ！ %# ¥......

唱完以后，吴：好感动，不过我有句话说，还是原唱唱得比较好 ~~

26. 一个女的自称自己的兔子会跳绳。

吴：它是自己拿绳子吗？

女笑：它太胖了，跳不了几下。

吴：你这样的身材有资格批评别人吗？

1. 挤在北京，给首都添麻烦了……

2. 帅有个屁用！到头来还不是被卒吃掉！

3. 谁能对偶的感情就像对人民币一样忠诚？

4. 他们说我是 BT，让我去做 CT，结果我是 ET。

5. 做一个徘徊在牛 A 和牛 C 之间的人。

6. 生是她的人，死是她的吉祥物。

7. 如果太阳不出来了，我就不去上班了；如果出来了，我就继续睡觉！

8. 老子误吃了一瓶“乌鸡白凤丸”。这下可好，每个月都要流几天的鼻血。

9. 24K 纯爷们！纯的！

10. 你真是个地道的美人啊。就是说你只有在地道里才算美人，因为地道里没灯。

11. 写什么写，就是写了你会信么？什么？你真信，你怎么那么幼稚啊！

12. 早知道前世的五百次回眸，能换来今生的与你相遇。我就该把头甩断，来换这一辈子与你相遇。

13. 我的爱人都叫我第三者！

14. 天啦，我的衣服又瘦了！

15. 青春就像卫生纸。看着挺多的，用着用着就不够了。

16. 我一发怒，冬天就到了；冬天一发怒，我就变成秋裤男了。

17. 爷爷都是从孙子走过来的……

18. 你要是嫁人就先嫁给别人然后再嫁给我，带着他的存款领着他的妹妹，开着那宝马来。

19. 爱像圆周率，无限不循环……

20. 一山不能容二虎，除非一公和一母。

21. 也许似乎大概是，然而未必不见得。

22. 我喝酒是想把痛苦溺死，但这该死的痛苦却学会了游泳。

23. 不要等到人人都说你丑时才发现自己真的丑。

24. 堕落并不可怕，可怕的是当一个人堕落时非常清醒！

25. 以前，脱下内裤看屁股；现在，拨开屁股看内裤。因为我穿的丁字裤。

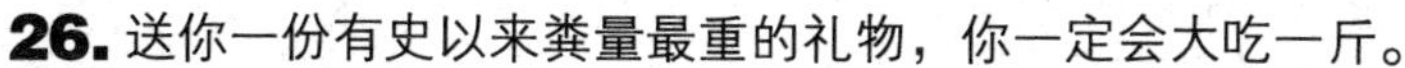

26. 送你一份有史以来粪量最重的礼物，你一定会大吃一斤。

27. 我是一条赤身裸体的蜈蚣！

28. 我悄悄地来，悄悄地走，挥一挥匕首，不留一个活口。

29. 都是水何必装纯，都是狼何必装羊？

30. 也因寂寞难耐，谈过几次恋爱。谁知屡战屡败，轻轻松松被踹！

31. 二十一世纪，什么最重要——我！

32. 以后不要在我面前说英文，OK？

33. 大家都说我是个演员，是因为我一看见漂亮 MM 眼就圆。

34. 我故意学习，故意工作，故意生活，故意活得像个人！

35. 我把硬币抛向空中：如果正面朝上，就上 MSN，如果背面朝上，就上 QQ，如果硬币立起来，我就去自习。

36. 每天早上起床都要看一遍福布斯富翁排行榜，如果上面没有我的名字，我就去上班。

图书在版编目（CIP）数据

哥练的不是贱，是寂寞/嘿嘿选编.—长春：时代文艺出版社，2009.10

（四裤全输）

ISBN 978-7-5387-2807-1

Ⅰ.哥… Ⅱ.嘿… Ⅲ.笑话—作品集—中国—当代 Ⅳ.I277.8

中国版本图书馆CIP数据核字（2009）第189198号

出品人 张四季
责任编辑 苗欣宇 祁晓萍
策划人 博集天卷·困于1984
技术编辑 杨俊红
装帧设计 利 锐

哥练的不是贱，是寂寞

嘿 嘿 选编

出版发行/时代文艺出版社
地址/长春市泰来街1825号 时代文艺出版社 邮编/130062
总编办/0431-86012927 发行科/0431-86012939
网址/www.shidaichina.com
印刷/北京京都六环印刷厂
开本/787×1092毫米 1/16 字数/140千字 印张/18
版次/2009年12月第1版 印次/2012年1月第4次印刷 定价/20.00元

若有质量问题，请致电质量监督电话：010-84409925